"VENUS PLUS X" THEODORE STURGEON

ヴィーナス・プラスX

シオドア・スタージョン

大久保譲 訳

未来の文学
FUTURE/LITERATURE

国書刊行会

VENUS PLUS X by THEODORE STURGEON
1960

ガートルードと彼女のアイザックに捧げる
——ただし、本書の主題とはまったく関係なしに

装幀　下田法晴＋大西裕二（s.f.d）

ヴィーナス・プラスX

「チャーリー・ジョンズ」切羽つまった声でチャーリー・ジョンズは叫んだ。「チャーリー・ジョンズ、チャーリー・ジョンズ！」そうすることがどうしても必要だった。チャーリー・ジョンズとは誰のことなのか、一瞬たりとも、何に代えても忘れてはならなかったから。

「ぼくはチャーリー・ジョンズだ」挑みかかるように声に出してみた。さらにもう一度、今度はすがるように口にしてみる。誰も反論しないし、否定もしなかった。暖かい闇の中、彼は膝を抱え、腕を交差させ、膝頭に額を押し付けて横たわっていた。くすんだ赤い光が明滅しているのが見えたけれど、それは自分の閉じた瞼の内側だった。そして彼はチャーリー・ジョンズだ。

C・ジョンズ　かつてトランクの表面にステンシルで記され、高校の卒業証書にスピードボールの黒文字で書かれ、給料小切手にタイプで打たれていた名前。ちなみに電話帳ではJohns, Chas.

よし、名前は確かだ。これで大丈夫、間違いない。でも名前が人間の全てではない。二十七歳、男、朝の鏡で髪の生え際を入念にチェックし、ゆで卵にはタバスコを一滴垂らすのが好み（白身が固く黄身がどろりとした半熟がいい)。生まれつき足の指がひとつ曲がっていて、おまけに斜視。ステーキを焼くことも車を運転することも女の子を愛することも謄写版を使うことも浴室に行くこともできるし、左上の側切歯と小臼歯に固定されたブリッジごと歯を磨くことだってできる。時間にゆとりを持って仕事に出かけるのに、なぜかいつも遅刻する。

彼が目を開くと、くすんだ赤い光は消え、どこが光源なのか分からない冷たい銀色の世界が広がっている。ライラックの葉の上でカタツムリが這った跡のようなその灰色は、春を思わせるものだった。そう、今は春だった。春ならではの出来事。昨夜のあれは愛だった。ローラ、彼女は……。

夏時間が始まったばかりの時期、まだ明るい宵の口は永遠に続き、あれもこれもといろんなことができそうだ。ブラインドを上に運ばせてほしいと、彼はローラに頼んだ。もしきれい好きの母さんがこんな部屋を見たら何と言うだろう! つんと饐えた臭いのするローラの地下室に降りていき、薄暗がりのなかブラインドを腕に抱えてよろよろ進んでいた彼は、放置されたままのシャッターの外れかかった帯蝶番につっかかってしまい、おかげで茶色のツイードのズボンが裂けて穴があき、腿には赤い打ち傷が(その上に布の痕までついて)刻印された。でも、それだけの価値はあった。それに見合うだけのことはあったのだ。永遠に続く夕べ、一人の女性——それも本物の女性(彼女は自分が本物だと示すことができた)と、その長い夕べをずっと過ごすということには。そして、帰宅の途中も変わらぬ愛! 今ここで、時はもちろん春、アマガエルが、ライラックが、空気が、汗が乾いていく感触が、愛を語っていた。(素晴らしい。これは素晴らしいことだ。いま、ここにいて、時はもちろん春、そしてもちろん愛がある。だが、何よりも素晴らしいのは、それを憶えているということ、それをすべて知っているということなんだ、チャーリー。）愛よりも家のことを思い出す方がいい、高い垣根の間の道を、二つの白い門灯を。門灯にはそれぞれ黒いペンキで61と書かれている（母さんが大家のために書いてやったのだ。母さんは手先が器用だった）、それも今では風雨にさらされて色褪せている、ちょうど母さんの手のように。玄関ホールには錆びた真鍮のメールボックスと、各部屋に通じる目立たない呼び鈴が、壁一面に取りつけられている。格子の枠に入った内線電話もあったが、自分たち母子が越してきてから、使われているのを見たことがない。裏に電子錠を隠した真鍮の板を、もう何年もの間、わざわざ歩みをゆるめたり立ち止まったりはせず、肩で押して開けていた……もっと細部を思い描くんだ、細部を。思い出すことが大事なのだから。思い出された事実には重要なことなど何もない、大切なのは思い出すという行為それ自体なのだ。おまえにはできるはずだ、できるはずだ！

玄関ホールから続く階段は、流行遅れのニッケル板が縁《へり》を飾り、カーペットは裏地が見えるくらいまですり切れて、端の方で赤い綿毛がほつれていた。（一年生の時の担任はミス・マンドーフ、二年生の時はミス・ウィラード、五年生の時はミス・フーパー。何でもいい、思い出すんだ。）そこまで思い出したところで、彼はあたりを見回した。銀の光のなか、自分が横たわっている場所を。柔らかい壁面は金属とも布とも思えず、というよりそのどちらにも似ていて、とても温かかった……彼は目を見開いたまま記憶をたどっていった。二階から三階に上がる階段の縁にもニッケル板がついていたが、こちらにはカーペットが敷かれていなくて、どの段も凹んでいた。いや、ほんのわずかの凹みだったけれど。その階段を上っているときには、何を考えていてもよかった。三階に上がる階段が立てるキシキシという音は、二階に上がる階段が立てるパタパタという音とは違っていたから、自分が今どこにいるのか、彼には分かっていた……。

チャーリー・ジョンズは声を振り絞った。「畜生、ぼくは今どこにいるんだ？」

身体を伸ばし、ごろりと腹這いになり、膝を引き寄せると、しばらくの間それ以上動くことができなかった。口の中はからからで熱を帯び、母さんのアイロンの下で皺を伸ばされている枕カバーのようだった。脚と背中の筋肉はほぐれてきつく絡み合い、母さんが、いつかは中をきれいにしたいとこぼしていた編み物かごのようだ……。

……ローラとの愛、春、61と書かれた門灯、肩で押し開ける錠、パタパタと、キシキシと音を立てて上がっていく階段。この続きは確実に思い出せる、家に入り、ベッドへ行き目を覚まして仕事へ出かけたのだ……違ったのか？　そうではなかったのか？

身体を震わせて起きあがろうとしたが、膝をついてしまい、力なくしゃがみこんだ。うなだれ、息を切らせながら一休みする。自分の服の茶色い布地がまるでカーテンであり、未知のしかし確実な恐怖を隠しているそのカーテンが今にも開こうとしているかのように、彼はじっと見つめた。

そして、そのとおりだった。

「茶色のスーツ」とチャーリーは囁いた。腿のところに小さな穴があいていたところを見ると（チェック模様の痣もそのまま残っていた）、今朝、仕事に行くために着替えていないことは明らかだ。それどころか、二つめの階段を上りきったところにある自宅にさえ辿り着いていなかったことも。代わりに彼がいるのは――ここだった。

まだ立ち上がれなかったので、まばたきをし、ぼんやりしている頭を巡らせながら、拳と膝をついて這い回った。一度、動きを止めて自分の顎に触れてみた。髭を剃ってデートに行き、それから家に戻ってきた男ならこの程度だろうというくらいにしか、無精髭は伸びていなかった。

再び頭を巡らせ、壁の曲面に刻みつけられた細長い楕円形を見つめた。詰め物がされているようなこの空間で、初めて見つけた特徴らしい特徴といってよかった。呆然と見つめたが、そこからは何の情報も引き出せなかった。

今は何時だろう。腕を持ち上げ頭を傾け、腕時計を耳に押し当てた。ありがたいことに、まだ動いている。腕時計を見つめた。チャーリーは微動だにせず、長いこと見いっていた。まるで文字盤が読めなくなってしまったように。それからやっと、数字が間違った順に並んでいることに気付いた。鏡に映ったように反転しているのだ。10のあるべき場所に2があり、4のはずのところには8があった。長針と短針は十一時十一分前の位置にあったが、もしこの時計が本当に逆に回っているのだとしたら、これは一時十一分過ぎということになる。そして時計は実際、逆に回っていた。秒針の動きがそれを示していた。

分かっているか、チャーリー――恐怖と驚きの底から、何かが語りかけてきた。分かっているのか、こんな時でさえ、おまえが望んでいるのは思い出すことだけだということを？　高校時代、代数3を教えてくれた口やかましい中年女がいただろう？　憶えているか、代数1が不合格になって取り直さなければならなかったこと、代数2と幾何1をどうにかくぐり抜けたこと、幾何2が不合格になって取り直さなければならなかったことを？　そして、代数3の教師として現れたのがミス・モーランだった。歯の生えたＩＢＭとでも言うべき存在。ある日のこと、おまえはちょっと難しい箇所について彼女に質問した。彼女の答え方を聞いて、おまえはさらに質問した。……ミス・モーランは、存在にさえ気づいていなかった一つの扉をおまえに開いてくれたのだ。そして、彼女自身も関心の対象となった。……それからというもの、おまえはこの教師を観察し、その冷たい態度や厳しい規律や完璧なまでの非人間性が、いったい何のためのものなのかを理解した。彼女は、いくらか進んだ内容を、教科書の範囲を超えた質問をしてくる誰かが現れるのを待っていたのだ。そしてそんな誰かが現れることなどとうの昔に諦めてしまっていたかのようだった。そのことが、彼女にとって、どうしてそこまで重要なことだったのか。それはミス・モーランが数学を愛していたからだ――これまで他の対象に使われてきた「愛する」という言葉が色褪せてしまうくらいの熱烈さで。もうひとつの理由は、もしある生徒が質問をしてきたとして、どの生徒が、彼女の出会う、というより扉を開いてやる最後の生徒になるのか、分からなかったからだ。彼女は癌に冒されていた。彼女がある日突然姿を見せなくなるまで、誰一人そんなことは考えもしなかったのだけれど。

柔らかな銀の壁面にうすく刻まれた楕円形を見つめながら、チャーリー・ジョンズは思った。ミス・モーランがここにいてくれればよかったのに。そして、ローラがここにいてくれれば、とも。二人のことは鮮明に思い出すことができた――二人の女性は、チャーリーの人生の中で、お互いに何年も隔たった存在なのに。（そして何年くらい、と腕時計を見ながら考える、今の自分からは何年くらい離れた存在なのだろう？）母親がここにいてくれれば、テキサスの赤毛の女もここにいてくれればよかったのに。（彼女が彼の初めての相手だった。その赤毛の女が。それにしてもどうして彼女のことを母さんと一緒に思い出すんだろう？　それを言うなら、どうしてローラをミス・モーランと一緒に思い出すんだ？）

彼は記憶をたどるのを止めることができなかった。止める勇気がなかったし、止めるつもりもなかった。なぜなら、記憶をたどっているかぎりは、自分がチャーリー・ジョンズだということを確信できたからだ。たとえ見知らぬ場所で時間も分からずにいたとしても、迷うことはない。自分が誰であるかが分かっている限り、人は決して迷わないものだ。

絞り出すように声を上げて、立ち上がった。力が入らず、頭もぼんやりしたので、両脚を大きく広げて踏ん張り、ようやく立つことができた。両手をぎこちなく振り回してバランスを取りながらでないと歩けなかった。チャーリーは壁面にうすく見える楕円形を目指して歩き出した。それ以外に目標とすべきものがなかったからだ。だが、まっすぐに進もうとしても、斜交《はすか》いに進むことしかできなかった。まるで（とまた思い出す）コニーアイランドのびっくりハウスのようだ。そこでは客を部屋に閉じこめてから、その部屋を少しばかり片側に傾ける。外を見ることができないから、客はそれに気づかない。部屋の中にはいくつもの緑色の鏡があって、自分の姿を見ることができるだけ。遊園地では、日に五、六回はその部屋をホースで洗わなければならなかった。今はその時と同じような感じだ。だが、有利な点がある。自分が誰であるか知っているし、ついでに自分の調子が良くないことも分かっている。床が壁に変わる境目の柔らかな彎曲部にたどり着き、弾力のある銀色の上に膝をついて、しわがれ声で言った。「何しろ今のぼくは、本来のぼくじゃないんだから」言ってから、自分の科白を真に受けて、飛び上がった。「いいや、ぼくはぼくだ！」と叫んだ。「ぼくはぼくなんだ！」

彼はよろめきながら前方に進んだ。そして、楕円形には摑めるところがなかったので――楕円は彼の背よりも高いところに、細い線で描かれているだけだった――その全体を押してみた。

それは開いた。

外ではある人物が、微笑みながら待ちかまえていた。その服装を見て、チャーリーはぎょっとして口走った。「し、失礼……」それから前のめりに崩れ落ちた。

☆

ハーブ・レイルはホームウッドに住んでいる。彼の敷地はベゴニア通りに面した間口が四十五メートル、奥行きは七十メートルあり、そこでスミティ・スミスの土地と接している。スミスの地所はやはり七十メートルの奥行きを持ち、カラー通りに面したその間口は四十五メートル。ハーブ・レイルの家は中二階のある家、スミスのは緩やかな屋根を持つ平屋。ハーブの両隣の住人も、やはり中二階のある家に住んでいる。

ハーブはベゴニア通りに車を乗り入れ、クラクションを鳴らして窓から首を突き出す。「おーい！」

ジャネットは電動芝刈り機で庭の芝を刈っている。機械の立てる音はもの凄かったが、それでも車のクラクションに驚いて、はしたないほど飛び上がる。足を機械の踏み板に乗せ、それを踏んで芝刈り機を止めてから、笑いながら車に向かって駆けてくる。

「パパ、パパ、パパ！」

「パパ、パパ、パパ、パパぁ！」デイヴィは五歳、カレンは三歳になる。

「まああなた、ずいぶん早いじゃない？」

「アルカディアの契約に片が付いてね。で、上司に言われたんだ、ハーブ、家に帰って子どもたちと遊んでやりなさい、とね。君の格好、涼《クール》しそうだね」

ジャネットは短パンにTシャツという姿だ。

「いい子《グッド・ボーイ》にしてたよ、いい子にしていたよ」デイヴィは声高に言いながら、ハーブの脇ポケットを探っている。

「あたしもいい子《グッド・ボーイ》にしてたわ」負けじとカレンが叫ぶ。

ハーブは笑って彼女を抱え上げる。「ふむ、大きくなったらどんな立派な男になる気だい？」

「よしてよハーブ、カレンが混乱《ミクストアップ》しているじゃない。ケーキ、買ってきてくれた？」

ハーブは三歳の子どもを降ろすと、車から荷物を出す。「ほら、ケーキミックス。自分で作るのが、いちばん美味《うま》いからね」ぼやくジャネットを宥めながら、彼は言い足す。「ぼくがやるよ、ぼくがやるって。いつでも君よりもずっと上手く作れるんだからね。はいバター、はいトイレットペーパー」

「チーズは？」

「しまった、忘れた。ルーイと話しこんだせいだ」包みを抱えてハーブは家の中に着替えに行く。彼が家の中にいるあいだ、ジャネットが芝刈り機を止めた時に足を乗せていたところに、デイヴィが足を乗せる。シリンダーヘッドはまだ熱い。あいにくデイヴィは裸足だった。ハーブが戻ってきた時、ジャネットはデイヴィをあやしている。「ほらほら、泣かないの。男の子でしょ?」ハーブは短パンとTシャツに着替えている。

★

チャーリー・ジョンズが卒倒したのは、何も乙女めいた慎しみからではなかった。どんなことだって卒倒する原因になりうるのだ——フラッシュの光が顔に当てられたり、下り階段が突然現れたり。ともあれ、自分が目にしたのは特殊な服装をした女性だと考えた。このタンクの中で目覚めてからというもの、女性のことばかり頭に浮かぶようだ——ローラのこと、母さんのこと、ミス・モーランのこと、テキサスの赤毛女のこと。さっきの人物をちらりと見れば、誰でも女だと思うだろう。とはいえ、実際には何かをはっきり目にしたというわけではない。弾力性はあるが、それまでいたタンクよりも固い場所、言ってみれば病院にある車つき寝台のようなところに、仰向けになって伸びていたからだ。そして誰かが、頭のてっぺん近くにできた切り傷を優しく癒してくれていた。治療のあいだ、額の傷以外の部分と両眼は冷たく濡れた布で覆われていた。布からはアメリカマンサクのような香りが微かに漂ってきた。彼に語りかけている誰かの声は、一言たりとも理解できなかったが、女性のものだとは思えなかった。低く太い声《バッソ・プロフォンド》というわけではなかったけれど、女性の声ではない。しかしまあ、何という身なりをしているんだ。丈の短いバスローブを想像してもらいたい。色は深紅、ベルトで留められてはいるが、上下に大きく開いている。上の方は腕のうしろで切れ込みが入り、首の後ろには頭よりも高いカラーが突き出ている。まるで背もたれの高い椅子のような形状で、大きさもほぼ椅子並みだった。ベルトから下では布が大きく斜めに切られ、うしろで燕尾服の裾のようになっていた。正面には、スコットランド人がキルトの正面につけるスポーランという飾りに似た、絹状の小さな付属品があった。見たところ柔らかそうな、室内履きに似た靴はローブと同じ色で、ふくらはぎの半ばまであった。つま先とかかとの先は尖っていたが、中には何も入っていないらしく、ぺらぺらだった。

どんな治療だったせよ、それはチャーリーの頭の疼痛を驚くほどの速さで鎮めてくれた。しばらくじっと横たわったまま、消えたのと同じくらい突然に痛みがぶり返して、再び苦しむのではないかと身構えていたが、そうはならなかった。試みに額の方に手を伸ばしてみたら、両眼を覆っていた布が取り去られた。彼が目にしたのは、微笑みを浮かべた顔だった。いくつかの流暢なシラブルがその口から発せられた。語尾は何かを問いかけているように震えていた。

チャーリーは言った。「ここはどこなんだ?」

その問いに、相手はおどけたように眉を上げ、気持ちよく笑った。冷たそうな指を自分の唇に強く押し当て、かぶりを振った。

チャーリーはそのしぐさの意味を察してこう言った。「こっちにも君の言っていることが理解できないよ」肘をついて辺りを見回した。いくらか力が戻ってきたように感じた。

そこは、寸詰まりのTの字の形をした大きな部屋だった。Tの脚にあたる部分は、そのほとんどが、さっきまでチャーリーがいた――何と言うのか、詰め物をしたような小部屋《セル》で占められていた。その扉は開いたままだった。小部屋《セル》は、内部も外側も、例の光源のはっきりしない柔らかい銀色の光を放っていた。全体は翼の生えた巨大なカボチャのように見えた。

いっぽう、Tの字の横棒の部分は、床から天井まで、そして端から端まで、透明な一枚のガラスでできていた。今まで、デパートのショーウィンドウでもこれほど大きなガラス板を見たことがあったかどうか。両端にはカーテンが掛かっていた。それぞれ裏には出入り口があるのだろう。

ガラス越しに見える外の風景は驚くべきものだった。ゴルフコースにも起伏に富んだものはあるが、こんなふうに何マイルにも、何マイル四方にわたってではない。そここに木立が見えた。どれも熱帯の木だった。見誤りようのない火炎樹の輝きが目に映った。いや、それどころか肌で感じられるほどに鮮やかだ。さまざまな椰子が生えていた――タビビトノキ、キャベツヤシ、ココナツヤシ、パルメットヤシ。加えて、木生シダや花開いたサボテン。一塊の岩の廃墟があった。最初からピクチャレスクな廃墟として建てられたのではないかというくらい、ピクチャレスクそのものの廃墟。その上には、三十メートルを超すくらいの巨大な寄生イチジクが生えていた。根は岩を締めつけ幹は何本にも岐《わか》れ、上からは艶やかに光る葉叢が覆うように枝垂れていた。

視界にある唯一の建物――チャーリーの推測では十二階か十四階ほど、非常に高く、地面の高所にそびえていた――は、ありそうにない建造物だった。

円錐形を――というよりもっと具体的に、むかし劣等生に被らせたという三角帽子《ダンス・キャップ》を考えてほしい。それを三倍長く縦方向に引き延ばしてみよう。そしてその稜線に、優雅な、ほぼ四分の一の円弧のようなカーブを与えよう。そうして出来た立体を、そっくりそのままひっくり返して置いてみる。すると巨大な底面と、そこに向かって広がっていく錐面の全体が、頂の一点だけで覚束なく支えられている形になる。それを百二十メートルの高さにまで拡大しよう。眼に心地よいアシンメトリーの形をした、宝石のような無数の窓をそこに穿ち、湾曲したバルコニーを、表面上に、というより表面から離れて見えるおかしな場所に取りつけてみる。そうすれば、この不可能な建物がどんなものか想像がつくはずだ。

チャーリー・ジョンズはこの建物を見てから自分の横に立つ人物に目をやり、ぽかんと口を開けたままもう一度建物を見て、ふたたび傍らの人物に目をやった。人間に似たその男は、しかし人間に似ても似つかなかった。目は間隔が離れすぎ、横に長すぎるような気がした。もうちょっと離れていて、もっと横長なら、目は顔の表面ではなく側面にくっついているところだ。顎はがっしりしていたが、滑らかだった。きらきら輝く歯並びは見事だった。鼻は大きく、小鼻は高いアーチ状になっていて、円弧の形を除けば、馬の鼻と大差なかった。その指が力強く、それでいて優しいものだということを、先刻の治療でチャーリーはすでに知っていた。同じように、その顔、挙措動作のすべてが力強く優しげだった。チャーリーがもし画家だったら描くであろう理想的な体型からすると、胴体はやや長く、逆に脚は少しばかり短かった。そして、そう、この服装……。

「ぼくは火星にいるんだ」チャーリー・ジョンズは震える声で言った。冗談めかして口にしたつもりが、惨めなくらい怯えて聞こえる。彼は無意味に建物の方を指さしてみた。

驚いたことに、男は熱心に頷くと、微笑んだ。温かく自信に満ちた微笑みだった。彼は順にチャーリー、自分自身、そして件《くだん》の建物を指さすと、巨大な窓に向かって歩きはじめ、チャーリーを手招いた。

いいとも、拒む理由なんかない……だがチャーリーは後ろ髪を引かれるように、自分が今出て来た銀色の小部屋《セル》の扉に目をやった。気に入っていたわけではさらさらないけれど、それでもそこは、この世界で彼がわずかなりとも親しんだ唯一の場所なのだ。

男はチャーリーの思いを察したのか、安心させるように、外の建物に行ってから小部屋《セル》に戻ってくるジェスチュアをしてくれた。

形ばかりの微笑みを見せて、チャーリーはついていくことに同意した。

男はチャーリーの腕を素早く摑むと、力強く歩き始めた。部屋の隅のカーテンのほうではなく、窓のほうへ、まっすぐに。そして窓をまっすぐ通り抜けた。ただし通り抜けたのは男一人だけ。チャーリーは直前で止まり、さっきまで横たわっていた車つき寝台へと逃げ戻ってしまったからだ。

男は窓の外に出て、虚空の上にしっかり立ち、微笑みながら手招きしていた。チャーリーに呼びかけているようでもあったが、その姿は目で見えるだけ、声は聞こえなかった。閉ざされた空間の中に置かれる、人はそのことを感じとる——というより、聞きとることができる。この時のチャーリーにも、自分が閉ざされた空間にいることが分かっていた。にもかかわらず、明るい服を着たそいつは、閉域を囲っているのが何であれ、すり抜けて外に出てしまった。しかも囲いは無傷のまま。男はやや痺れを切らしたように、しかし相変わらず愛想よく、一緒に来るようにとチャーリーに呼びかけている。

矜持を示すべき時というものがあるとすれば、今こそその時だとチャーリーは考えた。でもあいにくそんなもの持ち合わせていない。チャーリーは手と膝をついて這っていった。ゆっくりとガラスに手を伸ばす。間違いなくそこにあった。耳からも判断できたし、何かが空間を区切っているという感覚もある。だが、彼の手に対してはガラスは存在していなかった。おそるおそる外へ出て行った。

男は声を上げて笑いながら（といってチャーリーのことをあざ笑っているわけではなく、親しみがこもっていた）、虚空を歩いてチャーリーの近くに戻って来た。男が手を摑もうとしてきたので、チャーリーは素早く手を引っ込めた。男は再び笑った。そして身をかがめ、どういう仕掛けか分からないけれど、ともかく彼の足を支えているあたりを強く叩いて見せた。それから身を起こし、今度は足をどしんと踏みならす。

よろしい、やつが何かに乗っているのは間違いない。チャーリーは（またしても）記憶をたどる。サン・フアン空港で、西インド諸島から来た老女を見たことがあった。どういう目的があったのか、彼女は初めて飛行機に乗ったらしく、その空港で初めてエスカレーターというものに遭遇した。老女は後ずさり、道をふさぎ、手すりにちょっと触れてみては飛びあがっていた。とうとう、同行していた屈強な若者が老女の身体を摑まえて、エスカレーターの中に投げこんだ。老女は手すりにしがみつき、エスカレーターに乗っているあいだじゅうわめき続けていた。やがて降りる段になっても変わらず叫び続けていた。それは――実はそれまでの奇声もずっとそうだったのだが――歓喜の叫びに他ならなかった。

いいとも、確かに自分は惨めに這いつくばっている、しかしわめいたりはしないぞ。青ざめ、うつろな目をしながら、存在しないガラスの外に手を伸ばし、男が叩いたのと同じところを叩いてみた。

今度は何かが手に触れた。

片手と両膝をついたまま、伸ばした片手で前方を叩きながら、目を細め、頭を後ろに反らした。こうすれば、外は見えるが、下は見ないですむ。部屋をぐるりと取り囲んでいる「無」を通り抜け、チャーリーは外の世界で待ちかまえている「無」のほうへと出て行った。

不意に再び男の声が聞こえるようになった。彼は、もっと近くに来るようにと、笑いながらチャーリーを促していた。だがチャーリーは、ここまでと決めたところにすでに到達していた。すると、恐ろしいことに、男は突然チャーリーに近づくと、彼の身体を引っ張り上げた。そしてチャーリーの右手を、自分の腰の辺りの何もない空間へと誘導した――そこには手すりが！

チャーリーは自分の右手をまじまじと眺めた。見たところ何もないにもかかわらず、ありがたいことに手は何かを摑んでいた。握った拳の横から見える肉はへこみ、指の関節が白くなっていた。もう片方の手をすぐ横に添えてから、そよ風ごしに――そう、確かにそよ風が吹いていた――傍らの男を見つめた。男は歌うように何か喋って、下方を指さした。つられてチャーリーは下に目をやり、息を呑んだ。せいぜい六十メートルくらいの高さだったろうが、彼には数キロメートルにも感じられた。チャーリーはごくりと唾を飲み込んだ。そして、男が楽しげに「フルヴァ　ドロプ、ヘイ？」とか何とか言ったのに、こくりと頷いてしまった。その言葉の意味が「じゃあ行くよ、君？」だったのだと悟った時には後の祭り。男は頷いて、動き始めていた。

二人は落下していった。チャーリーは悲鳴を上げた。それは歓喜の叫びではなかった。

☆

ボン・トン・アレイズは一種の複合娯楽施設で、名前が示すとおり、ボウリング場《アレイ》と、もちろん併設のバーからなっている。だが、さらに多くのものが付け加えられてきた。例えば、ティッシュペーパーの自動販売機には、もう一台の小さな自販機が増設され、ご婦人の口紅用の小さなティッシュを売り出した。同じように、バーにもコテージ用のふわふわしたカーテンが飾られ、プレッツエルと卵を売るスタンドの回りには床まで届くスカートのような布が張られた。「女給《バー・メイド》」は「ウエイトレス」になった。缶から注がれていたビールが、いつのまにかピンクレディや、名前ばかりのベルモット・ソーダへと変わっていった。ビリヤード台は撤去され、気取ったギフトショップが取って代わった。

ジャネット・レイルとその隣人ティリー・スミスが腰を下ろしている。ふたりは、一汗かいたあとの心地よい気分で（特にティリーの方は、一流ボウラーの仲間入りをしつつある）リキュール風味のフラッペで喉を潤していた。それから今夜の本題《ビジネス》にとりかかる。つまり――商売《ビジネス》の話に。

「会計は会計」ジャネットが口火を切る。「広告は広告。あのビール腹の親爺、なんで広報部に来てまで威張り散らしてるわけ？」

ティリーはリキュールを一口啜ると、上品に舌鼓を打つ。「年の功よ」彼女は言う。その一言には色々な含みがある。彼女の夫はカヴァリエ・インダストリーの広報課で働いている。

ジャネットはいやな顔をする。夫のハーブはカヴァリエと取り引きのある広告代理店で働いているのだ。「彼に私たちをこき使う権利なんてないわ」

「そうねえ」とティリーはあくびをした。ティリーの夫はハーブよりも少し年上で、そして確かにある意味でハーブよりもはるかに鋭かった。「ああいう計算機みたいな人たちってのはあしらいやすいものよ。目の前にあるものしか見えないんだから」

「そういう人たちの目の前にないものなんてあるの？」

「昔、夫の会社にいたトライザーさんのことを思い出すわ」ティリーは言った。「若手の一人が――誰、なんて訊かないでよ――オフィスをもう少し広く使いたいと思った。で、上司――ほら、あの『愉快、愉快』って口癖の人――とお喋りをして、酒場でするような賭けをしたの。目一杯水増しした立て替えの請求書を作りながら、トライザーさんがそれに気づかないようにできるかどうか、って」彼女はまた一口飲んで、軽く笑った。

「それで、どうなったの？」ジャネットは聞きたくてうずうずしている。

「どうもなにも。トライザーさんは私の……その若者が自分を狙っているのを知っていた。だから、大量の不正書類が届くようになると、こっそりそれを保管して、その若造の頭の上に落としてやれるくらいになるまで溜めこんでいったの。そうなるまでにはずいぶん時間がかかるように若者の方はじっくり餌を与え続けていった。その間、上司はこのジョークを『愉快、愉快』なものにしようと、若者が偽の書類を作るたびにコピーを取っておいた。でも、いよいよトライザーさんが爆弾を落とそうというころには、もう五週間も経っていたから、上司もとっくに『愉快、愉快』とは思わなくなっていた。結局、トライザーさんは経理課から追い払われた。一応は顔を立てて、名ばかりの管理職に祭り上げてね。耄碌のせいで、自分以外の誰かに迷惑を掛けることがないように」

「当然の報い《ジャスト・デザート》ね」ジャネットは呟く。

ティリーは笑う。「それ、高級ベーカリーの名前みたい」

「ふさわしいデザート《ジャスト・デザート》……うん、悪くないかも」ジャネットは明るく言う。今まで気づいていなかった。「ビッグ・バグ・ベーカリーとの契約を手に入れるためのプレゼンで、ハーブがこのキャッチコピーを使うことにする。お願いだから誰にも言わないでね」そしてジャネットはハーブにこのコピーを教えるだろう。バッタをけしかけるようにこう言いながら――「出世《ジャンプ》するのよ、坊や、出世《ジャンプ》しなさい」

★

彼らは弾力性に富んだ芝の上に降り立った。チャーリーは膝をついていた。同伴者の腕が彼を包み、支えていた。チャーリーは気持ちを奮い立たせて起き上がり、余裕が生まれたところで上を見上げてみた。とたんに激しい震えが来た。それがあまりにひどいので、チャーリーの身体に回されていた同伴者の腕が、押さえ込むようにぎゅっときつくなった。チャーリーは精一杯努力して、何でもないというように笑みを浮かべ、その腕を振りほどいた。同伴者は短く何かを言って、ジェスチュアで、上を指し、下を指し、スピードの速さを示し、チャーリーの頭が何かにぶつかったことを示し、多分「申し訳ない」という謝罪の気持ちも含まれている卑下の態度らしきものを示した。チャーリーはもう一度微笑みを浮かべると、相手の背中を力なく叩いた。そして、怯えたまなざしをもう一度上方に向けてから、建物を離れて歩き出した。見上げた建物は、単に大きすぎるというだけではなく、むやみにのっぽなのだ。その巨大な本体部分は、彼に向かって拳のように振り上げられていた。もう一つの建物同様、建築物としてあまりにでたらめだ。ただ違うのは、こちらの建物は円錐形というよりは紡錘形、天頂を目指すのではなく転倒を目指しているような立ち方をしている。

二人は芝を横切っていった。舗装された道はおろか、小径すらないらしい。同伴者の奇天烈な服装が人々の注目を集めるのではないかとチャーリーが考えていたとしたら、その予想は裏切られた。チャーリーのほうが、はるかにズレているのだ。別に、人々がじろじろこちらを眺めたり、周囲に人だかりが出来たりしたわけではない。そんなことは決してなかった。だが、人々が愛想よく手を振ったり素早く目を逸らしたりする様子から、彼らが好奇心を抱いていることや、その興味の対象が場違いであることは察せられるものだ。

建物を回ると、人々が五十人ばかりプールで水遊びをしているところに出た。水浴びの時に彼らが着ているのは例の絹製のスポーランに似たものだけで、どういう仕掛けなのかは分からなかったが、とにかく身体にくっついていた。しかしこの程度のことは、チャーリーの中ではもう受け入れ可能な事柄の範疇に入っていた。人々は例外なく彼に向かって、生真面目な丁重さで挨拶をした。誰もが手を振り、微笑み、言葉をかけて、チャーリーがここにいることに満足しているといったふうだった。

プール以外の場所では、人々の服装は種類もスタイルもてんでんばらばらだった。しばしば二人一組で同じ服を着ていたが、それに何か意味があるのか、チャーリーには理解できなかった。例えば、ある一組は最小限のものしか身に着けず、二の腕にオレンジ色の花のような色鮮やかなリボンがついているだけだった——もちろん、例のスポーランはしていたけれど。かと思えば別の一組は、ばかでかい袋のようなパンタロンを穿き、巨大な翼のような襟を立て、尖った帽子を被り、厚底のサンダルを履いていた。服装のバリエーションには際限がないようで、ペアで歩いているのを別にすれば、同じ服装をしている人はいなかった。ただし、色の鮮やかさと素材の多様さだけはどの服にも共通していた。衣類は彼らにとって装飾品という以外の意味を持たないようだ。今までチャーリーが出会ったり本で読んだりしたどんな民族とも異なって、このあたりの人々は身体のどこか特定の部位を強く意識しているということもないようだった。

女性は見かけなかった。

奇妙な土地だ。空気は妙に爽やかで、空は一面銀色の輝きに覆われていた。チャーリーが〝詰め物をした小部屋《セル》〟で見たのは、この空の銀色だったのだ。花々はあふれんばかりに伸び育っていた。中にはくらくらするほど刺激的な香りの花もあり、多くはチャーリーにとって未知のものだった。どの花も、自由奔放な手によってさまざまな色を散らされているようだった。芝生も、建物と同じくらいありそうにないものだった。一面真っ平らで弾力性に富み、土が剝き出しになったところや余計な雑草などは一切ない。多くの人が踏みならしているはずの建物近くの芝も、遠くのものとまったく同じようにきれいに整っていた。

導かれるままチャーリーは建物を回り込み、アーチが、どのようにしてそうなっているのかは説明不可能だが、目に心地よく左側に傾いた下をくぐり抜けた。同伴者が気遣うようにそっと彼の腕を摑んできた。理由を訊く暇もなく、あっという間に二十メートルほど垂直に落下していった。気がつけばどことなく地下鉄の駅に似た場所にいた。ただし二人はそこで列車を待つわけではなく、歩き出した――というか、現地人である同伴者は歩き出した。チャーリーのほうは引きずられていったのだ。端まで行ったところでプラットフォームを離れ、脚を折り曲げて、落下ならぬ落下という不愉快な経験をしなければならなかった――見えない物体が橋のように虚空の端から端まで張り渡されていたのだ。それはさっき、建物からふわりと地上に降りていくときに身体を支えていたのと同じものだった。

半分ほど行ったところで二人は停まった。男は問いかけるようにチャーリーを見た。こうなったら何でも来い、とチャーリーは覚悟を決めて頷いた。どのようにしてかは分からなかったが——何かのジェスチュアを使ったように見えた——二人は飛びあがり、立った姿勢のままトンネルを抜けていった。停まったり動き出したりする際の衝撃もほとんど感じられなかった。二人を支えている正体不明の何かは、ありえないほどの速さで彼らを運び去り、あっという間に別のプラットフォームまで送り届けていた。そこから脇にあった四角い横穴に入ると、錐体型の建物の地上部分に当たるところにひょいと出た。こうして地下鉄から離れていくあいだ、チャーリーは飛び出た心臓を落ち着かせることに専念し、胃袋の方は放っておいた。その気になった時に後からついてきてくれればいい。

二人は、壁に囲まれた、洞窟のような中庭を抜けていった。見えないエレベーターに乗って、現地人たちがめまぐるしい速さで四方の壁を昇り降りしている。鮮やかな色彩の服がはためくさまはちょっとした見物だった。あたりには音楽が流れていた。最初は、何か公共放送のような仕組みなのかと考えたが、やがて、人々がそれを歌っているのが分かった。あちこちへと動き回り、建物を出入りしながら、柔らかく美しいハーモニーで口ずさみ声を震わせているのだ。

二人は側面の壁に近づいていった。その時、チャーリーはあるものを見て愕然とした。ショックのあまり、自分が指先で弾かれた果物の種みたいに六十メートルほどの壁を一気に昇っていくのにも気づかないほどだった。チャーリーは驚きで身動き一つ出来ないまま、あちらこちらへなされるがままに運ばれていった。そうこうするあいだに、頭の中では、既成観念が百八十度ひっくり返っていた。

中庭で彼とすれ違った二人の男は、妊娠していた。見間違いようがなかった。

チャーリーは、微笑んでいる同伴者を横目で見た。目鼻立ちのはっきりした顔、筋肉の発達した腕とがっしりした脚。なるほど、確かに顎には鬚一本ないが……堂々たる胸の筋肉を持っている。乳輪は男性にしてはずいぶん大きい。だが一方で、それくらいのことは別におかしくない気もする。彼らの目だって、ちょっと違うじゃないか。何がそんなに……待て、考えるんだ。もし「彼」が女なら、ここの連中はみんな女だってことになる。じゃあ、男はどこにいるんだ？

チャーリーは思い出そうとした。最初に飛んだ時、彼女……彼……彼が自分をソーダクラッカーの袋のように軽々と腕に抱えたことを。もし女性にあんなことが出来るんなら、この世界の男性にはどんなことができるんだ？

まず頭に浮かんだのは巨人の姿だった。四メートル、いや五メートルの怪物《ビヒモス》。

次に思い浮かべたのは、地下深くの、何と言えばいいのか……一種の奉仕場《サービス・ステーション》で、鎖に繋がれ飼われているちっぽけなオスの姿だった。

そうなると、自分自身がどんなふうに扱われるのか気になり出した。「どこに連れて行く気だ？」チャーリーは強い口調で訊ねた。

導き役は頷いて微笑み、チャーリーの手首を摑んだ。こうなるとおとなしく歩くか、さもなくば顔から地面に叩きつけられるかしかない。

二人はある部屋にたどり着いた。

扉が開いた……というより拡がった。楕円形をしたその扉は、真ん中のところで二つに裂けて、近づくとぱかっと開き、中に入ると背後で力強くぱちんと閉じた。

チャーリーは立ち止まって、後ずさりした。誰も止めなかった。逃げようにも、扉は十人のチャーリーがのしかかっても平気なくらい丈夫そうだったし、おまけにノブさえない。

チャーリーは目を上げた。

彼ら全員が見つめ返してきた。

☆

ハーブ・レイルはスミティに会いに行く。子どもたちは眠っている。彼はポータブルサイズのテレビを持っている。ノックすると、スミティが彼を中に招き入れる。

「やあ」

「よう」

ハーブはスミティのリビングを横切って食卓のそばのサイドボードのところに行く。テレビを床に置き、コンセントを繋ぐ。「何してた?」

スミティは赤ん坊を抱え上げる。呼び鈴に応えてドアのところに行く時に、ソファに寝かせておいたのだ。肩に担ぐと、赤ん坊は折り襟のようにしがみついた。「何って」彼は答える。「ボスが帰ってくるまで、仕事に専念さ」

「ボスなんか知ったことか」とハーブ。

「じゃあ、君は自分の家のボスなのか」

「おいおい、冗談だろ」ハーブは言う。「でも、もし本気で質問しているんなら、真面目に答えてやろう」

「じゃあ真面目に答えてくれ」

「ぼくたちみたいな人間には、もう家の中のボスはいないのさ」

「そうだな、俺も、物事がどんどん手におえなくなってる気がする」

「ぼくが言いたいのはそんなことじゃないよ、バカ《ボーンヘッド》」

「じゃあ何が言いたいんだ、カバ《ヘッドボーン》」スミティは訊ねた。

「チームになってるってことさ。女たちが仕事を横取りしていくっていう愚痴ならさんざん聞かされている。女たちは奪っていくんじゃない。入り込んできているんだ」

「面白い考えだな。よしよし、おまえはいい子ちゃんだ」スミティは少しふぬけた、あやすような口調で言った。

「ぼくが、何だって？」

「おまえじゃないよ、赤ん坊に向かって言ったんだ。この子はげっぷをしたところなんだ」

「ちょっと見せて。もう何年も赤ん坊なんて抱いてないんだ」と、三歳になるカレンの父親は言う。ハーブは赤ん坊をスミティから受け取り、抱き寄せた。「べろべろべろ、ばぁ」と、「べろべろ」のところで思い切り舌を突き出しながらやってみせる。「べろべろ、ばぁ」

赤ん坊の目はまんまるになった。脇の下に抱えこまれた赤ん坊は、べとべとの顎がよだれかけの中に埋まるほど肩を丸める。「べろべろばぁ」赤ん坊の目が不意に細められてアーモンドのような形になる。無邪気な笑みを満面に浮かべ、左頬にえくぼを作る。満足そうな音が赤ん坊の喉から漏れる。「べろべろべろ、ほら、この子、笑ったぞ」とハーブは言う。

スミスはハーブ・レイルの後ろに回り込み、我が子の笑顔を見ようとする。感心して、「すごいな」と彼は言う。スミスはハーブの顔の横に自分の顔を並べてみせる。「べろべろ、ばぁ」

「舌を突き出さなきゃ。舌の動きがこの子に見えるように」とハーブ。「べろべろ、ばぁ」

「べろべろべろ、ばぁ」

「べろべろ、ばぁ」赤ん坊は笑うのを止めて、きょろきょろと二人の顔を交互に見る。「おい、君が出て来たんで、この子混乱してるぞ」

「そんなわけあるか」と赤ん坊の父親は言う。「べろべろべろ、ばぁ」これが効いたのか、赤ん坊は楽しげにくふふと笑い、しゃっくりをしはじめる。

「しまった」とスミス。「キッチンに連れてきてくれ。俺は水を用意するから」

二人はキッチンに向かう。ハーブは赤ん坊を運び、スミスは冷蔵庫から四オンスの瓶を取り出して電気加温器の中に入れる。そしてハーブから赤ん坊を受け取って、再び自分の肩に摑まらせる。

赤ん坊の激しいしゃっくりは止まらない。「畜生、ティリーに言っちまったんだ、俺が後片づけをするって」

「ぼくがお手伝い《ボーイスカウト》になってやるよ。君は手がふさがってるだろ」ハーブは調理台から皿を取り上げると、中味をゴミ箱に掻き出し、流しに積んでいく。それからお湯のスイッチを入れる。手慣れたものだ。なぜならスミスの家の流しも彼の家の流しも、右隣の家のも左隣の家のも向かいの家のも裏の家のも、みんな同じ種類の流しなのだから。洗浄剤の缶を取って中を覗き込み、眉をひそめる。

「うちじゃ、もう使ってないぜ、これ」

「どうして?」

「手に悪いんだとさ。今、うちじゃラノ・ラヴを使ってる。まあ値段はちょっと高いけど、でもね」とハーブは言う。文の最後を「でもね」で締め括って。

「『硬貨二枚を余計に払えば、効果抜群きれいなお手々』か」スミスはテレビのコマーシャルを引用してみせる。

「コマーシャルを真に受ける気はないけれど、こればかりは本当だよ」ハーブはお湯を出し、水で温度調節をしてから、蛇口のシャワーをつかんで皿を一枚一枚お湯で洗い流していく。

★

チャーリーをここまで連れてきた人物を除いて、部屋には四人いた。そのうちの二人はまったく同じ服装をしていた。鮮やかな緑色の腹帯を巻き、腰にはパニエを着用。ただしスカートはなくて骨組みだけだ。チャーリーの真正面にいる、部屋で一番背の高い人物は、案内役のと似たおかしなバスローブを着ていたが、こちらは炎のようなオレンジ色をしている。四人目は、一八九〇年代の男性用水着の下半分を型紙にして作ったような代物を着ていた。その色は金属的で鮮やかな青。

呆然としたまま順に目を向けていくと、それぞれチャーリーに微笑みを返してきた。全員、ゆったり手足を伸ばしてくつろぎ、低い長椅子や、床がそのまま盛り上がったクッション状の小丘の上に悠然と腰を下ろしていた。のっぽの人物は、彼（あるいは彼女）が腰を下ろしてから周囲に組み立てられたかのようなデスクの後ろに座っていた。彼らが温かく好意的な微笑みを浮かべ、くつろいだ様子なので、チャーリーは勇気づけられた。その一方でこんな考えも頭をよぎった——この礼儀正しい態度は、現代のビジネスの世界で親愛の情を示すために行なう儀式のようなものではないか、と。目的のためなら相手に対してどんなことでもやりかねないくせに、まずは「さあ座って、何なら靴を脱いでも構いませんよ——私たちは友達なんですから。まずは一服どうぞ。堅苦しく『ミスター』つきで呼ばないでくださいね」と切り出すのだ。

緑の服を着た二人のうちの一人が、この世界の住人に特徴的な鳥っぽい（というか鳩っぽい）口調でオレンジ服の人物に話しかけ、チャーリーのほうを手で示し、笑った。が、チャーリーを連れて来た人物の笑いと同様、特にチャーリーのことを笑っているとは思えなかった。当の案内役も話し始めていて、全員がそれを楽しんでいるようだった。気づくと、赤い服その他を着こんだ先刻までの案内役は、床にうずくまり、目をきつく閉じて、慌てふためいたように床を手探りしてみせていた。つづいて両膝と片腕をついて床を這い始めた。空いているもう片方の腕をこわごわと前方に突き出し、顔には大袈裟な恐怖の表情をコミカルに浮かべて。

大爆笑が湧き起こった。

チャーリーは耳朶《みみたぶ》が熱くなるのを感じた。これは怒りか飲み過ぎの徴候だった。そして今、自分が酔っているわけではないことは、分かりすぎるくらい分かっていた。「そのジョークに俺も混ぜてくれよ」そう低い声で言った。連中はまだ笑いながら、訝しげにチャーリーの動きを目で追った。その間にも、赤い服の人物は、目に見えないエレベーターに初めて遭遇した二十世紀人の物真似を続けていた。

チャーリー・ジョンズの中で、何かがぷちんと切れた。ここまでさんざん押され、引っ張られ、突かれ、落とされ、放り投げられ、驚かされ、当惑させられ、途方に暮れていたのだ。これ以上はほんのわずかだって我慢できない。赤服の尻に、ハイスクールのフットボール代表だったとき身につけた鮮やかな蹴りをお見舞いしてやった。そいつは百面相を披露したその顔を突っ伏したまま、オレンジ服の奴が座っている大きな机の脚のところまで、床を滑って行った。

しんと静まりかえった。

赤服がゆっくりと起きあがり、蹴られた箇所を自分で優しく撫でながら、チャーリーのほうに顔を向けた。

チャーリーはびくともしない扉に少し強く肩を押しつけ、じっと動かずにいた。五組の目をゆっくりと見回した。どの目の中にも怒っている気配はなく、驚いている様子もなかった。ただ、深い悲しみの念だけが読み取れた。これは憤怒よりもずっと不気味なものに思われた。「何か文句があるか？」チャーリーは赤服に言った。「自業自得だ！」

彼らの一人が鳩のような声で何かを囁いた。別の一人が楽しげにそれに答えた。赤服がチャーリーの前に進み出て、さっき見たのと同じような一連の悲しげな声音とジェスチュアをしてみせる。ただし今度はもっと複雑なバージョンだ。「おお、私は何と下劣だったのでしょう。あなたを傷つけるつもりはなかったのです」とでも言ったところか。チャーリーは謝罪を受け入れたものの、困惑は消えない。あのな、もしそんなに悪いことだと思っているんなら、そもそも何であんな馬鹿なまねをしたんだ？　そう言ってやりたかった。

オレンジの服を着た人物が、おもむろに立ち上がり、どうやってかは分からないが自分を取り囲んでいる机の抱擁から身を引き離した。温かく同情に満ちた表情を浮かべながら、彼は三音節の言葉を口にし、背後で何か動作をした。すると扉が開いた——というか壁の一部が拡がった。賛同を示す穏やかなざわめきの声があがり、皆がうなずき、微笑んで、手で扉を指してから、チャーリーをそこへ招くような仕種をした。

扉の向こう側に何があるのか見えるように、チャーリー・ジョンズは最小限だけ前に進んだ。彼がそこに見たのは、予測していたとおり、奇天烈きわまりない代物だった。その機械《ガジェット》の外観は洗練されながらもどこかアンバランスで、何本ものチューブの中を液体が流れていた。だが、そうした外見にもかかわらず、機械の用途はごまかしようがなかった。光の中に浮かび上がったのは、マットを敷いたような平たいテーブル。片方の端にはヘルメット型の器具がついていて、手足を締め付けるのにぴったりの留め金のような装置も見える。これはどう考えても手術室だ。こんなところに関わるのはまっぴらだ。

チャーリーは素早く後ろに飛び退いた。しかし、そこには三人が待ちかまえていた。拳を振り上げたが、頭の上でなんなく摑まれ、動かせない。蹴りつけようとすると、むき出しの脚が素早く伸びてきて膝で彼の脚を押さえ込んでしまった。力強い脚だった。オレンジの服を着た人物が、申し訳なさげに微笑みながら、チャーリーの右の二の腕にピンポン大の白い球体を押しつけた。ぱちんという音とともにボールが割れた。チャーリーは叫ぼうとして肺一杯に息を吸い込んだが、すぐに気を失ってしまったので、結局自分が声を上げられたのかどうか分からないままだった。

☆

「これ、見たか?」ハーブが言う。彼らはスミスの家のリビングにいる。ハーブは手持ち無沙汰に新聞のページをめくっている。腕の中にうまい具合におさまっている赤ん坊に水を飲ませながら、スミティが訊き返す。「何を？」

「短い《ブリーフ》ブリーフ——男性用」

「下着の話か？」

「ビキニみたいで、しかももっと小さい。ニット。重さはせいぜい四分の一オンスと見た」

「そんなもんだろうな。カクテルオニオン以来の大発明だ」

「え、持ってるの？」

「持っているとも。幾らだって？」

ハーブは新聞の広告を確認する。「一ドル半」

「五丁目のプライスバスター・ディスカウントショップに行けば、二枚で二ドル七十三セントってとこかな」

ハーブはイラストを見る。「白、黒、薄黄色、薄青色、ピンクがご用意されております、とさ」

「へぇ」スミティは言い、注意深く哺乳びんを引っ込める。赤ん坊はしゃっくりもおさまって、今は眠っている。

★

「さあ、チャーリー……起きて!」

うーん母さんもうあと四分だけ絶対に絶対に遅れないからさ昨夜寝たのが二時近かったんだ、母さんにひどく酔っていることがばれないといいな時間のことなんか気にしてないでよ、母さん?

「チャーリー……あなたには本当にすまないって思ってる」申し訳ないだって、ローラ? **だって、完璧なものにしたかったのに。**現実の世界じゃ、初めての時にうまくいくことなんてないんだよ。さ、おいで……。大丈夫、もう一度すればいいのさ。**ああ……チャーリー……。**

「チャーリー?」あなた、チャーリーっていうんだ。**あたしのことはレッドって呼んで。**

十四歳のころ(彼はまたしても記憶を甦らせている、記憶を)、ルースという娘がいて、子どもたちが集まってキスのゲームをするというパーティがあって、そして彼らは郵便局ごっこ(男女二人を「郵便局」に見立てた部屋に閉じこめてキスをさせる)をした。「郵便局」として使われたのは一種の気密室だった。サンソム通りの古風な家の一室で、二重の外扉と、厚いカーテンがついた二重の内扉を備えていた。パーティの間じゅう、チャーリーはルースを見つめていた。彼女は、人を惹きつける魅力的なオリーブ色の肌と、艶やかなブルーブラックの短い髪をしていた。低い囁き声、きゅっと締まった口元、はにかむ瞳。まるで一秒以上他人を見つめるのを恐れているようだった。オリーブ色の肌のせいで、赤くなっているかどうかはっきり分からなかったが、彼女が興奮で上気しているのは確かだった。パーティの参加者たちが、くすくす笑いながら互いに指さし合い、お喋りをしながら調子っ外れに笑い合った結果、チャーリーの名が呼ばれ、ついでルースの名が呼ばれた。選ばれた彼と彼女は「郵便局」に入り、扉を閉めて二人きりにならなければならない。チャーリーは半ば上の空で「ああ、いいとも！」と答えた。ルースのために扉を押さえてやった。部屋に入るとき彼女は目を伏せていて、まるで目を閉じているようだった。長い睫毛が火照った頬に触れているように見えた。彼女の肩は緊張ですくみ、両手は固く握り合わされていた。彼女の小さい足は小さい歩幅を刻んだ。冷やかしの声をあげ、からかうようにキスの音を立てる見物客たちに向かって、大袈裟にウィンクして見せてから、チャーリーは扉を閉めた……彼女は室内で黙って待っていた。チャーリーは大胆で強引な遊び慣れた少年として名が通っていたし、自分でもそう思われたがっていたから、ルースの肩を強く抱いた。そこで彼女は初めて目を上げた。見透かすような、はにかむ瞳。チャーリーはその深みの中に吸い込まれていった。そして、何年にも思える数秒の間、動けないまま見つめていた。ようやく口を開く。ぼくが君としたいのはこれだけだよ、ルース。チャーリーはそう言って、熱を帯びた滑らかな彼女の額の真ん中に、思いやりのあるごく軽い口づけをした。そして身体を離すと、再び彼女の黒い瞳の中にふらりと吸い込まれていった。だってルース、と彼は言った、ぼくが君に対してすべきことは、これだけなんだから。**あなたは私のこと分かってるのね、チャーリー、**彼女は囁いた。**本当に、本当に私のことを分かってるね。**

「私のことを分かっているね、チャーリー。本当に、本当に私のことを分かっているね」

チャーリーは目を開けた。霧が晴れていった。誰かが彼の上に屈み込んでいたが、母親でもローラでもレッドでもルースでもなく誰でもない、そもそも人でさえなくて、前裾が斜めに切れた赤いバスローブを着込んだ何かだった。それは、もう一度同じことを言った。「さあ、もう私の言葉が分かっているね、チャーリー」

その言葉は英語ではなかった。が、チャーリーには英語と同じように明確に理解できた。どこがどう違うのさえ理解できた。構造が違ったのだ。文字通りに訳してみれば、「あなたは（二人称単数。ただし親愛の情が籠もっているわけではないし、逆にフォーマルな言い方というのでもない。友情と敬愛の籠もった、言ってみれば親しい叔父に対する時のような呼びかけ）、理解している（情緒や心理を分かっている、という意味ではなく、純粋に言語のレベルで理解しているという意味）、私を（この「私」は親身になって有益なアドバイスをくれる、カウンセラーやガイドの用いる「私」。法律上その他で優位に立つ存在が使うような見下した「私」ではない）、チャーリー」彼らの言語体系において、ここで選ばれた単語のそれぞれに、ニュアンスの異なる別の言い方があることさえ、完璧に理解していた――そうした意味の体系が、どのような文化の体系から生み出されたものなのかは分からなかったけれど。彼はまた、その気になれば英語で返事をすることもできると気づいていた。つまり頭の中に何かが付け足されただけなのだ。何一つ奪われてはいない。

気分は……爽やかだった。まるで自分がこれまで少しの睡眠もとらずにやってきたような気がした。同時に少しばかり謙虚になった気もした。新しく得た知識によって、さっきまで感じていた憤りが、さっきまで感じていた恐怖と同じように的はずれなものだったということを知ってしまったから。この人々は、チャーリーのことを馬鹿にするつもりもなかったし、傷つける気もなかったのだ。

「私はシース」赤服の人物が言った。「私の言うことが理解できますね、チャーリー？」

「ああ、分かるとも！」

「お願いですから、レダムで喋って下さい」

チャーリーはレダムという語が何を指しているのか理解した。それは言語と、この土地と、そこに住む人々を意味する語だった。新しい言語を使って、驚きながら彼は口走った。「喋れる！」自分が不自然なアクセントで喋っていることに気が付いた。おそらく、この言語にまだ身体が馴染んでいないせいだろう。あらゆる言語と同様、この言語にも他の言語にはない固有の音が含まれていた――ゲール語の声門音、フランス語の鼻音、ゲルマン語の喉音のように。しかし同時に、耳にとても心地よく作られた言語でもあった。その瞬間、彼の脳裏を過ぎったのは、子どものころ筆記体を打ち出せるタイプライターを見て感動した思い出だった。それぞれの文字の尻尾の部分が、続く文字にきれいに繋がっていくのだ。レダムのシラブルもそれに似て、口に出してみると見事に次の音に繋がっていく。現代の英語とは違って、音が口の中一杯に満ちていった。ちょうどエリザベス女王時代の英語が、今よりずっと朗々と響く楽器だったのと同じように。レダムで喋る時には、現代人が英語を喋る時のように、唇だけを動かし、顎は固定したままでいるのは不可能に近かった（英語の発音法は、読唇術を試みる人たちを困惑させる方向に進化してきたかのようだ）。「喋れるぞ！」チャーリー・ジョンズは叫んだ。彼らは口々に祝福の言葉を贈ってくれた。これほど晴れがましい気持ちになったのは、七歳の夏、キャンプで初めて泳いだ時、いかだに乗った少年たちから賞讃されて以来だった。

シースがチャーリーの上腕を支えて、身を起こすのを助けてくれた。チャーリーは病院で患者に着せるガウンのようなものを着せられていた。シースを見て（今になってみると、この「私はシース」というセリフは、チャーリーが「到着」してから繰り返し口にされていたことが分かる。だが、これまでチャーリーの耳はレダム語の音を聞き分けることができなかったのだ）、微笑んだ。この奇妙な世界に着いてから初めて、心から微笑んだ。この反応を受けて、またしても満足するような囁きが交わされた。

シースはオレンジ色の服を着た現地人を指さし、「ミールウィスです」と紹介した。彼は前に進み出て、挨拶した。「あなたを迎えることができて、私たちは心から喜んでいます」

「そして、彼がフィロスです」こっけいな青いズボンを穿いた人物が頷いて笑顔を浮かべた。ユーモラスで鋭い顔立ちと鮮やかな黒い瞳のきらめきは、裡に秘められた何かを示していた。

「それからこの二人がネイシヴとグロシッド」とシースは言って、紹介を終えた。

緑の服を着た二人組は、笑顔で挨拶をした。グロシッドが言った。「私たちとあなたは友人同士です。何よりもまず、そのことを理解してほしい」

背の高いミールウィスが口をひらいた。他の人々が寄せる敬意が、触れがたいオーラとなって彼を包んでいるようだった。「そう、それだけは信じてほしい。私たちを信頼して。そして……何か必要なものがあれば、私たちにそう言ってくれるだけでいい」

残りの人々も、声を揃えて請け合った。

心を許し始めたチャーリーは、唇を舐めてから曖昧に微笑んだ。「何よりも……僕には情報が必要だ」

「何でも」とシースが応じた。「あなたが知りたいということなら何でも教えますよ」

「それじゃ、まず——ここはどこなんだ？」

他の人々に発言を任されて、ミールウィスが答えた。「医療施設《メディカル・ワン》の中だ」

「この建物は医療施設《メディカル・ワン》と呼ばれています」シースが補足した。「もう一つの建物、さっきまで私たちがいたところは、科学施設《サイエンス・ワン》と呼ばれています」

グロシッドが敬意を込めて言った。「ミールウィスは医療施設《メディカル・ワン》のヘッド（レダム語では、この単語に「創立者」、「指導者」、そしてさらに微妙で深遠な、敢えて言うなら「霊感を与える存在」といった意味が混在していた）なのです」

ミールウィスは賞讃を受け入れるように微笑んでから、付け加えた。「シースは科学施設《サイエンス・ワン》のヘッドです」

シースのほうは、この賞讃の言葉をやり過ごすように言った。「そしてグロシッドとネイシヴは児童施設《チルドレンズ・ワン》のヘッドをしています。そちらも、あなたはいずれご覧になりたいと思われることでしょう」

パニエを着た二人組もまた、この賞賛の言葉を受け入れた。グロシッドが優しい声で言った。

「私たちも、あなたが遠からず私たちの建物にお出でになることを望んでいます」

チャーリーは当惑しながら、二人を交互に見やった。

「さて、お分かりでしょう」シースが言った（この「分かる」は「理解する」という意味だった。それはちょうど「これであなたは全てを知ったわけです」という意味だった）。「私たち全員が、あなたとここにいるわけです」

その言葉の含みは正確には摑みきれなかったけれど、チャーリーはこれが何かしら特別なことらしいという感じを受けた。言ってみれば女王と大統領と教皇をいっぺんに紹介されたようなものだ、と。だから、頭に浮かんだ唯一の言葉を口にした。「どうもありがとう……」と。この受け答えは彼らを喜ばせたようだ。それからチャーリーは、ただ一人身元を明かされていない人物に目を向けた。ズボンを穿いた男、フィロス。意外なことに、フィロスは彼に目配せをしてみせた。ミールウィスは無造作に言った。「フィロスはあなたが勉強するためにここにいる」

これは彼が言ったことの正確な訳ではない。この一文は奇妙に捻《ねじ》れた語法だった。ちょうど誰かが、「ぼくはタマネギが嫌いだ」という意味で、「ぼくはタマネギに嫌われてて」と言うのに似ていた。いずれにせよフィロスは、医療施設《メディカル・ワン》や科学施設《サイエンス・ワン》や児童施設《チルドレンズ・ワン》のヘッドのように、特別の名誉や賞讃を受ける地位にいるわけではないようだった。たぶん、単なる一職員なのだろう。

それは後で確認することにしよう。チャーリーが彼らの顔を見回すと、全員の温かい眼差しが返ってきた。

チャーリーはもう一度訊ねてみた。「それは分かった。で、ここはどこなんだ？」

彼らはお互いに見つめ合ってから、チャーリーの方に向き直った。シースが訊ねた。「ええと、どこ、というのはどういう意味です？　ああ」シースが他の面々に言った。「彼は自分がいる場所を知りたいのか」

「レダムだ」ネイシヴが言った。

「じゃあ、そのレダムというのはどこなんだ？」

再び彼らの間で視線が交わされた。シースは、やっと事情を飲み込めてきたような表情になって、こう言った。「レダムがどこにあるのかを知りたいというのか！」

「いいかい」チャーリーは、精一杯辛抱強く話すことにした。「まず基本的なことから始めよう。ここは何という惑星なんだ？」

「地球ですよ！」

「分かった。では次に——え、地球？」

「そう、地球」

チャーリーはかぶりを振った。「今まで聞いたこともない地球だ」

皆がフィロスのほうを見た。フィロスは肩をすくめて言った。「たぶんそうだろうね」

「きっと、この言語特有の言い回しに違いない」とチャーリーは言った。「もしこれが地球だって言うんなら、ぼくはまるで……」こんな変な世界で、こんな奇妙な人々に囲まれた状況をたとえる表現は思いつかなかった。「あ、そうか！」チャーリーは突然叫んだ。「要するに、どんな言語にも『地球』を意味する言葉があるってことだ。ぼくがどんな惑星にいるにせよ……つまり、火星語なら火星のことを『地球』と呼ぶはずだし、金星語では金星のことを『地球』と呼んでいるだろうし」

「素晴らしい！」とフィロス。

「だが」とミールウィスは言った。「やはりここは地球なのだ」

「太陽から数えて三番目の惑星？」

彼らはみな頷いた。

「で、君たちの言う太陽ってのも、ぼくが考えているのと同じ太陽なのか？」

「一瞬ごとに」とフィロスは呟いた。「全ては移り変わっている。同じままでいるものなどない」

「彼のことを混乱させないように」ミールウィスが鋼鉄の梁のように硬い声でフィロスに釘を刺した。「そう、同じ太陽ですよ」

「どうして教えてくれなかった？」チャーリーは叫んだ。彼の動揺に、彼らもとまどったようだ。

「教えましたよ。今説明しています。そのつもりです」シースは優しく言った。「他にどんな答えようがありますか？ ここは地球、あなたの惑星であり、私たちの惑星でもあります。あなたも私たちも、みなこの星の上で生まれたのです。ただ、時代が違うだけで」

「時代が違う？ つまり……タイムトラベルということか？ 君たちが言いたいのは、そういうことなのか？」

「タイムトラベル？」ミールウィスが鸚鵡《おうむ》返しに言った。

「私たちは誰もが時間の中を旅している」フィロスは呟いた。

「子どものころ」チャーリーは説明した。「サイエンス・フィクションというものをずいぶん読んでいたんだ。君たちの世界にも似たようなものがあるのか？」

　彼らは首を振った。

「架空の物語なんだ――未来が舞台になっているのが多いが、全部がそうだというわけではない。ともかく、タイムマシンを題材にしたものがたくさんあった。人間を過去や未来に連れて行ける機械のことだ」

　彼らはチャーリーをじっと見つめていた。誰も何も言わなかった。彼が話し終わるまで黙っているつもりなのだろう。「確かなのは」チャーリーは仕方なく口をひらいた。声が震えていた。「ここが過去じゃないってことだ」不意に彼は恐ろしくなった。「つまりそういうことなのか？　ぼくは……ぼくは未来にいるのか？」

「素晴らしい！」とフィロスがぼそりと呟いた。

　ミールウィスは穏やかに言った。「あなたが、こんなに早くその結論に到達するとは思っていませんでしたよ」

「今説明しただろ」チャーリーは言った。「こ、子どものころ、ずいぶん読んだって……」そして自分でも恐ろしいことに、啜り泣き始めた。

☆

赤ん坊は眠っている。インターフォンからは、六十サイクルの音が低く聞こえるばかり。同じ型のインターフォンが、ハーブの家では、子どもたちの部屋の間、玄関口の張りだし棚についている。妻たちはまだボウリングから戻っていない。静かで穏やかな夜。二人は飲み始める。スミティはソファからずり落ちそうになりながら、くつろいでいる。ハーブはテレビを眺めている。電源は入っていないのだが、ハーブは安楽椅子にすっぽりはまり込んでいて、テレビから顔をそらそうとすると無理な姿勢になってしまう。だから彼は何も映っていないテレビの画面を見つめて、物思いに耽る。思い浮かんだ考えの一つを、声に出してみる。……「スミティ？」

「ん？」

「女に向かって言うと、途端に真っ暗になってしまう言葉ってのがあるよな」

「……何だって？」

「〝差動装置《ディファレンシャル》〟」ハーブは言う。

スミティはもぞもぞと動き、両脚を床に降ろし、ほとんど立ち上がるような体勢になった。

「〝伝動装置《トランスミッション》〟」ハーブは呟く。「〝電位《ポテンシャル》〟」

「トランスミッション？」

「〝周波数《フリークエンシー》〟ってのもそうだな。つまりだな、非の打ち所なく素晴らしい女性と結婚したとする。良識も、その他もろもろの美徳も備わっている。ブリッジをすれば、瞬きひとつせずにフィネッスを決めてみせる。赤ん坊のミルクをきっちり測り、しっかり殺菌する。そのうえ頭にはタイマーがついてるんだろう、卵を四分茹でるとなれば、時計なしできっちり四分間茹でてみせる。つまり、直感も知性も充分に備えている」

「じゃあ言うことなしだ」

「そのとおり。さて、君がその奥さんに向かって、今いくつか挙げたような、真っ暗になる言葉《ブラックアウト・ワード》を交えて何か説明しようとする。例えば、車を買うことになったとしよう。その車には、後輪を連動させる装置が付いていて、両輪を同時に回転させることができる。片方の車輪が氷結したところに引っかかっても、抜け出せるって寸法だ。それを広告か何かで読んだ彼女が、どういうことかと説明を求めてくる。君はこう答える、つまり、差動装置の効果を止めるわけだ、と。途端に彼女の目の前は真っ暗になってしまう。そこで改めて、差動装置というのは何も難しいものじゃない、駆動軸の後ろにあるギアのことで、カーブでは外側の車輪が内側の車輪よりも早く回転することを可能にする仕掛けのことだよ、と説明をする。だがその間じゅう、奥さんはずっと暗闇に包まれたままでいるんだ。君がその話題を終えるまで、闇の中にいるだろう。周波数《フリークエンシー》というのも同じだ」

「フリークエンシー？」

「そう。前にぼくがこの単語を口にした途端、ジャネットは目の前が真っ暗になりかかった。で、いったん話を止めて訊いたんだ。『ねえ、そもそも周波数って何だと思う？』彼女、何て答えたと思う？」

「さあね。何て言ったんだ？」

「彼女ときたら、それってラジオの部品でしょ、って言うんだ」

「やれやれ、女ってのは！」

「ぼくの言いたいことが分かってないようだな、スミティ。女なんてそんなもの、って片付けることができりゃまだいいんだが」

「できるとも。簡単さ」

「でも、ぼくには気になるんだよ。『周波数《フリークエンシー》』に話を戻そう。これはよくできた単語だよ。何を意味しているかが明白なんだから。Frequent というのは〝しばしば〟、ということ。だから frequency は何かが起こる〝頻度〟ってことになる。『サイクル』（これも女たちの目の前を真っ暗にする単語の一つだ）ってのも、意味がはっきりしている言葉だろ。頂点から始まって回転し、また頂点に戻る。あるいは、同じことだけど、前方から後方に行って、また前方に戻る。簡単だろ。だからって女に向かって、一秒間に八千サイクルの周波数だなんて言ってみろ。今度は一つの文で二度も真っ暗になってしまう」

「要するに女たちはテクノロジー向きの頭をしていないってことだろ」

「そうかな？　彼女たちが服について話しているのを聞いたことがないのか？　ゴアだとかタックだとか二重袋縫いだとかバイアスカットだとか。振動糸巻き付きスイッチバック方式二本針縫い型全自動姦通ミシンとかなんとかいう機械だって動かしているんだぜ？　それにオフィスでは、複式簿記機械を自在に操っているじゃないか？」

「ああ、分かったよ。でも、差動装置とは何かを、女が突きつめて考えようとしないってことが、どうしてそんなに問題なんだ？　そこが俺にはピンと来ない」

「やっと分かってきたな。少なくとも核心に迫っているよ。『突きつめて考えようとしない』、そのとおり。彼女たちは突きつめて考える気がないんだ。能力はあるはずなのに——何しろはるかに複雑なものだって易々と使いこなしてるんだから。だが、彼女たちにはその気がない。なぜだ？」

「多分、淑女にふさわしくないとか何とか思ってるんじゃないのか」

「で、どうして淑女にふさわしくなくっちゃいけないんだ？　選挙権も手に入れた。車も運転する。昔は男がやっていたようなことを、無数にこなしているっていうのに」

「理由なんてどうでもいいだろ」スミティは唸るように言うと、空になった自分のグラスを持ってソファから身を起こし、ハーブのグラスにも手を伸ばす。「もしそれが女たちの望む生き方なら、そうさせておけばいい、それだけのことさ。昨日ティリーが何を買ってきたと思う？　デザート・ブーツだぜ。俺のとそっくり同じやつ。だから、真っ暗になる言葉《ブラックアウト・ワード》くらいは女たちに残しておいたほうがいい。俺の子どもが大人になる頃には、両親のどっちが父親なのかを見分ける唯一の手立てになるかも知れないからな。差異に祝福あれ《ヴィーヴ・ラ・ディフェランス》！」

★

チャーリーは、手術室から別の一室に連れて行かれた。ここがチャーリーの部屋だと告げてから、彼らは別れの挨拶をし、部屋を出て行った。彼らは「グッドバイ」という言葉を、この言い回しが生まれる遥か前に使われていたような古めかしいやり方で使った。「グッドバイ」という表現の元になった「神があなたと共にありますように」という言い方をしたのだ。チャーリーが彼らの言語で「神」を意味する単語やその用法を耳にしたのはこれが初めてのことだったから、強い印象を受けた。

　青を基調に趣味よく飾られたやや小さめの部屋に、チャーリーは一人横たわった。壁の一つは全面が窓になっており、そこからは公園のような風景と、今にも倒れそうに立っている科学施設《サイエンス・ワン》が見えた。この地で目にする他のものと同様、部屋の床は平らではなく、いくらかの柔軟性があった。防水加工もしてあるようだから、水を流すだけで掃除ができるに違いない。部屋の隅と、それ以外にも三ヶ所で、キノコ形にというか丸石のように床が盛り上がり、腰掛けるための場所になっていた。そのうち、部屋の隅にある一つは小さなパネルを押すだけで自由に変形するようになっていた。幅を広くしたり狭くしたり、高くすることもできたし、もし身体の下に支えが欲しければ、好きなように凹凸を付けたり溝を付けたり隆起を付けたりすることができた。この「ベッド」のそばには金色の垂直なバーが三つあって、照明を調節することができた。手前の二つのバーの間にある針を上下に動かすと、灯りの明度が変わった。もう一つの針は、同じように動かすことによってあらゆる色を映し出した。同じ装置は扉の近くにもあった――扉と言うより、より正確に言えば壁だったが。壁の表面に描かれた、渦巻き模様の不思議な記号にむかって合図をすると、そこが拡がって開くのだ。ベッド側の壁は内側に傾き、反対側の壁は外側に傾いていて、どの角も直角にはなっていなかった。

チャーリーは、気持ちを静められるように一人にしてくれた彼らの配慮をありがたく思った。彼は感謝し、怒り、安心し、孤独を感じ、怯え、好奇心に満ち、憤っていた。これから何が起こってもいいように、まずはこの混乱した気持ちを落ち着かせなければならない。

暗闇の中で気まぐれに考えを弄ぶのは、最初のうちは容易なことだった。彼は一つの世界を失った。ちょうどいい厄介払いだ。あれやこれやの理由から、ずっと自分の住んでいる世界に嫌気がさしていたのだ。生きたまま世界からおさらばする方法があれば、それを望んでいたことだろう。

自分のいなくなった後、世界はどうなったのかと考えた。人類は戦争をしたのだろうか？　タージマハルには今何が住んでいるのだろう。シロアリか、アルファ粒子か？　ありえないことだが、あの道化は結局、大統領選挙に勝ったのだろうか？

「母さん、母さんは死んでしまったのかい？」

チャーリーの父親は、息子が生まれた時にひどく喜んで、記念にセコイアを種から育て始めた。ニュージャージー州ウェストフィールドにセコイアの木！　鶏小屋のように金網で囲われた、ごみごみした掘っ立て小屋ばかりの開発計画、抵当で借りた金の返済が終わる頃には十年も時代遅れになっているような、ひどい宅地のまっただ中にセコイアを植えるなんて。父は、セコイアの木が廃墟の上に百メートルの高さでそびえ立つ姿を夢想していた。だがそのあと、迷惑この上ないタイミングで、父親は突然死んでしまった。父の仕事は行き詰まっており、生命保険の掛け金は未払いだった。遺されたなけなしの資産を売り払い、母子は引っ越した。十七歳になった時、チャーリーは自分の生まれた町に戻ってみた。どんな衝動に駆られたのかは分からない。一種の巡礼のような気分だった。自分の家がまだ建っているのを見た時、そして父親が予見したとおりあたりがすっかりスラム化し、そこにセコイアの木が元気に育っているのを見た時、父親のことなど全く憶えていなかったにもかかわらず、チャーリーは奇妙なことをした。木の幹に触れてこう言ったのだ。「大丈夫、上手くやってるよ、父さん」なぜなら父親が生きている間、母は貧しさも日々の苦労も知らずにいたから。父がもし生きていれば母はそんなものを決して知らぬままだっただろう。だが母は、自分がくぐり抜けなければならなかったトラブルに次ぐトラブル、ピンチに次ぐピンチ、苦境や屈辱のことを、どうしたわけか夫が知っているものだと確信していた。まるで、夫の絶え間ない殴打のせいで愛情も寛大さもすっかり失ってしまった女のように感じているふしさえあった。そこで、チャーリーは何となく、木のところに行って報告をする義務があるような気がしたのだ。まるでその幹の中に、呪われた木の精霊か何かになって父親が潜んでいるかのように。この一件を思い出すと、ひどく落ち着かない気持ちになった。だが彼は記憶をたどった。記憶を。

あの木は今では相当大きくなっているだろう。あるいは、もしも遥かに時が流れてしまっていれば、枯れているかもしれない……もしテキサスの赤毛が、今頃どこかの港町で鼻にいぼのある老婆になっているくらい時間が経っているなら、あの木もずいぶん大きくなっただろう。そしてもしルースが（畜生、彼女は一体どうなったんだ？）とっくに死んでいるほどの未来なら、あの木はノース・ジャージー地方でいちばん大きなものになっているだろう。

よし、これから知らなければならないことが、少なくとも一つははっきりした。どれくらい経ったのか？　どれくらい前のことなのか？（それを知ったところで、たいした違いがあるとは思えないが。二十年くらいだろうか？　リップ・ヴァン・ウィンクルにとってそうだったように、世界は変化し、敵意に満ちたものになってはいるが、大部分は変わっていないのか？　それとも百年経っているのか、千年か。だがそれが彼にとって大した違いだろうか？）とにかく、どれくらい経ったのかということを、まず知らなければならない。

次に、彼自身のこと、チャーリー・ジョンズに関することだ。今まで観察した限りでは、どうやらこの世界には彼に似た存在はいないらしい。いるのはあのレダム人ばかりだ、連中の正体が何にせよ。そうだ——やつらは一体何なんだ？

昔どこかで読んだことを思い出した。あれはルース・ベネディクトの本だったろうか。人間の遺伝子には、言語や宗教や社会組織に関する情報はまったく含まれていないというのだ。言い換えれば、どんな人種の、どんな国の赤ん坊でも、別の土地に放り出せばその土地の人々と同じように育つということだ。チャーリーはさらに、同じ主旨のことを人類の歴史全体に敷衍した別の記事のことも思い出した。クフ王時代のエジプトの赤ん坊を現代のオスロに連れて行けば、その赤ん坊は立派なノルウェイ人として育ち、モールス信号を学ぶこともできればスウェーデン人に対する偏見も抱くようになる、と。つまり、人類の歴史を最も曇りのない目で観察する人々が最も周到に調査した結果、人類そのものが進化しているという例をひとつも探し出すことができなかったということだ。人類が洞窟から出て、いくつもの洗練された文明を築いていったというのは、ここでは反証にならない。人類がそれに三万年かかったとしよう。すると、賭けてもいいが、現代の赤ん坊の一団を、自分たちで食糧を調達できるくらいのところまで育ててから荒野に放り出してみても、文明を現代の水準にまで築き上げるのにやっぱり同じだけの時間がかかることだろう。

ただし、進化において何らかの飛躍があったのならば話は別だ。そう、ちょうど最初のホモ・サピエンスが生まれた時のような巨大な飛躍が再び起こったのだとしたら。今のところチャーリーはレダム人について何も知らなかった――少なくとも語るに値するようなことは、何一つ。ただ、明らかなのは（a）彼らは人類の一種である、（b）彼らはチャーリーの時代の人類とは大きく異なっている、ということ。それは、単に社会や文化の違い――例えば、オーストラリアのアボリジニーと合衆国政府要人との違い――以上のものだ。微妙なものからあからさまなものまで、レダム人には、さまざまな身体的な相違がある。つまり、彼らは人類から進化していった存在なのだ。これは第一問「どれだけ経ったのか？」を解くヒントにならないだろうか。そう、変化を遂げるのには、どれくらいかかるのだろう？

チャーリーには見当もつかなかった。代わりに（うやうやしく三歩分だけ離れたところから）窓の外に目を向け、眼下の公園のような土地のそこここで、輝く服に身を包んだレダム人たちの小さな姿が輝いているのを眺めた。彼らは成人だ。少なくとも成人のように見える。もし彼らの一世代が、世代という時にふつう考えるように三十年程度だとしたら、そしてもし彼らが鮭のようにたくさん卵を産んで一斉に孵化させるのでなければ、レダム人たちは長いこと地球上に存在してきたように見える。それにもちろん、彼らのテクノロジー。技術的な問題をクリアして、あそこに見える科学施設《サイエンス・ワン》のようなデザインの建物を実現させるのには、どれくらいの時間がかかるものだろう？これはさらに答えがたい問題だった。雑誌で読んだある広告のことを思い出す。そこには十個のごくありふれた品物が列挙されていた――アルミホイル、抗生物質の軟膏、紙パックに入った牛乳、等々。そのうちのどれ一つとして二十年前には存在しなかったのです、とその広告はうたっていた。二十世紀の半ばのようなテクノロジーの時代に住んでいれば、真空管がトランジスタにその座を奪われ、トランジスタがトンネルダイオードに取って代わられるのを目の当たりにするだろう。あるいはほんの十年の間に、荒唐無稽な空想の領域にあった人工衛星が、太陽の反対側から信号を送ってくる現実の機械装置になっていったりもする。おそらく今のチャーリーは、エスカレーターを初めて見た西インド諸島の老婦人と同じくらい滑稽なのだろう。だが、初めて見たエスカレーターは、彼女にとってこそ摩訶不思議なものだったろうが、未来の製品ではなかったという大きな違いはあるけれど。

　この点はしっかり押さえておこう、とチャーリーは自分に言い聞かせた。あまり驚きすぎないことだ。二十世紀にだって、テクノロジーは飛び込み台のように斜めの直線を描いて進歩すると思いこみ、それが実際にはスキーのジャンプ台のような幾何学的なカーブを描いて変化しているということを理解できない人々がいたではないか。そんなふうに過去に恋い焦がれて混乱した人々は、時代遅れの保守主義にとりつかれ、滅びゆくものたちに不意にしがみついて、それを止めよう、引き戻そうとあがくのだ。これはもちろん真の保守主義とは何の関係もない。明日どうなるのかが分かっていながら、古き良き時代をいたずらに懐かしんでいるにすぎない。ものごとの全体像を描くことができないから、利便性が高まることには諸手をあげて賛成し、小型化しただのスピードアップしただのと喜ぶくせに、その結果自分たちの世界が変わるとなると、裏切られたように思って苛立つのだ。だがこのぼくは、チャーリー・ジョンズは、実際以上に度量が大きいふりをしようとは思わないけれど、少なくとも進歩がダイナミックなものだということはよく分かっている。そして進歩の上には、少し身体を傾けてでも乗っていなければならないことも知っている。そう、ちょうどサーフボードに乗る時と同じだ、芸もなく棒立ちしていたら、溺れてしまう。

彼は再び科学施設《サイエンス・ワン》の方を眺めた。そして、その傾いた立ち姿が、今考えていたことをちょうど図解しているような気がした。これを乗りこなすためには、少し無理な姿勢をする必要があるんだ、と自分自身に言い聞かせた……すると、彼の中で、第二の疑問がはっきりとした形を取り始めた。

どのようにしてこんなことが起こったのか、を考えても仕方がない。つまり、どんな方法で自分が、二十七歳の時点、北三十四番通り六十一番地のすり減った木の階段から、今ここに運ばれてきたのか、などと考えて時間を無駄にすべきではないのだ。多分彼らのテクノロジーに関わっているのだろうから、チャーリーには手も足も出ない。どんな方法を使ったのか、訊けば教えてはもらえるのだろうが、自分で推論することは出来そうにない。そうではなく、知らなければならないのは、なぜ、ということだ。

この問いはいくつかの部分に分かれていた。ここに連れてこられたのは何か重大な計画の一部なのだと、チャーリーが自己中心的に考えたくなるのも当然のことだった。だが、それは道理にかなった推測ではないだろうか。何しろ時間と空間を歪曲してしまうのだ、つまらないことであるはずがない。とすれば、次に考えなければならないのは、この重大な計画はなぜ行われたのか、ということだ。つまり、レダム人たちはこの計画に何を期待しているのか？　純粋に、発明品をテストしてみただけということもあるだろう。新しいルアーを手に入れたら、どんなものが釣れるか試してみたくなるのと同じこと。それとも、彼らは標本が欲しかったのかも知れない、何でもいいから古い標本が。その場合、正確にあるいは大まかに、チャーリーのいた時間と空間の一画から標本を手に入れようとして、たまたま引っ張り上げたのがチャーリー・ジョンズだった、ということになる。それとも、彼らはまさに他の誰でもなくチャーリー・ジョンズを必要として、彼を一本釣りしたのか。可能性はもっとも低いのだが、この最後の仮説が、チャーリーにとって一番自然に受け入れられるものだった。なぜなら、そうすれば第二問が自動的に解けるのだ——なぜぼくが、という問いが。

そこから当然次のような第三の問いが生じる。ぼくを、どうする気だ？　チャーリー・ジョンズは完璧な人間ではないが、自分自身を公平な目で評価することくらいはできた。彼がさらわれたのは、美貌のためでも身体能力のためでも知性のためでもなかったのは確かだ。どの点においても、目下の隣人たるレダム人のほうが遥かに優れていることは明らかだったから。何か特別な技術をもっているからというのでもあるまい。自分が何かの役に立っているとすれば、せいぜい一生懸命働いているからにすぎず、それでも自分はある意味で役立たずなのかもしれない、とチャーリーは常々口にしていた。高校一年の時、母親が病気になったさいにチャーリーは学校を離れ、それから結局復学しなかった。戸別訪問で女性の下着を売り、冷蔵庫を売り、掃除機を売り、百科事典を売った。ファストフードの調理、エレベーターボーイ、製鋼所の錬鉄係、船乗り、カーニバルの呼び込み、ブルドーザー運転手、印刷工の見習い、ラジオ局の取材係。その合間には、トレーラートラックを操り、新聞を売り、屋外広告を貼り、自動車の塗装をし、一度など国際貿易見本市で、半熟の黄身を何十枚もの皿に塗りつけるという仕事までした。皿洗い機のデモンストレーションできれいにしてみせるために使うのだ。チャーリーはまた、手に入れる機会があればどんなものでも全て読んできた。時には全くのランダムに、時には話しかけた相手が、意図的にあるいは無意識に勧めるものを。というのも彼はどこに行っても凄まじい勢いで会話を始め、人から知識を吸収してきたからだ。彼の知識は幅広くて穴だらけ、喋ると時にぼろが出た。読んだことはあるが耳にしたことのない単語を使うこともしばしばで、そういう時には舌をその単語の上で鞣《なめ》した。例えば彼は何年もの間、〝misled（誤って導かれた《ミスレッド》）〟という単語を〝ミズルド《ふらふらした》〟と発音していた。少なくともこの言い間違いは、彼の論理の明晰さを示すものだ。子どものころ、クッキーの箱にトランペッターの絵が描いてあるのを見たことがあった。絵の男が口にしている楽器からは音楽が流れているらしく、それが波線で表現されていた。おそらくビブラートで奏でられているファンファーレを表していたのだろう。その絵のすぐ下とすぐ横には、「惑わされるなかれ（Don't be misled）」と聖書の言葉が記されていた。チャーリーは、この〝ミズルド〟を、何か不安定で人を混乱させるような、ちょうど絵の中の波線のようなものとして理解していた。長いことこの言葉を誤って発音してきたのだが、驚くのはその間、多くの人々がちゃんと彼の言うことを理解してくれたということだ。

ともあれ……彼は彼でしかない。まさにそのせいで、あるいは彼の内にある何かのせいで、元の世界から釣り上げられてこの世界に来たのだ。そしてここから派生して、次の考えが浮かんできた。

この世界に連れてくるのが目的だったのかも知れないが――逆に、彼のことを元の世界から取り除くのが目的だったのかも知れない！

この可能性を考えてみた。かつてのチャーリーの存在、あるいはやっていたこと――あるいはやろうとしていたこと――未来はそれを望まなかったということだろうか？

「ローラ！」声に出して叫んだ。あの愛は始まったばかりで、本物で、永遠だった。そんなことがありえるだろうか？　もしそうだとしたら、何とかしなくてはならない。もしこの世界に穴を開けて風船のように爆破するのが必要なら、この世界を壊してしまおう。

なぜかといえば、もし未来にいるのが……未来に連れてこられたのが、過去の時代でチャーリーが行うはずだったことを妨げるためだとしたら、そしてそれがローラに関係していることなら、レダム人が妨げようとしたのはローラのことだけではなかったろう。彼らにこの計画を行わせるだけの何かがあるとしたら、それはローラとチャーリーが子どもを、子どもたちを持つことになっていたからではないか。つまり（ＳＦを読み漁っていた彼には容易に推論できた）、別の次元では、別の時間の流れの中では、チャーリーは実際にローラと結婚し、子どもを得ていたのではないか。そして、それこそ彼らが邪魔しなければならないと考えたことなのではないだろうか。

「ああ、ローラ！」彼は叫んだ……彼女の髪は、完全な赤毛でも完全なブロンドでもなかった。だから本当はあんず色と呼ぶにしてもやや明るすぎる色をしていた。暗がりで輝く瞳のブラウンは、金色の絵の具がない時に代わりに使えそうだった。彼女は恥ずかしがらず、媚びるでもなく、堂々と自分の身を守った。その代わり、身を委ねる時には心からそれを許した。女性が笑ったりおしゃべりしたり騒いだりするだけの存在ではないということを理解して以来、チャーリーはたくさんの女性を求め、多くの女性を愛した。欲しいと思った女性のうち、多くの数を——自分の取り分以上に、と時には思った——ものにした。だが、彼は（ローラに出会うまでは）本当に愛した女性を手に入れたことはなかった。十四歳の時、ルースの場合もそう。必ず何かが起こってしまう。しばしばあったそんな時には、愛する女性を何にもまして欲しいと思うのだが、それ以上に「壊したくない」と思ってしまうのだ。彼は時々空想した……過去にこうした経緯《いきさつ》のあった女性ばかり四、五人を集めて、なぜ彼が、彼女たちを愛しているのに——それは彼女たち全員が知っていた——何もできないままだったのかを全員で考えてもらいたいものだ、と。彼女たちには決して、決して分からないだろう。女たちよ、答えは一つ、認めようと認めまいとご自由に。答えは簡単、ぼくは壊したくなかったのだ。

今までは。

「今、だって？」声に出して叫んだ。自分でもぎょっとした。〝今〟っていうのは一体いつのことだ？

……言い直そう、ローラに出会うまでは、だ。彼女のように、心から身を委ねてくる存在を知るまでは。彼女を征服した、と単純には言えない。彼もまた征服されたのだから。二人はお互いに、同時に、一緒に征服したのだ。たった一度きりのこと。そして、そのあと家に帰る途中、あの階段で……。

第二の問いに戻ろう、なぜぼくが？「多分ご立派な理由があるんだろうさ」遠くに見える科学施設《サイエンス・ワン》に向かって呟いた。そして続く第三の問い、ぼくを、どうする気だ？　この中に、さらにいくつかの問題が含まれている。どうにかしてこの世界でやっていかなければならないのか――ほとんどそんな覚悟を決めていた――それとも元の世界に戻れるのか。そのことを見極めなければならない。

すぐにでも調べ始めなくては。チャーリーは光をコントロールする三本のバーに同時に触れた。扉が拡がった。

「気分は良くなりましたか？」フィロスが言った。

☆

画面に映らないところで、子どもじみたコーラスが〝グーズル　グーズル〟とユニゾンで叫んでいる。ゴミ箱の蓋が転がる時のような〝ウワン　ウワン〟という音がそこに重なる。画面の真ん中には一つの顔。なめらかな肌、つやつやの唇、アーチ型の太い眉。アーチ型というのは適切な表現だが（この場合「だが」と言わなくてはならない）、もみあげが下まで垂れ、太い筋肉質の首が、黒い革ジャケットの開いた襟からにょっきり突き出している。

グーズル　グーズル
（ウワン　ウワン）
グーズル　グーズル
（ウワン　ウワン）
グーズル　グーズル
（ウワン　　）最後の〝ウワン〟を緊張して待ちかまえていたら（スミティの家のテレビの音響は抜群で、どきりとするくらいの低音で響くのだ）、代わりに淡い色の瞳を囲む長い睫毛がクローズアップされ、声が割り込んでくる。ゆったりした、性を感じさせない声で、どうやら「イー・ウー」なるものについて歌を歌っている。「ぼくは君《イー・ウー》を抱いている、ぼくは君《イー・ウー》にキスする、ぼくは君《イー・ウー》を愛している、ウー・ウー」そこでカメラが引いて歌い手の全身が映る。彼が腰を振る動作は、あたかもメトロノームにくくりつけられて左右に振れる小さなドアノブを尻で摑まえようと必死になっているかのようだ。観客席の最前列でヒステリックな金切り声が上がり、カメラは素早くそちらに切り替わる。少女の集団がわけの分からない言葉を叫び、内なる女性本能の昂ぶりを抑えられないように震えている。カメラが歌手の方に戻ると、こちらは（おそらく）自転車型の透明な運動器具にまたがり、ステージから去ろうとしている——そのハンドルは前後に揺れ、ペダルは高いところで回転し、サドルは上下に動いている。

スミスは手を伸ばしてスイッチをつまむと、テレビをバチンと消す。「やれやれ」

ハーブ・レイルは大きな椅子に背をもたせかけて目を閉じ、顎を引いて言う。「センセーショナルだね」

「何だって？」

「誰もが彼に何かを感じる」

「あれがいいっていうのか！」〝いい〟のところでスミスの声は引きつる。

「そうは言っていない」ハーブは言う。目を見ひらき、スミスに向けて冗談めかした威嚇の表情を作る。「俺があいつを好きだって言ったなんて、人に言うなよ！」

「でも、何かがある、って言ったよな」

「センセーショナルだと言ったんだ。その点は同意してくれると思うけど」

「それは認める」

「それから、誰もが彼に何かを感じると言った。あの罪作りな姿が訴えかけているとおり」

「訴えかけている、というより騒ぎ立てている、だよな」

ハーブは笑う。「おいおい、キャッチコピーの専門家はぼくのほうだぜ。『私に愛を騒ぎ立てて』。うん、これは使えるな。……表立ってにしろ潜在的にしろ、同性愛傾向がある人々にとっては、あいつは格好のお相手になる。若い男たちは彼のアクションや情熱に惹かれて、ダックテールやジャケット姿を真似しようとする。そして言うまでもなく女性、特に年配の女性は、あいつに夢中になる。ベビー・フェイスときらめく瞳にイチコロさ」

「君の、古き隣人にして友人のスミスに触れていないようだが。俺に対してはどんな魅力があるっていうんだ？」

「誰だって憎む相手は必要だからね。憎悪の対象として、君にアピールしているんだよ」

「それ、本気で言っているのか、ハーブ」

「ああ」

「君にはうんざりさせられる」スミスは言う。「君がそんなふうになるときには、俺はうんざりしてしまう」

「そんなふうって、どんなふうに？」

「そんなふうに真面目にやられるとさ」

「いけないかい？」

「仕事を真面目にやるのはいいことだ。だが、自分自身のことや、自分がどんなふうに感じているかなんて、真面目に語るもんじゃない」

「真面目だとどうだって言うんだ？」

「不満を感じることになる」スミスは真顔でハーブを見た。「広告業界に入るとするだろ、商品について真面目に取り組み、勤務時間外に商品のリサーチを真面目にやって、例えば『消費動向』なんて雑誌を定期購読したりする。でも、個人的な感情を抱いてそれを真面目に扱うようになると、顧客を摑まえても客の仕事を真面目に扱えなくなる」

「大袈裟な話になってきたな」ハーブは言い返す。だが、その顔は少し青ざめている。「新しい顧客を摑まえること、それが一番真面目なことさ」

「それ以外のことは、どうでもいい」

「そう、それ以外のことはどうでもいい」

　スミスはテレビに向かって手を払う仕種をする。「俺はあいつが嫌いだ。誰も好きになんかならないだろうよ」

　その時、ハーブはロックンロールショーのスポンサーが誰だったかを思い出す。ライバル会社だ。スミスの一番のライバル会社。畜生、俺のお喋りな口め。ジャネットがここにいてくれさえしたら。彼女ならこんな間違いはしないだろう。「ぼくが言ったのは、あんな騒がしいだけのショーは好きじゃない、ってことだよ」

「それなら最初からそう言うべきだったな、ハービー。そうすれば分かってもらえただろうさ」スミスはハーブのグラスをひょいと取り上げて、もう一杯注《つ》ぎに行く。ハーブは座ったまま、広告業界人にふさわしいことを考える。その一、顧客は絶対だ。その二、だがもし、男女問わず惹きつけるような、罪の薫りを放つ商品さえあれば、地球を動かしてみせる。そして――彼は死んだテレビの目の、死んだ白内障の画面を眺める――さっき画面に映っていたあの男は、憎らしいほどそれに近かった。

★

「ひどい気分さ。最悪だよ」チャーリー・ジョンズは言った。彼は気づいていた。レダム語を喋るとき、外国語を喋るようにして――つまり口に出す前に頭の中でその言語で考えて――いるのに、英語のイディオムが奇妙に入り混じってしまう。ちょうどフランス人の英語に、愛嬌のある「is it not?」とか「but yes」とかがやたらと入り込むように。

「分かります」フィロスは言った。彼は部屋の中まで入ってきて、作りつけの、というか床から生え出ているキノコ型のクッションに身をもたせた。服を着替えていて、肩からは、何かに支えられた、オレンジと白のストライプ模様の翼を生やしていた。翼はその背中で自由に羽ばたいていた。よく引き締まった身体は、揃いの靴と必ずついてくるスポーランを別にすれば、むき出しのままだった。「よろしいですか?」

「もちろん。さあ、座って、座って。……そうは言うけどね、君には分からないよ」

フィロスは訝しげに眉を上げた。その眉は太くて一見まっすぐだったが、動く時には――実際、しばしば動いた――わずかに尖っているのが分かった。それぞれが、毛皮で覆われた緩やかな三角屋根のようだった。

「だって君は……自分の世界《ホーム》にいるじゃないか」チャーリーは言った。

ほんの一瞬、落ち着かない気持ちで、フィロスが同情を込めて手を握ってくるのではないかと予感して、身震いした。だが、フィロスはそうはせず、代わりに声に深い同情を込めた。「いずれあなたもそうなります。心配しないで」

チャーリーは頭を上げて注意深く相手を見た。本心からそう言っているように思えた。しかし……。「つまり、ぼくは戻れるってことか？」

「それには答えられません。シースが……」

「ぼくはシースに訊いてるんじゃない。君に訊いてるんだ。ぼくは送り返してもらえるのか？」

「もしシースが……」

「シースはその時になったら相手にするから！　正直に言ってくれ。ぼくは帰してもらえるのか、それとも戻れないのか？」

「帰れますよ。ですが……」

「ですが、何だよ」

「あなたは帰りたいと思わないでしょう」

「どうして？」

「お願いですから」フィロスは言った。彼の熱意に呼応するようにして翼が震えた。「怒らないで下さい。あなたはいくつもの疑問を——すぐにでも解決したい疑問を抱えている。分かっています。ですが、それを急いで解決したいと思うのは、頭の中で自分の望む答えを先に用意してしまっているからです。もし自分の思っているとおりの答えが得られなければ、あなたはどんどん怒り狂っていくでしょう。ですが、あなたがいくら望んでも決して得られない答えがあります。なぜならその答えは真実ではないから。それ以外にも、求めても得られない答えがあります。訊いてはいけない質問をした場合です」

「そんなこと、誰が決めるんだ」

「あなたですよ、あなた自身です！　私たちのことをもっと知るようになれば、いくつかの質問はすべきではないということに、あなたも同意してくれるでしょう」

「そうは思えないけどね。でもとっかかりにいくつか質問してみよう。答えてくれるね？」

「もし私に答えられることでしたら、もちろん」（このセリフにも文法上のずれがある。彼の「もし私に答えられることでしたら」は、「もし私に答える能力があれば」というのとほぼ同じ意味だが、「もし私に答える能力が与えられているのならば」というニュアンスも少し含まれている。とはいえ、彼は単に「必要な情報を持っていれば答えます」と言っているだけなのだろうか？　つまりは「情報」こそが「答える能力を与える」のだろうから。）チャーリーはこうした思案をいったん脇に置いて、先ほどから考えていた緊急の質問その一をぶつけてみた。

「どれほど離れたところに来たのか、と……それはどういう意味です？」

「言ったとおりの意味だよ。君たちはぼくを過去から連れてきた。それはどれくらい昔になるんだ？」

フィロスは本当に困惑しているようだった。「私には分かりません」

「分からない？　ひょっとして——誰も知らないのか？」

「シースによれば……」

「君の言うことにも」と苛立ちながらチャーリーは言った。「一理あるようだ。いくつかの質問をするのは待たねばならない、という点はね。少なくともそのシース様と話す時までは待っていなければならないというわけか」

「また怒っていますね」

「いいや、またじゃない。ずっと怒りっぱなしだ」

「聞いて下さい」フィロスは身体を前に傾けて、言った。「私たちは、私たちレダム人は、何と言うのか――そう、一種の新しい人類なのです。いずれ全てを学んでいただけるでしょうが、一つだけ。私たちは、あなた方と同じように時間を数えたり、私たちには無関係な年や月といった暦法を使い続けたりはしていません。……それに、今がいつだなんて、果たして問題でしょうか。あなたの世界はとうに無くなり、今あるのは私たちの世界だけだというのに、どれくらい過去のことかなんて、なぜ知りたがるのです？」

チャーリーは青ざめた。「無くなった、だって？」

フィロスは悲しげに両手を広げてみせた。「もちろんあなたも気づいていらしたでしょう……」

「何に気づくって言うんだ！」チャーリーは吠えるように言った。それから悲しみに沈んだ声で続けた。「だけど……期待していたんだ、もしかして誰か一人くらいは残っているのかと……ひどく年を取っているにしても……」衝撃はいちどに訪れたわけではなく、いくつもの顔――母さん、ローラ、ルース――が暗黒の中で変化する和音となって目の前でちらついた。

フィロスは優しく言った。「ですが、すでに言ったように、あなたは帰還し、生まれたときと同じ人間に戻ることができます」

チャーリーはしばらくの間、無感覚になったように動かずにいた。それからゆっくりとこのレダム人の方を向いた。「本当に?」と懇願するように言った。不可能なことを約束された子どものように——それでも約束されたことには違いない。

「ええ。ですが、それまでにあなたは知っていることでしょう」フィロスは何かを包み込むような仕種をした。「……ここで知るべき全てのことを」

「何だっていい」チャーリーは言った。「ぼくは元の世界《ホーム》に帰れる。それで充分だ」だが、彼の中の何かが、新たな恐怖の熾火《おきび》を見つめていた。そこに息を吹きかけると、ちらつく恐怖の光は、いっそう輝きを増した。世界の終末を知るということ——それがいつ、どのようにして訪れるのかを知るという恐怖。これから訪れるのが真の終末なのか、遂にやって来たその時なのかどうかを、他の人間は誰一人知らずにいるのに、彼だけはローラの温かい身体の傍らで横たわりながらも、世界の終末を知っているのだ。母さんのためにネタ満載のタブロイド紙（彼女はそこに書かれていることを全て信じていた）を買って帰りながら、そのことを知っているのだ。教会に行き（終末を知っているから、おそらく頻繁に通うことになるだろう）、結婚式で、白いシルクのウェディングドレスを着た新婦と盛装のボタンが弾けとびそうな新郎が寄りそい、祝福のクラクションに包まれているのを眺めながらも、そのことを知っているのだ。今、奇妙にバランスの崩れたこの世界で、彼らはチャーリーに、いつどんなふうに世界が終わったのかを告げようというのだ。

「頼むから」チャーリーはしわがれた声で言った。「いつ、どんなふうに世界が終わったのかは言わずに、黙ってぼくのことを元の世界に戻してほしい」

「おや、取り引きをしようというのですね？　じゃあ代わりに何をしてくれるんです？」

「ぼくは……」チャーリーは、お仕着せの病院のガウンの両脇をぎこちなくまさぐったが、ポケットはついていなかった——あったとしても空《から》だったわけだが。「ぼくは取り引きの材料を何も持っていない」

「引き替えに、ひとつ約束をしてくれればいいですよ。約束して、それを守って下さい。そうしたら取り引きに応じましょう」

「それが守れるような約束なら」

「大丈夫、大丈夫。簡単なことです。私たちのことを知って下さい。私たちの客人になって下さい。レダムのことを、隅から隅まで学んで下さい——歴史（たいした長さではありません！）、習俗、宗教、そして存在理由を」

「どれだけ時間があっても足りなそうだな」

フィロスは黒い頭を横に振った。黒い目に光がきらめいた。「そんなに長くはかかりませんよ。あなたが充分な知識を得たものと私たちが判断したら、そう告げます。そうしたら自由に元の世界に戻っていい——万が一あなたがそう望むのなら」

チャーリーは笑った。「それは、万が一の話だっていうんだね？」

真剣な様子で、フィロスは答えた。「そう思っています」

同じように真剣に、チャーリー・ジョンズは言った。「取り引きの細かい点をはっきりさせておこう。そんなに長くはかからない、というところが引っかかるな。目玉の細胞の数を一つ残らず数え上げるまでは、ぼくがレダムの全てを知っているとは言えない、なんて言い出されたらことだ」

チャーリーはその時初めて、レダム人の表情に怒りの色が浮かぶのを見た。フィロスは抑揚をつけずに言った。「私たちはそのようなことはしません。しないどころか、できるはずがない」

チャーリーのほうでも怒りがこみ上げてくるのを感じた。「ずいぶん一方的に信頼を要求するじゃないか、え？」

「あなたが私たちのことをもっと知るようになれば……」

「つまり、あまりよく知らないうちに約束だけさせようってことか？」

フィロスは溜息をつくと、意外なことに魅力ある微笑みを浮かべた。「たしかにあなたは正しい。……あなたの立場からすれば、ね。分かりました、それじゃ今のところは取り引きなしで行きましょう。ですが、これだけは心に留めておいて下さい。私は提案をしました。だから、こちらはその心づもりでいます。あなたのほうも、私たちと私たちの文化を見聞して、私たちが何一つ隠し立てをしておらず、満足のいく速さで説明を進めるということに納得して頂けたら、レダムについて隅々まで学ぶことに同意して下さるでしょう。そして最後に、こちらの希望どおりに充分学んだと判断できたら――その時には、送り返すなり何なり、あなたの望むようにしましょう」

「そういう契約なら、文句をつけられないな……念のために訊いておこう。もしぼくが約束をしなかったら、どうする？」

フィロスは肩をすくめた。「たぶんそれでも、元の世界に戻ることになるでしょう。私たちにとって重要なのは、あなたが私たちを知ることなのですから」

チャーリーは相手の黒い瞳をじっと見つめた。不誠実さなどかけらもないようだった。彼は訊ねた。「ぼくは、どこへでも行って、好きな質問をしていいのか？」

フィロスは頷いた。

「質問には答えてもらえるんだな？」

「私たちに答えられる（答える能力が与えられている）ものなら」

「で、ぼくが多くの質問をして、多くの場所を訪れて、多くのものを見聞きすれば、それだけ早く帰れるってわけか？」

「正にそのとおり」

「何てことだ」チャーリーは呟いた。立ち上がって部屋をぐるりと回る彼を、フィロスはじっと見つめていた。それからチャーリーは腰を下ろした。「聴いてくれ」彼は言った。「君をここに招き入れる前に、自分でもあれこれ考えていたんだ。それで、三つの大きな質問を用意して、訊ねるつもりだった。ただ、その時には、今のぼくが知っていることを知らずにいた。つまり、君たちがぼくに協力してくれる気だということを」

「では、その質問をしてみて下さい。そして、納得して下さい」

「そうしたいと思っている。第一問はすでに訊ねたとおり。つまり、どれだけ先の未来に――ぼくの世界から見た場合の未来に――ぼくは来たのか、ということ」彼は素早く手を挙げて制した。

「答えなくていい。君はさっき、この質問に答えられるのはシースだけだと言っていたけれど、そのことは別にしても今はこの答えは知りたくない」

「それは……」

「わけを言うから、ちょっと黙っててくれないか。まず第一に、この質問に対する答えは、ぼくの世界がいつ終わってしまったのかを推察するヒントになってしまいかねない。それは、絶対に知りたくないことなんだ。次に、冷静になって考えてみると、今が未来のいつかってことに、そんなに大きな意味があるとは思えない。もしぼくが戻るなら——ちょっと待って、ぼくは元いた世界の、自分がいなくなった同じ時点、同じ場所に戻れるのかい？」

「限りなく近くに」

「分かった。そうだとしたら、今から一年戻るんだろうと一万年戻ろうと、ぼくにはどうでもいいことだ。帰る時までは、友人たちが年老いていたり死んでしまっていたりするんだなんてことを考えていたくない。ぼくが戻れば、みんなとはまた一緒になれるんだから」

「そう、あなたはいずれまた、友人たちと一緒になれますよ」

「そうだな。それじゃあ第一問についてはこれで充分。第三問にも答えてもらった。この世界で、ぼくにどんなことが待ち受けているのか、ということだったんだが」

「それについては、すでに答えましたね」

「そうだな。じゃあ、残された問いは真ん中の第二問だけだ。フィロス、ど、ど、どうしてぼ、ぼくなんだ、だ？」

「えーっと、それはどういう……」

「どうしてぼくなんだ？　どうしてぼくを？　どうして他の誰かを未来にさらって来なかった？　ぼくでなければならなかったというんなら、その理由は何だ？　新しい装置の実験をして、たまたま引っかかったものを連れてきただけ？　それともぼくが、君たちに必要な何かの能力や技能を持っているというのか？　それとも君たちは……畜生、おまえたちは、過去の世界でぼくがするはずだった行動を邪魔しようとして、こんなことをしたのか？」

　フィロスはチャーリーの怒りに気圧されたように後ずさりしたが、それは恐怖からというよりは、驚きと不快によるものだった。ちょうど人が破裂した下水管から身を引くように。

「今の質問に答えるようにしてみましょう」爆発した感情の不愉快な残響をチャーリーに聞かせ、それが終わるのをチャーリー自身に確認させるかのように、たっぷり三十秒の間をとってからフィロスは落ち着き払って口をひらいた。「第一に、私たちが連れてきたのはあなたであり、あなただけです。というより、あなた以外の人を連れてくることはできなかった。第二に、そう、私たちは特別にあなたに目をつけた。それはあなたが特別な性質を持っているからです。あなたが最後に言った点に関しては、同意していただけると思いますが、馬鹿げているし、非論理的で、あなたが怒るようなことは何もありません。いいですか、見てみましょう《ルック》（この「見てみましょう《ルック》」は、「留意する」「解決を見つける」「観察する」「熟考する」という意味）、あなたが、連れ去られた時点・場所に正確に戻ることができるという事実からすれば、元の世界に戻ってからのあなたの行動が、ここに来たせいで何らかの影響を蒙ることなどあり得るでしょうか？　ほとんど時間は経っていないというのに」

渋い顔をして、チャーリーはそれについて考えた。「そうだな」しばらくして口をひらいた。「君の言うとおりなんだろう。しかしさっき、ぼくが変わってしまうだろうとか言ってなかったか？」

「私たちを知ることによって、ですか？」フィロスは楽しげに笑った。「じゃああなたは、私たちについての知識が、今までの自分に深刻な影響を与えると、本気で信じているんですか？」

自分でも意外なことに、チャーリーの口の片隅に、相手に合わせた微笑みが浮かんだ。フィロスはいい笑顔をする。「もちろんそんなことはありえない。分かったよ」今までよりもずっと友好的に、チャーリーは訊ねた。「じゃあ、もし気にならなければ、ぼくのどこがそんなに特別で、君たちにとって必要なのかを教えてくれないか」

「全然気になりませんよ」（ここでも、チャーリーの使う英語のイディオムが、奇妙な調子でレダム語に翻訳された。ここでフィロスがそれを真似ているのは、好意を示すためらしかった）「客観性、です」

「ぼくは不機嫌になっているし、動揺しているし、当惑しっぱなしだ。いったいどんな客観性が期待できるっていうんだ？」

フィロスは微笑んだ。「心配しないで。あなたは適任ですよ。いいですか、今まで、誰か赤の他人が――別に何かの専門家でもないその人の一言が、自分自身について大切なことを教えてくれた、という経験はありませんか？　その一言がなければ、決して知ることができなかったような何かを」

「誰にでもそういう経験はあるだろう」言いながらチャーリーは、ほんの短期間付き合ったガールフレンドのひとりの声を思い出していた——紛れもない彼女の声が、サウスビーチの更衣室の薄い壁を通して聞こえてきた時のことを。彼女はチャーリーについて喋っていたのだ！「——でね、彼はいつだって、自分が大学に一度も行っていないってことを言うのよ。随分長いあいだ大学出の奴らと渡り合ってきたから、今さら大学に行って何かを見つける気になんてならない、なあんて」これは別に重大なことでもないし、たいした苦痛や困惑を感じもしなかった。だがそれ以来、チャーリーは大学に関することを、誰に対しても決して口にしなくなった。その時まで、自分がいつもそのことを口にしていたことにも、それがどんなに馬鹿げて聞こえるかにも全く気づいていなかったのだ。

「そうですね。さて」とフィロスは続けた。「すでに言ったように、私たちは新しい種族です。自分たちについて可能な限り全てのことを知ることが自分たちの務めだと考えています。そのための道具もあります——それがどういうものかは、私には説明できませんが。でも私たちが、種族としてどうしても持てないものが一つあります。客観性です」

「それはそうなのかも知れない。でも、ぼくは別に、人種や種族や文化や、その他なんであれ君たちが望むものを観察する専門家じゃないんだけど」

「ですが、あなたは実際専門家なんですよ。なぜならあなたは私たちと違うからです。それだけであなたは、専門家たり得るのです」

「でも、もしぼくが観察対象に好意を抱いていないとしたら？」

「そんなことは」フィロスは熱心に言った。「あまり関係ないでしょう？　私たちのことを好きか嫌いかというのは、他の諸々の事実と同様の、一つの事実でしかありません。私たちが知りたいのは、あなたが見聞したものがあなたの思考のプロセスを経たとき、何が生じるのかということです」

「そしてそれが分かれば――」

「私たちは、自分たちのことをいっそうよく知ることができます」

皮肉を込めてチャーリーは言った。「君たちが知ることになるのは、せいぜいぼくの頭の中味ぐらいだろうよ」

同じように皮肉を込めて、フィロスは言った。「私たちは、いつでも異議を申し立てられますからね……」

とうとう、二人は同時に吹き出した。そして、「わかったよ」とチャーリーは言った。「話に乗ろう」と、そこで彼は大あくびをしてしまい、非礼を詫びた。「さて、いつから始める？　明日の朝一番から？」

「すぐ始めるつもりだったんですが……」

「おいおい」チャーリーは懇願した。「ぼくは長い一日を――君たちの基準でどう言うか知らないけれど――過ごしたんだ。もうへとへとなんだよ」

「あ、お疲れなんですね。もう少し休まれるのなら、待っていることは気になりません」そう言うと、フィロスは自分の座っているキノコ型の席でリラックスした姿勢を取った。

とまどってしばらく黙り込んだあと、チャーリーは言った。「つまり、ぼくは睡眠を取らないといけない、ってことなんだけど」

フィロスは飛び上がった。「睡眠ですか！」彼は頭に手を当て、こつん、とやった。「申し訳ない、すっかり忘れてました。もちろんそうですよね……で、どんなふうにやるんですか？」

「へ？」

「私たちは睡眠を取らないんです」

「寝ないのか？」

「どんなふうにするんです？　鳥は羽の下に頭を埋《うず》めて寝てますけど」

「横になる。それで目を閉じて、それから、ただ――ただそこに横たわる。それだけだ」

「分かりました。じゃ、待ちましょう。どれくらいかかります？」

チャーリーはフィロスを横目で眺めた。冗談を言っているのに違いない。「普通は八時間くらいだけど」

「八時間ですって！」そして、無知と好奇心をさらけ出してしまったことを恥じるかのように、フィロスはすぐさま、礼儀正しく扉の方に向かって行った。「ではあなたが睡眠をされるあいだ、一人にしておいた方がいいですね。それでいいですか？」

「ありがたい」

「もし何か食べるものが必要なら……」

「どうも。でも、照明の使い方を習った時に、食べ物のことも聞いたから」

「けっこう。それから、服はここのクロゼットの中です」彼は反対側の壁に描かれた渦巻き模様に、触れるか触れないかという程度に手を寄せた。扉がさっと拡がり、再び閉じた。クロゼットの中で輝く服が、一瞬チャーリーの目に入った。「どれでもお好きなものを選んで下さい。ええっと……」彼はちょっと躊躇した。「見れば分かるでしょうが、この服はどれも……身体を隠すようになっています。でも、できるだけ快適に着られるように工夫してありますので。ただ……分かって下さい、この世界の人々は、今まで男性というものを見たことがないのです」

「君たちは——女性なのか！」

「いえいえ、違います！」フィロスは言って、手を振り、去っていった。

☆

スミスはオールド・バカニアを愛用しているのか、とハーブ・レイルは思う。彼は階下のスミスのバスルームにいて、薬戸棚を覗き込んでいる。薬戸棚は、トイレの上方に一つ、流しの脇の化粧棚の上にもう一つ。このあたりの家には、必ずこのような棚が二つある。家を買った時のパンフレットでは、「彼の棚」「彼女の棚」と名づけられていた。ハーブの家では、ジャネットはその二つの棚を「彼の棚」と「私たちの棚」というふうに呼び分けていた。ティリー・スミスは、（ハーブ自身のさっきの言い方を借りれば）やはり「入り込んで」きていて、夫の棚の四つの段のうち、一つ半に女性用の品が無造作に置かれていた。残りの場所に、髭剃りの前に髭を立たせるオールド・

バカニア・エレクター・セット、とかした髪を揃えるオールド・バカニア・キャプテンズ・オーダーズ、などが並んでいる。オールド・バカニア・ティングルというのもある。これはビタミンCを加えたバスオイル。（ハーブは以前、「バカニア」という語の辞書の定義に大笑いをしたことがある――海の略奪者。なるほど、だから欲張って、何でもかんでも中にぶち込んでるんだな。あいにくこのジョークはスミティのお気に召さなかったようだ。）個人的には、ハーブはスミティがバカニア製品にこだわっているのを少々残念に思っている。スーパーに行けば、もっといい品物がいくらでもあるのだから。例えば、スリーク・チークとか。ハーブが代理店での現在の地位にまで出世できたのは、かつてスリーク・チークの広告を考え出したおかげだった――ラテン・アメリカの色男（客がヨーロッパ志向だった場合に備えて、大陸風味もちょっと加えてある）が、胸も露わに恍惚の表情を浮かべる白人の奥様を使って顎を擦《こす》っている絵。その下にキャッチコピー、「すべすべ《スリーク》・の頰《チーク》が欲しいかい？」

おやっ、とハーブはほとんど声に出しそうになる。痔の薬のチューブ。

トランキライザーはもちろん、制酸剤を調合したアスピリン、半分は青、半分は黄色の気味の悪いカプセルで一杯の瓶。「一日三回、一錠ずつ」と書いてあるこれは、アクロマイシンだろう、とハーブは見当を付ける。手を触れないように注意しながら、ラベルを見ようと身体を前に傾ける。日付から、これが三ヶ月前に購入されたものだと分かる。ハーブは記憶の糸をたどる。ちょうどスミティがしばらく酒を断っていたころだ。

前立腺か、え？

色のないリップスティック、ひび割れた唇用。色のないマニキュア。タッチスティック。この「タッチスティック、ブラウンNo.203」ってのは何なんだ？　ラベルに顔を寄せる。細かい字でこう書いてある。「タッチトーン式毛染めで染め直すまでの間、伸びてきた髪を一時的に染めるためにお使い下さい」スミティ、おまえを置いて時代はどんどん進んでいくぞ。いや、むしろ逆か。スミティに向かって、時代はどんどん押し寄せてくる。

★

チャーリーは幼稚園で耳にしたことがある歌を思い出していた（またしても思い出していた）。大きな子どもたち、縄跳びをしている年長組の女の子たちが歌っているのを聞いたのだ。

ハッチェスパッチェス、奥さん《ダッチェス》を連れておいで
ママに赤ちゃんが生まれるよ
男の子じゃない
女の子じゃない
ただのちっちゃな赤ちゃんが

心の中で歌いながら、眠りに落ちた。ローラの夢を見た……二人が出会ってからまださほど時間は経っていなかったが、それは永遠に等しかった。二人はすでに恋人同士の言葉を身につけており、ちょっとした単語や言い回しが他の誰にも通じない二人だけの意味を持っていた——例えば、それは男の言いぐさよ、チャーリー。コガネムシがあんず色の髪に潜り込んで、彼女が悲鳴を上げた時などには、チャーリーのほうも「それは女の言いぐさだね、ローラ」と言い返すことができた。彼女はしきりに笑ったものだ。

　目覚めていく途中、チャーリーは未知の領域《ゾーン》を通って、ある種の感覚の場に到達していた。そこでは、通り抜けることの出来ない時間と空間の壁によってローラが自分から引き離されていることを、彼は明晰かつ冷静に理解していた。その場所ではまた、ベッドの足下に母親が座っていた。この領域《ゾーン》を抜けながら、徐々に、自分が今レダムにいるということをはっきり意識するようになっていった。完全に目覚めてしまえば、旅人として道に迷っているこの状態も終わるのだ、と。だが目覚めが近づくにつれて、母親の存在感は次第に増していった。だから、実際に目を開いて母親がそこにいないのを知った時には、母の面影ではなく、本物の母がポン、と音を立てて消えてしまったのを見たような気がしたくらいだ。怒り、傷ついて、泣き叫び、母を求めながら、彼は目を覚ました……。

　床に足をつき、ようやくと頭を上げて、窓の方に歩いていき、（あまり近づきすぎないようにして）外を見た。天気は変わっていなかった。まるでちょうど二十四時間眠っていたかのよう。そう思ったのは空が、相変わらず覆われていたものの、科学施設《サイエンス・ワン》からここまで来る途中で見た時と同じように明るかったからだ。腹が減っていた。説明されたことを思い出し、さっきまで眠っていた作りつけのベッドに向かうと、三本の金のバーのうち一番端の棒の根元をぐいと外側に引いた。壁のでこぼこした部分（この部屋の壁は、どれも直角でも平らでも垂直でもなく、凹凸だらけだった）が、ロールトップ机の蓋のように後ろに引っ込み、大きなべロを出した漫画の口みたいに、開口部からボードが突き出された。ボードの上には果物が、ボウルと大皿が載っていた。ボウルの中にはオートミールらしきものが入っている。大皿の上には果物が、エキゾチックな色彩は目もあやに、その奇天烈な形状にもかかわらずこの上なく精妙かつ芸術的に積み上げられ、山盛りになっていた。ひとつふたつ、間違いなくオレンジかバナナと分かるものもあり、ブドウと思しきものもあった。だが他の果物ときたら、はち切れんばかりに膨らんだ青いもの、斑《まだら》のもの、ヴァーミリオンと緑で玉虫色になっているもの、そして少なくとも七種類の赤いもの。チャーリーが、目下この世で――それがこの世界だろうと別の世界だろうと――一番欲しいものは冷たい飲み物だったが、それらしいものは見あたらなかった。溜息をついて、蘭の花の色をした球体を取り上げ、匂いを嗅いだ。その香りは、よりによってバターつきトーストに似ていた。試しに一口だけ齧ってみた。その途端、チャーリーは驚きの呻き声を上げ、何か口と顔を拭くものがないか、辺りを見回した。勢いよく飛び出た果汁が、氷のように冷たかったのだ。唇で触れた時には、その果物の表面は室温と同じ温度だったというのに。

口の周りを拭うには、着ていた白いガウンを使うほかなかった。後始末を済ませてから、先ほどの果物をもう一個をつまみ上げ、再び挑戦してみた。今度はうまくいった。喉ごし爽やかな冷たい果汁には果肉が混ざっておらず、シナモンの風味を加えたリンゴの味がした。

それからチャーリーはオートミールに注意を向けた。シリアルの類は好きではなかったけれど、目の前の一品から漂ってくる芳香は、正体は分からなかったが食欲をそそるものだった。ボウルの脇にある物体は、何かの道具なのだろう。輪郭はスプーンのようだが、青く細い針金の輪に持ち手がついているだけである。ガットの部分がないテニスラケットのミニチュア、といった案配だ。当惑しつつも、柄の部分を持って、輪をオートミールの中に突っ込んでみた。驚いたことに、オートミールは、しっかりした受け皿が下にあるみたいに、針金の輪の上に山盛りになった。持ち上げてみると、輪の下の部分にも全く同じようにオートミールが盛り上がり、落ちずにくっついている。チャーリーはそれを慎重に口元まで運んだ。とても美味だった。輪の中の目に見えない部分にあった、薄いゴムのシートのようなものも気にならないほどだ。彼はその膜のような部分をまじまじと見つめ、試しに指を突き通してみた（それは、彼の指にほんのわずかに抵抗を示しただけだった）。そうしている間にも、彼は唾液腺の一つ一つで、この風味豊かな、甘くて辛い、胃袋を充分満たしてくれるオートミールのような食べ物を、心ゆくまで堪能した。まったく経験したことのない味だったが、青い針金が空っぽになったボウルの底を空しくさらい、ぐにゃりと曲がってしまうくらいにまで食べ尽くす頃には、近いうちにまた食べたいと心から願うほど気に入っていた。

少なくとも身体的には満ち足りて、ふうと息をつくとベッドから立ち上がった。積み荷を積んだボードは静かに開口部に吸い込まれていき、開口部もすぐに壁の一部に戻った。「まさしく〝ルームサービス〟だな」とチャーリーは呟き、うんうんと頷いた。それから部屋の反対側、フィロスが教えてくれたクロゼットに近づいた。壁に描かれた模様に掌を押し当てる。扉が開いた。クロゼットの内部は輝いていた。チャーリーが初めてこの世界で目を覚ました時と同じ、どこに光源があるのか分からない、鈍い銀色の光。ぶかっこうな楕円形の開口部の縁をじっくり観察してから――これが開いたり閉じたりする様子は本当に興味深かった――クロゼットの中を覗き込んだ。この世界に到着した時に着ていた、茶色の上等な米国製ズボンがあるのではないかと期待しながら。だが、見つからなかった。

代わりに、構築物――という呼び名しか思いつかない――が一列に並んでいた。硬いもの、やわらかなもの、ぱりっとしたもの、フィルムのように薄いもの、不透明なものを素材にした構築物、そしてそれら全てが組み合わさった構築物が。赤、青、緑、黄色のもの、そして、糸が隣り合う糸から複数の色合いを集めて、あらゆる色が同時に輝いているかのように見えるもの。まったく色のないものもあったが、それを被せるとどんな色も抑えられた。こうした素材が組み合わさって、飾り布、筒、襞、ドレープ、しわ、縫い目を形成し、スカラップ、縁飾り、刺繡、アップリケ、縁《へり》取りなどがさまざまに施されていた。目と手がこの眩《まばゆ》い光景に馴れてくると、一つの仕組みがあることが分かってきた。クロゼット内部のごちゃごちゃは、分離することが出来るのだ。ある部分を取り外して調べてみれば、服だと分かった。機能から言えば寝間着のようにシンプルな形をしたものがあったが、こんなものにくるまって眠ったら、回折格子で身体を寸断される悪夢を見ること請け合いだ。下半身用のものもいろいろあった。ゆるいパンタロン、レオタード、ぴちぴちのブリーフ、ふんどしから果ては腰巻きまで。長いキルトに短いキルト、自然に垂れているものにクリノリンで支えられているもの、フル・スカートにホップル・スカート。しかし、この光っているリボンは何だ？　幅五センチ、長さは二メートル半といったところ、いくつもの「U」の字が、上の方で繋がっているような形をしている。それに、黒く弾力性のある素材で出来たこの球体。これはどうやって〝着る〟のか？……頭に被るのか？

チャーリーはそれを頭に乗せて、バランスを取ろうとしてみた。簡単だった。今度は頭を傾け、それを転がして外そうと思った。簡単ではなかった。というより、不可能だった。球体は彼にぴたりとくっついてしまっていた。髪の毛に貼りついているという感じでもなく、まるで頭蓋骨に直接根を張っているようだった。

三本の金のバーのところまで行き、手をかざしてフィロスを呼ぼうとして、思いとどまった。助けを呼ぶ前に、まず服を着なければ。男女が滅茶苦茶に入り混じったあの連中の正体が何であれ、着替える時に女性の手を借りる習慣に舞い戻るつもりはなかった。もう何年も前にそんなことは卒業している。

クロゼットに戻り、服がどのようにして吊されているのか、その仕掛けを素早く呑み込んだ。正確に言えば、服はハンガーに掛かっているわけではない。服を一着取り出して、好きな形に広げてから扉の内側の右手の壁に押し当てると、服はそのままの形でそこに留まる。それから、その服を押しやると、まるでクロゼットの中でワイヤーに運ばれるようにスライドした——ただ、そこにワイヤーはないのだが。引っ張り出せば、服は最初に決めた形を崩して、再び何の支えもないただの服となった。

輪郭だけ見ると砂時計のような形の、長い物体があった。端には一本の細いリボンがついている。その物体は、ありがたいことに常識的なネイビーブルーで、リボンは真っ赤だった。さて、と彼は考えた。こいつをおしめみたいに身につければ、なかなかいけてるトランクスになる。彼は白いガウンを脱ぎ捨てた。幸い、ガウンは後ろで開くようになっていた。そうでなければ、ちょっと動くたびに頭上の球体がぼわんぼわんと弾んで、ガウンを脱ぐことなど出来なかっただろう。青い物体の、リボンがついていない側を腹部に当てて残りの部分を股に挟み、後ろでひっぱり上げた。それからリボンの両端を持ってそれを脇腹に巻き付け、正面で結ぼうとしたが、その前にリボンは勝手に一つに融合してしまった。継ぎ目や縫い目はどこにもない。チャーリーがひっぱると、リボンはいったん伸びてから腰の回りにぴたりと合い、そこでぎゅっと締まって止まった。驚きながらも、その物体の、固定されていない前端を、背中と脚の間にぴったり合うようにひっぱってから、それをエプロンのようにだらりと垂らした。四肢を動かしてみて、満足げにそれを眺める。自分自身の肌のようにぴったりだ。脚の側面は、赤い帯が巻かれている腰の辺りまで剝き出しだった。が、それ以外は、フィロスの示唆したとおり、完全に隠されていた。

残りの部位の衣類は、できれば着ずに済ませてしまいたかった。戸外で過ごしたわずかな時間のあいだに、ここが熱帯のような気候だと知っていたからだ。だがその一方、この地の多くの人々は、たった一本の腕章や、肩胛骨から生えた何かだけにせよ、上半身にも何かしらは身につけていた。そこでクロゼットの中の装飾品の山をじっくり見回すと、着ている服と同じ濃紺の布があった。彼はそれを取り出してみた。コートかマントのような形をしていて、見かけは重そうだが実際は羽のように軽かった。本体の色が合うだけではなく、腰のリボンと同じ赤い色の、細いパイピングで装飾されていた。どうやって着るかというのは難しい問題だったが、シースが着ていた赤い服と同様、肩の上に乗せるのではなく脇の下をくぐらせるのだということに気づいて、ようやく解決した。やはり首の後ろには高い襟が突き出し、前方は胸骨の上で合わさった。ファスナーなどは付いていなかったが、必要なかった。しなやかに彼の胸筋に貼りついたからだ。腰の部分にもぴたりと貼りついたが、胸部と異なり、前方は開いたままだった。上着はその状態で安定した。燕尾服のように後ろに長く伸びていたシースのものとは違い、裾は腿のあたりまで、そして真っすぐに裁断されていた。

　クロゼットの底には何足もの靴があった。ある棚には、最低限の要素だけで構成された靴——足裏の指球に嵌めるパッドと、踵に嵌めるように作られたパッドが一セットで、足の真ん中のところには何も履かないようになっているものもあった。もちろんそれ以外の種類の靴もたくさんあった。革ひもで留めるサンダル。紐と自動的に融合するリボンが付いている、ファスナーのない靴。さまざまな色をした柔らかい膝丈のブーツ。折り返しのあるトルコ式の靴。厚底靴。踵の低いサンダル《ワラーチ》——数え切れないほどの種類の靴があったが、足を拘束し、形を歪めるようなものは一つも見あたらなかった。ここでも彼は色を手がかりに靴を選んだ。ほとんど重さを感じさせない淡黄褐色《シャモア》のブーツにしたのは、今着ている、深紅をアクセントにしたネイビーブルーに実に良く合っているからだ。あとは靴のサイズさえ合ってくれればいいのだが……大丈夫、見事なくらいぴったりだ。これらの靴は、誰であれ履く人のサイズに、自然にちょうど合うようになっているらしい。

自分自身の姿に満足し、頭上で揺れる黒い球体を無意味にもう一度だけひっぱってから、金のバーのところへ行ってそれに触れた。ぽんと音を立ててドアが拡がり、フィロスが入ってきた。（何てことだ――彼はひょっとして、この八時間、壁に鼻を押しつけて待ちかまえていたというわけか？）裾が拡がったアマリリス・イエローのキルトと、それに合った靴。そして黒い婦人用上衣《ボレロ》を前後逆に羽織っているような服装。だが、フィロスが着ているとそれも悪くない。チャーリーを見ると、彼の表情豊かな浅黒い顔がぱっと明るくなった。「もう着替えたんですね。似合ってますよ！」それからちょっと眉を寄せた。その表情はあまりに微妙で、チャーリーは真意を測りかねた。

「おかしくないか？」彼は訊ねた。「鏡があれば良かったんだけど」

「それはそうですね」とフィロスは言った。「あなたさえ良ければ用意しますが……」そしてちょっと間を置いた。どうやら彼は、くしゃみをした人に「お大事に《ゲズーントハイト》」と言うときのように、こうした場合に決まったやり方で、チャーリーのリクエストに応えようとしているらしい。しかし、なぜ「あなたさえ良ければ」なんて訊くんだ？

「ああ、もちろん」チャーリーは言ってから、息を呑んだ。フィロスは手を合わせ、そして――消え、た。彼のいた場所に、別の誰かが立っていた。濃いネイビーブルーに華やかに包まれ、高い襟がやや長めの顔の回りを見事に囲み、ぴったりしたトランクスと、その前方にきれいに垂れたエプロン、格好のいい靴、フルジャケットに裸の肩が乗り、馬鹿みたいな黒い球体が頭の上でぽよんぽよん揺れている。いやはや実に洒落ている。ただし顔を除いては。どうしたわけか、顔はチャーリーの関心を引かなかった。

「もういいですか」と、その人物が消えてフィロスが再び姿を現した。チャーリーは口をぽかんと開けて突っ立った。「どうやったんだ?」

「あ、うっかりしてました。見たことがないんでしたね」と、伸ばしたフィロスの手には、明るいブルーの指輪が嵌められていた。チャーリーが朝食のとき使ったワイヤーと同じ、光るブルー。

「これをもう片方の手で触ると、実にいい鏡になるんです」言いながらそのとおりにすると、馬鹿みたいな球体を頭に乗せたハンサムな男が再び姿を現し、そして消えた。

「これはなかなかの仕掛けだね」とチャーリーは言った。こうした細工や機械仕掛けに目がないのだ。「でも、どうして鏡なんか持ち歩いているんだ? それで自分の姿も見ることができるのか?」

「いや、出来ません」フィロスは言った。彼はまだ微妙な表情をしていて、そこに無理に笑みを浮かべようとしているようだった。「これは純粋に防衛のための道具です。私たちは、私たちレダム人は、滅多に争いごとをしません。理由の一つがこれです。もし人がひどく興奮し、顔を歪め、非論理的(この言葉には〝愚か〟とか〝許し難い〟という概念が含まれていた)になったとき、そういう自分の姿を、ちょうど他の人々が見ているように直視することになったら、どうなるでしょう?」

「冷静になるだろうね」チャーリーは頷いた。

「この道具を使う前に相手の同意を得なければならないのは、そういうわけです。礼儀の問題です。礼儀は、私たちの種族が始まって以来の歴史を持っています。おそらくあなた方の種族もそうだと思いますが。自ら望む場合でない限り、自分の姿を見せつけられるのは不愉快でしょう」

「ここにはいろいろ面白いおもちゃが揃っているようだね」チャーリーは賞讃の念を込めて言った。「で……どうだろう、ぼくの格好は及第点かな」

フィロスはチャーリーを上から下まで何度も眺めまわした。皺の寄ったその表情は、いよいよ微妙なものになっていった。「けっこうですよ」彼は緊張した声で答えた。「文句なし。いい服を選びましたね。さ、じゃあ行きましょうか」

「ちょっと待って」チャーリーは言った。「何か引っかかってるんじゃないか。ぼくの格好におかしいところがあるのなら、今すぐ教えてくれ」

「そうですか、それなら……あなたは、その」（チャーリーには、フィロスが言葉を慎重に選ぼうとしているのが分かった）「その……ええと、その帽子が、よほど気に入ってるんですか？」

「ああ、やっぱりこれか。あんまり軽いんで忘れてたけど、君とその鏡のおかげで思い出したよ。……気に入ったなんてとんでもない、ちょっと頭に乗っけてみたら、どうやっても取れなくなってしまったんだ」

「それなら簡単」フィロスはクロゼットに近づき、扉を拡げて中に手を伸ばすと、靴べらに似た道具を取り出した。「さあ、これで触ってみて下さい」

チャーリーは言われたとおりにした。すると黒い物体は床に転げ落ち、でろんと弾んだ。チャーリーはそれをクロゼットの中に蹴りこんでから、靴べらもどきも戻した。「これは何なんだ？」

「脱固定装置《デステーター》ですか？　物質の中の生物固定力を無力化する道具です」

「で、その生物固定力ってのが、服同士をくっつけたり、服をぼくの身体にくっつけたりする力なわけか」

「そのとおり。これらは完全に非生物から出来ている物体ではないのでね。シースに訊いて下さい。詳しいことは私にも分かりません」

チャーリーは彼をじっと見た。「まだ何か隠しているね。はっきり言ってくれよ、フィロス」

フィロスの顔の皺がますます増えた。そこまで皺が増えるなんて、チャーリーは考えてもいなかった。「言わないほうが良さそうです。さっき、シースがあなたの滑稽さを指摘したら、あなたは彼をミールウィスの部屋の端から端まで蹴飛ばしてしまったのですから」

「あれは本当に悪かった。あのときは、今と違って、とにかく混乱していたから……あんなことはもうしないから、教えてくれ」

「あなたが頭の上に被っていたものは何だかご存じですか?」

「いや」

「バスル（スカートを膨らませる腰当て）ですよ」

二人は爆笑しながら部屋を出た。

まずはミールウィスに会いに行くのだ。

☆

「あいつら、ずいぶんのんびりボウリングしてるな」とスミス。

「ストライク突入、ってところかな」

「まったく愉快、愉快な広告屋さんだな」だがスミスはハーブをけなしているのではない。ただ心の中で笑っている。

　それから沈黙が訪れた。二人は話し疲れている。相手が何か言うべきことを探していることを二人ともに知っているということをスミスが知っているということをハーブは知っている。どんなものであれ、言葉を吐き出していない限り人間同士が一緒にいられないというのは、何ておかしなことだろうとハーブは考える。だが口には出さない。スミスは、彼がまた真面目になってしまったと考えるだろうから。

「ズボンのカフはまた流行遅れになっている」しばらくしてからスミスが口をひらく。

「そうだな。何百万もの男がズボンを作り直させている。服屋はあまった大量のカフをどうするんだろうね。それに、工場で使われなくなった、カフの分の布はどうなるのかな」

「ラグでも作るさ」

「同じだけかかるよ」ハーブは言う。つまり、カフなしのズボンを作るのと同じだけかかるということ。

「まあそうだな」スミスは相手の言いたいことを理解する。

再び沈黙。

ハーブは訊ねる。「ウォッシュアンドウェア（洗うのが簡単ですぐ乾く衣類。普通はクリーニングに出さない）はずいぶん持っているのか？」

「ちょっとはね。誰だってそうだろ」

「誰がそれを洗《ウォッシュ》って、誰が着《ウェア》てるんだ？」

「誰も」スミスは、少し機嫌を悪くしたように言う。「近ごろはちょっとしたクリーニング屋なら、特別なクリーニング法でちゃんと洗濯してくれるんだ」

「じゃあ何でウォッシュアンドウェアなんだ？」

スミスは肩をすくめる。「どうしていけない？」

「ま、そうだよな」ハーブは言う。話題を引っ込めるタイミングは心得たものだ。

沈黙。

「ファレルのやつ」

ハーブはスミスのしかめ面を見る。スミスは窓から外に目をやり、対角線上にある乱平面の家の窓を覗き込んでいる。「奴は何をしているんだ？」

「テレビだろ。それより、あのいかれた椅子を見てみろよ」

ハーブは立ち上がって部屋を横切る。手に持った灰皿をテーブルの上に置いて戻る。四百メートル先からでは、覗き見していることは分かるまい。「駅なんかにある、身体の輪郭にぴったり合う型の椅子じゃないか」

「そう。だけど赤だぜ？　あの部屋に、どうして赤い椅子なんか置けるんだ？」

「そのうち分かるよ、スミティ。やつは改装するんだよ」

「？」

「二年前のことを思い出せよ。ごつごつした松の木や農場向きの道具が運び込まれたと思ったら、突然大きな緑の椅子が来たりしただろ？　一週間もしないうちに、ジャジャン。アーリーアメリカン調の出来上がりだ」

「ああ、そうだったな」

「だから、一週間かからないよ、見てなって」

「ジャジャン、か」

「そういうこと」

「しかし、三年のうちに二度も家の改装が出来るなんてどういうことだ？」

「おおかた親戚でもできたんだろうよ」

「やつのことを知っているのか？」

「ぼくが？　まさか。あの家に行ったこともないんだ。挨拶だって滅多にしない」

「やつは素寒貧だと思っていたよ」

「どうして？」

「あの車さ」

「じゃあ、家の改装にみんな使うんだ」

「どっちにしろ、妙《クィア》な連中だな」

「どんなタイプの妙《クィア》だ？」

「ティリーは奴の女房がスーパーで廃糖蜜を買ってるのを見たってさ」

「そりゃひどいな」ハーブは言う。「宗教みたいなもんさ、そういうこだわりは。そうなると車がぼろいのだって意外じゃないね。たぶん十八ヶ月も乗り回しているのを誰かに気づかれても気にしないんだろう」

沈黙。

スミスは言う。「そろそろうちもペンキを塗り替えていい頃だな」

ハーブは言う。「うちもだ」

白い光が風景を切り裂く。スミス家のステーションワゴンが車道に入り、車庫に入って、止まる。車のドアが閉まる音が、二音節の単語のように響く。女の声が近づいてくる。二人は同時に喋りながら、何ひとつ聞き漏らさない。ドアが開き、ティリーが入ってくる。ジャネットが入ってくる。

「男性諸君《ブルズ》、ただいま！　どんなお喋り《ワッツ・ブリング》をしていたのかしら？」

「男同士の話だよ」スミスは言う。

★

二人は波打つ回廊を歩き、無傷で二度ほど底なしの深淵に落下し、ひょいと上昇した。ミールウィスは黄色と紫の幅広のリボンを斜めに巻き付けていた――胴体から右脚までは右回りに、それとは別に左脚には左回りに。部屋には彼が一人きり、威厳のあるたたずまいだった。彼はチャーリーを、荘重に、しかし上機嫌で迎えた。そしてネイビーブルーの服装について、率直かつ明瞭に、声に出して賞讃を表した。

「あとはお二人で」とフィロスは言った。ミールウィスはそれまでフィロスに注意を払っていなかったが（これはフィロスの存在を受け入れているということなのだろうとチャーリーは考えた）、ここで頷くと穏やかに微笑んだ。チャーリーは指を立てて別れの挨拶をした。フィロスは去って行った。

「実に気が利いている」ミールウィスは賞讃の念をこめて言った。「フィロスのような人はたった一人だ」

「彼はぼくにも最善の対応をしてくれた」チャーリーは言った。そして、意に反して言い足した。

「きっと……」

「さて」ミールウィスが言った。「優秀なフィロスによれば、あなたの気分もずっと良くなったようですね」

「というより、自分がどういう気分なのか、ようやく分かり始めた気がする」チャーリーは言った。「ここに初めて来た時には、それすら分からなかった」

「心掻き乱される経験でしたからね」

チャーリーは相手を注意深く見つめた。そうせざるを得なかった、と言ってもいい。レダム人の年齢を推測する手がかりは何も摑めていなかったが、それでもミールウィスは年長者だと思われた。他の人々が尊敬の念をはっきりと示していることや、少し大柄であること、顔がひときわふっくらしていること、この世界の基準からしても並はずれて目と目の間が離れていること等々。だが、チャーリーが知っているような意味で、レダム人が年を取るという様子は見受けられなかった。

「ではあなたは、私たちについて知るべき全てのことを知ろうという気になったのですね」

「そのつもりだ」

「なぜです？」

「そうすることが、ぼくが家に帰るためのチケットだから」英語の慣用句に頼ったこの言い回しは、レダム語で言うとほとんど無意味に響いてしまう。チャーリーは口にした瞬間に悟った。〝代金〟とか〝通行〟という概念はレダム語には存在しないようなのだ。彼が〝チケット〟と言うために用いた単語は、〝ラベル〟とか〝インデックスカード〟という意味のものだった。「つまり」チャーリーは補足説明した。「こう言われたんだ、もしぼくが、君たちが見せたいという全てのものを見て……」

「……そしてあなたが見たいというものを全て見て……」

「……そして、君たちに、ぼくの意見を伝えれば、ぼくのことを、元いた場所に帰してくれるつもりだ、と」

「そのとおりだと保証することが出来るのを嬉しく思う」これが誇張でも何でもなく、彼――ミールウィスにとっては、それを保証するのが重要なことなのだということがチャーリーには感じ取れた。「さて、始めましょうか」という彼の言葉が、何か気の利いた文句のように聞こえた。

チャーリーは困惑して笑った。「どこから始めればいいのか、ちっとも分からないよ」どこかで読んだことがあったっけ――チャールズ・フォート（超常現象を専門に扱った米国のジャーナリスト。一八七四―一九三二）か？ 彼なら今のシチュエーションをどんなに喜んだだろう。フォートは言っていた、「円を測る時には、どこからでもいいからまず始めよ」と。「分かった。まず知りたいのは……レダム人の、その、個人的なことについて」

ミールウィスは両手を広げた。「何でもどうぞ」

急に恥ずかしくなって、ストレートに訊くことが出来なくなった。チャーリーは言った。「フィロスが昨夜――というか、眠る直前に、あることを言ったんだ……彼が言うには、レダムの人々は男性の身体を見たことがない、と。ぼくはとっさに、つまり君たちはみな女性なんだと考えた。だからそう訊ねたら、『違う』と。でも君たちは、男性か女性のどちらかなんだろう？」

ミールウィスは答えなかった。その横長の目で、チャーリーのことを穏やかに見つめ、じっとしていた。口元にはやはり穏やかな軽い笑みが浮かんでいる。なぜか次第に当惑の気持ちが募ってきたが、チャーリーはミールウィスのやり口がどんなものかを理解し、それに敬服した。昔、同じやり方をした教師に習ったことがある。「自分で考えなさい」と言うわけだ。ただしそれは生徒が、答えを導き出すために必要な情報を全て持っている場合に限られていた。エラリー・クイーンの国名シリーズの「読者への挑戦」のようなものだ。

チャーリーは、性別の問題について、これまで受けてきた収まりの悪い印象の数々を頭の中で引っかき回してみた。大きく（しかし異常なほどの大きさではなく）発達した胸筋。乳頭のサイズ。肩幅が広い者やお尻の小さな者は見なかった。他の外観上の特徴として、服と同様、髪の毛にも色々な種類があったが、概して短い。服装はといえば、あまりに種々雑多で、考えると泥沼にはまりそうなので深追いするのを止めた。

そこで言語から考えてみることにした。理由は不明ながら、今ではレダム語を流暢に喋ることができるが、それでもこの言語はチャーリーにとって、しばしば謎や疑問のもとだった。威厳を保ち、辛抱強く座っているミールウィスのほうに目をやって、心の中で文を組み立てる——「ぼくは今、彼のことを見ている」。〝彼〟という代名詞を、チャーリーは改めて検討してみた。すると、この代名詞に性別をつけているのは、レダム語そのものではなくチャーリー自身だということに気づく。この代名詞を口にする時に、頭の中では英語で〝彼〟に置き換えてきたのだ。チャーリーにはなぜかその方が好ましかったからだ。だがレダム語では、この指示語は性別も性差も含意していなかった。にもかかわらず、これは人称代名詞だ。事物に対して用いられる代名詞ではない。英語では、〝それ（it）〟は非人称代名詞である。しかし、〝人（one）〟を代名詞として使えば、ちょっと硬い文章になってしまうけれど、人を表すことができる。「人はいま自分がパラダイスにいると考えるだろう」とか。人称代名詞でありながら――一種類しかない！　レダム語ではそうなっているのだ。性別のない人称代名詞。チャーリーは、今までそれを頭の中で〝彼〟と翻訳してきたのは誤りだったことを悟った。

人称代名詞に性別がないということは、レダム人には性がないということだろうか？　確かにそれなら、フィロスの不思議な発言――男性を見たことがないが、女性ではない――と辻褄が合う。しかし、「男性」「女性」にあたる単語と概念は存在するのだ。とすると……もう一つの可能性が残っている。両方。レダム人は、一人一人が、両方の性を持っているのだ。

じっと待ち受けているミールウィスの目を見つめて、「君たちは、両性なのか」とチャーリーは言った。

ミールウィスは動かず、口も利かなかった。それはひどく長い時間に思われた。それから、軽く浮かべていた笑みを大きくほころばせた。チャーリーの上向きの顔の中に見つけた表情を楽しんでいるかのようだった。彼は優しく言った。「それはそんなに恐ろしいことですか？」

「恐ろしいことかどうかなんて、考えたことさえなかった」チャーリーは正直に打ち明けた。「ただ、どうしてそんなことが可能なのか理解しようとしてるんだ」

「教えましょう」とミールウィスは言い、悠然と立ち上がった。そして机の向こうから、固まっているチャーリーのほうへとやって来た。

☆

「ただいま《ハイ》！　男性諸君《ブルズ》、」とティリー・スミス。「どんなお喋りをしていたのかしら《ワッツ・ブリング》？」

「男同士の話だよ」スミスは言う。

ハーブは言う。「やあ《ハイ》、女性諸君《ボウルズ》。ボウリングはどうだった《ワッツ・ボウリング》？」

ジャネットは言った。「ストライク三回。で、私はストライキ」

「その冗談はハーブがもう使った」スミスは面倒くさそうに言う。いつもの癖で、別に本心から面倒くさがっているわけではない。

　ティリーが話にけりをつける。「どうしてみんなハ、ハ、ハ、ハイボールの話なんかしているの？　さあ、飲みましょ」

「ぼくたちは遠慮しとくよ」氷しかなくなったグラスをカチンと鳴らし、間髪入れずにハーブは言う。「充分飲んだし、それにもう遅い」

「私も」夫のメッセージを受け取って、ジャネットも言う。

「今夜はたくさんの飲み物とたくさんの下品なジョークをありがとう」ハーブはスミスに言う。

「女房たちには、踊り子たちのことは黙っておこうな」とスミス。

ジャネットは大きくボウリングのジェスチュアをする。「おやすみ、ティル。旦那たちはせいぜい転がしておきましょ」

ティリーもボウリングのジェスチュアをする。すかさずスミスはソファからずり落ちてみせる。彼はこの姿勢が好きなのだ。レイル夫妻はジャネットのボウリングバッグを回収する。持ち上げる時、ハーブは大げさに呻く。ジャネットはポータブルテレビのコンセントを抜いてハーブの左脇に押し込み、そして右脇には自分のハンドバッグを押しつける。そしてレディらしく、夫が彼女のために膝で扉を開けるのを待っている。

★

「こちらへ」ミールウィスが言った。チャーリーは立ち上がって後に続き、ひとまわり小さな部屋に入った。片方の壁には、ラベルの付いたスリットが隙間なく並んでいた——どうやらファイリングシステムらしい。そして、何たることだろう、ファイルの棚さえ直線ではなく円弧で構成されていた。その線は、かつて見た、工場の流れ作業台上に能率技師が描いた図に似ていた——右手を目一杯伸ばすとここまで、左手を精一杯伸ばすとここまで、という円弧に。もう片方の壁には、白く柔らかな平たい板が突き出ていた——チャーリーの経験の範囲内で似たものを探すとすれば、実験用のテーブルといったところか。横を通る時にミールウィスが軽く叩くと、テーブルは彼の後をついてゆっくりと沈みながら部屋の中を移動していき、壁から三メートルほどのところで止まって、椅子の高さになった。

「座って」とミールウィスは肩越しに言った。

この大柄なレダム人がラベルの付いた棚の前に立ち、それを検分するのを、チャーリーは座ったまま茫然と見ていた。不意に、自信に満ちた様子で、ミールウィスは一点に目を留めた。「これだ」彼は細くしなやかな指先を開口部にかけ、手を下に引いた。一枚の紙が穴から吐き出されてきた。幅一メートル、長さは二メートルほどだろうか。紙が出てくるにつれて室内の灯りはゆっくりと落ちていき、同時に紙の上の図表が輝き始めた。ミールウィスは同じようにしてもう一枚別の図表を取り出してから、チャーリーの横に並んで座った。

室内はいまや真っ暗で、二枚の図表の放つ光だけが闇を照らしている。図はそれぞれ、フルカラーでレダム人の正面と側面の姿を示していた。その身体を覆っているのは絹のようなスポーランだけ。スポーランの上端は臍の下三センチぐらいのところ、幅はおよそ掌を広げたほどだろうか。下に行くにつれて幅は拡がっていき、腿の真ん中より八センチほど上にある下端のところでは、両脚の正面を覆っている。このスポーランはチャーリーにもすでに馴染みのものだった。長いのや短いの、色も赤・緑・青・紫・純白とさまざまだったが、彼が会ったレダム人は、みなこれを身につけていた。これが何か厳密なタブーに属しているのは明らかだった。チャーリーは口をつぐんでいた。

「さて、解剖してみましょうか」ミールウィスは言った。そして、チャーリー・ジョンズが気づかないうちに、何らかの方法で図表を変化させた。ピッ！　図中のスポーランと、その下の皮膚が同時に取り去られ、腹部の内壁の筋膜と筋肉とが露わになった。ミールウィスは黒くて細長い棒を魔法のように取り出すと、レダム人の諸器官と機能とを説明しながら、対応する箇所を指示していった。指示棒の先端は、彼の意志に従って、尖ったり丸くなったり矢印になったり丸括弧のようになったりした。説明の言葉はごく簡潔だったが、チャーリーの疑問に的確に答えていた。

そう、チャーリーは畳みかけるように質問したのだ！　先刻までのぎこちなさはとっくに消え、代わりに彼の性格に深く染みついた二つの特徴が姿を現していた。一つは、他人の知恵を読み、盗みとろうとする、雑多で無節操で飽くことのない習性。もう一つは、その結果、脳内の壮大な知の体系に沢山の穴が空いてしまい、そこに入るべきものを貪欲に求めること。この二つの特質が、これまで経験したことがないほど激しく活動した。チャーリーは、自分が思っていたよりも遥かに多くのことを知っていること、そして同時に、思っていたよりも五倍か七倍、誤解と無知に囚われていたことを知った。

解剖学上のディテールは、その種のものの常に漏れず非常に興味深く、センス・オブ・ワンダーをいくらかでも持っている人なら、圧倒されること間違いなしの性質を備えていた――精妙さ、独創性、生命体ならではの複雑にして効率的な仕掛け。

第一に、レダム人は明らかに両性具有だった。しかも、両性の性質がそれぞれ実際に発現している。そして挿入器官はホモ・サピエンスでいうところの女陰窩に由来していた。その器官の基部の両側に、それぞれ子宮骨がついていて、二つの子宮頸へと通じている。レダム人は二つの子宮を持ち、必ず双子を産むのだ。勃起すると性器は下向し、姿を現す。萎えている時には完全に隠れ、尿道がその中に含まれる。結合は相互的に行われる――というか、それ以外のやり方は事実上不可能だった。精巣は外に突き出しているのでも中に隠れているのでもなく、表面にあった。股間の皮膚のすぐ下に拡がっているのだ。一帯の神経組織は大がかりに再組織化されており、少なくとも二つの新しい括約筋と、バルトリン腺・カウパー腺の機能が巧みに再配分されていた。

　答えを得られたことに、充分すぎるほど満足して、チャーリーはそれ以上考えることが出来なくなった。ミールウィスは、説明を全て終えると、二枚の表を手の甲で軽く叩いた。表はそれぞれ、出て来た穴の中に滑り込んで姿を消した。同時に部屋にも灯りがついた。

　チャーリーはしばらくの間静かに座っていた。彼はローラのヴィジョンを見ていた――あるいは全ての女性の……そして、全ての男性のヴィジョンを。不意に場違いなことを思い出した。火星と金星を示すシンボルマークを、生物学では男性と女性に使ってはいなかったか。レダム人に対しては、どんなシンボルが使われるのか？　火星《マーズ》プラスYか？　金星《ヴィーナス》プラスXか？　ひっくり返った土星《サターン》のマークか？　それからは徐々に目を上げていき、瞬きしながらミールウィスを見た。「一体全体、どんなふうにして人類はこんなごた混ぜになってしまったんだ？」

　ミールウィスは鷹揚に笑うと、再びファイル棚の前に立った。彼は（説明を受けたにもかかわらず、チャーリーは自分がどうしてもミールウィスのことを〝彼〟と考えてしまうことに気が付いた――それはなお、性別のないレダム語の代名詞の訳語として便利だった）上下左右を探し始めた。チャーリーは辛抱強く新しいお告げを待つ。ミールウィスは不満の声を漏らすと、部屋の隅に歩いて行き、あちこちにある例の円形模様の一つに手を当てた。か細い声が、丁重な口調で答えた。

「なんでしょう、ミールウィス」

ミールウィスは言った。「テイギン、ホモ・サピエンスの解剖図はどこへファイルした？」

声が答えた。「アーカイブの、『絶滅霊長類』のところに」

ミールウィスは礼を言うと、横の壁に並んでいる穴の第二列の方に向かった。どうやら探していたものを見つけたようだ。手招きされたのに応じてチャーリーが立ち上がり、ミールウィスの近くへ行くと、座席も忠実に後をついてきた。ミールウィスは、再び何枚かの図表を取り出すと、着席した。

照明が落ちて暗くなり、図表が光る。「これはホモ・サピエンスの解剖図です。男性のものと女性のものだ」ミールウィスが解説を始めた。「レダム人が、ごた混ぜになっているとあなたは言う。だが実際のところ、本当に変化と呼べるのはごくわずかでしかないのを見せましょう」

ミールウィスは、人間の生殖器官の発生学的説明を見事におこなった。胎児の状態では、男女それぞれの生殖器が似通っていることを示し、その後も両者は似通ったままなのを示した。男性の諸器官は、全て女性に対応物を持っている。「あなたは、それ自体ではさして大きくはない男女の間の差異に、やたらと拘泥する文化の出身だ。そうでなければ、本当は両性の違いが実にわずかだということを理解するだろう」（これは、レダム人がホモ・サピエンスについて知識を持っていることを示す初めての言及だった。）ミールウィスは更に、病理学の観点から見た図表へと話を進めた。彼の説明によれば、生化学薬品を使うだけで、ある器官を退行させ、その代わりに元々は退化した器官だったものにかつての役割を再び担わせて、男性が乳を出したり、女性が髭を生やしたりすることが可能なのだという。また、プロテステロンが男性から、テストステロンが女性から、量こそ限られているものの普通に分泌されていることを説明した。また、他の生物の図をチャーリーに示し、自然界にはいかに多様な生殖行為が存在するのかを説いた。女王蜂は、空中で一度だけ交尾をして、それ以降文字通り何十万もの卵を、文字通り何世代にも亘って生み続けるための物質を胎内に蓄える。トンボは、愛のダンスの最中に、お互いの細身の身体をU字型に曲げて完全な円形を作り、沼沢地の上を表面すれすれに旋回していく。蛙の一種は、雌が卵を雄の背中に並んだ穴の中に産みつける。タツノオトシゴは、雄が幼生を産む。タコは、愛する相手が目の前に現れると、足の一本を振る。すると、その先がちぎれて雌の方に自力で泳いでいく。雌のタコは、求愛を受け入れる時にはそれを抱きしめ、その気がなければ喰ってしまう。この講義が終わった時には、自然界に存在する無数の生殖のパターーンの中においてみれば、レダム人とホモ・サピエンスの間の相違など不思議なものでも根本的なものでもないのだと、チャーリーは進んで認める気になっていた。

「でも、何が起こったんだ？」ようやく考える余裕が生まれた時、彼は訊ねた。「どうしてこんな変化が？」

ミールウィスはこの質問に、別の質問で答えた。「初めて汚泥の中から這いだし、水ではなく空気を吸って生きることにしたのは何か？　初めて樹上から降りて、枝を道具として使うことにしたのは何か？　どんな獣が初めて地面に穴を掘り、目的意識を持って種を播いたのか？　それらは起こった、それだけです。物ごとは単に起こるだけ……」

「本当はもっと詳しく知っているはずだ」チャーリーはなじった。「ホモ・サピエンスのことも、もっといろいろ知ってるんじゃないか」

ほんのわずかだけ苛立った様子を見せて、ミールウィスは言った。「それはフィロスの専門、私は門外漢です。それに、ホモ・サピエンスのことですが、私の理解するところでは、その滅亡の時期や理由については知らないままでいたいということだったと思いますが。言うまでもなく、本気で知りたいというのなら、情報の提供を拒むつもりはありませんよ、チャーリー・ジョンズ。でも、レダム人の誕生とホモ・サピエンスの絶滅とが、互いに関連している可能性は考えませんでしたか？　もちろん……教えるかどうかは、あなたの決断次第ですが」

チャーリーは目を伏せた。「いや、けっこうだ、ミールウィス」

「この件を話したいなら、フィロスにどうぞ。彼以上の適任者はいません。それに」ミールウィスはにっこりと笑った。「どこまで話すのが適当か、彼なら私よりもよく分かっているはずだ。情報を出し惜しみするのは私の性分に合わない。彼と話してみることです」

「どうも」チャーリーは繰り返した。「多分……そうするかも」

別れの挨拶に代えて、ミールウィスは最後にこんなことを言った――自然というものは気まぐれで、理解を超えた複雑な間違いをしばしばやらかすけれど、至上の原則を一つだけ持っている。それは連続性だ。「自然は連続性を保ち続けようとする」と彼は言った。「たとえ、そのために奇蹟を起こすことが必要だとしても」

☆

「すごいことなのよ。あなただって分かってるでしょ」二人分のナイトキャップを作ったジャネットは、子どもたちの寝顔を見てキッチンに戻ってきたハーブに話しかける。「スミスさんみたいな隣人がいるってのは、すごいことなの」

「すごい、ね」とハーブ。

「つまり、共通の利害を持っているってこと」

「今夜は何かいいことがあったんだね？」

「ええ」彼女は彼にグラスを手渡して流しに身体を預ける。「あなた、ビッグ・バグ・ベーカリーへのプレゼンに、七週間もかかりきりでしょ？　高級アイスとケーキ専門部門の販促を請け負うために」彼女は専門部門《ショップ》を「ショピィ」と発音した。

「そうだっけ？」

「チェーンストアの名前に、『ジャスト・デザート』って、どう？」

「お、そりゃ悪くないな。君は天才だ」

「実は盗作なの」彼女は言う。「ティリーが言った洒落なのよ。彼女は多分、自分がこれを言ったってことを忘れると思う。というわけで、あなたが七週間前から考えていたってことになるのよ」

「素晴らしいね。そういうことにしよう。スミティの方は今夜、ぼくをやりこめたけどね」

「彼の鼻を殴りつけたんでしょ?」

「もちろん。お得意先の中間管理職相手、無理な話だけど」

「で、何があったの?」

ハーブはテレビショーの一件を話す。そのショーを誉めていると取られかねない一言を言ってしまったこと、そのショーはライバル企業がスポンサーをしているものだったこと。

「あらあら」と彼女。「馬鹿なことをしたわね。それにしても彼はウィックだわ」〝ウィック〟というのは意地悪《ウィキッド》なことをする人物をさす、夫婦の間だけで通じる符丁である。

「どうにかこうにか最悪の事態は免れたってところかな」

「それにしたって、もしもの場合に備えて爆弾を用意しておくほうがいいよ」

彼は窓の外、敷地の向こうの隣家に目をやる。「爆発させるにはちょっと近すぎるね」

「誰が爆弾を落としたか、分からなければ平気」

「おいおい」ハーブは言う。「彼には爆弾を落とさないほうがいいよ」

「もちろんそう。ただ、念のために爆弾を用意しておきたいだけ。それに、使わないのがもったいないような照準器《ボムサイト》を手に入れているの」彼女はトライザー氏が閑職に追いやられた顚末を話す。彼がスミティの頭上に喜んで何でも落とすだろうということも。

「彼のことはあてにするなよ、ジャネット。あれは負け犬だ」

「『そしてそこに彼は横たわる、床にはいつくばって』。スミスがそう言ったの?」

「いいや、ぼくが自分で知ったんだ、それだけだよ」彼は付け加えた。「痔もね」

「まあ、素敵。ティリーをいじめてやろうっと」

「君は、ぼくが知っている中で一番執念深い女だよな」

「私の大事な相方の旦那様《バディ・バディ・ハビィ》をやっつけたんだもの。そのままにはしておかない」

「ティリーはぼくが君に話したって思うよ」

「せいぜい、どうしてばれたのかって首を捻るだけよ。うまくやるわよ、バディ・バディ・ハビィ。私たちはチームなの、そういうこと」

　ハーブはグラスを回してそれを眺めた。「スミティもそんなこと言っていたな」彼は妻にデザート・ブーツのことを話す。そして、遠からず子どもたちは、両親のどちらが父親なのか分からなくなる、というスミティの考えも。

「それが気になるわけ？」ジャネットは朗らかに言う。

「いくらかね」

「気にしないほうがいいわ」彼女は彼に言う。「あなたは過去の亡霊の手に摑まれている。私たちは今、新しい種類の人間なのよ、相方《バディ・バディ》さん。カレンやデイヴィは、あなたが読んでるような大仰なことを知らずに成長するでしょう。父親像とか母親像とか、そういうものは知らずに、ね」

「『我が生涯の物語』、カレン・レイル著。『私がちっちゃな娘だった頃、他の男の子や女の子と違ってママもパパもいませんでした。代わりに委員会が私を育てたのです』」

「委員会でも何でもいいわ、悲観論者さん。子どもたちには食べ物、飲み物、着る物に家、おまけに愛まであるのよ。それがすべてじゃない？」

「まあそうなんだろうね。でも父親像ってものにも、それなりの価値があるってことになっているけど」

彼女は夫の頬を軽く叩く。「もしあなたが心の奥深くで、大物にならなきゃと思っているならね。そして、あなただって分かってるでしょう、自分がこの委員会に参加できるくらい大きな、唯一無二の存在だって。さ、ベッドに行きましょ」

「どういう意味？」

「だから、ベッドに行きましょ」

★

チャーリー・ジョンズがミールウィスの部屋を出ると、フィロスがつい今しがた着いたばかりだという風にそこに立っていた。「どうでした？」

「すごい」とチャーリーは言った。「圧倒的じゃないか、え？」そして注意深くフィロスの様子を窺った。「どうやら、君にとってはそれほどでもないようだけど」

「もっと知りたいですか？　それとも今はこれで充分？　そろそろまた睡眠をとりますか？」

「まさか。夜までは大丈夫」レダム語にも「夜」という単語は存在したので使ってみたけれど、

「男性」「女性」という語と同じように、彼が本当に表現したいこととは懸け離れた使い方のように思われた。そこで、一言補足しておくべきだと考えた。「つまり、暗くなった時に、ね」

「何が暗くなった時ですって？」

「分かるだろう、太陽が沈む、星や月なんかが出てくる」

「暗くなりませんよ」

「暗くならないって……何を言っているんだ？　地球は今でも回転しているんだろう？」

「あ、そういうことですか。分かりました、外の世界では今でも暗くなることはあるでしょう。でも、レダムの中は違う」

「じゃあ、レダムは……地底の世界なのか」

フィロスは首をかしげた。「それはイエスかノーかで答えられる質問ではありませんね」

チャーリーは回廊に目を向け、巨大な窓ガラスの一つから、明るく輝く銀の空を見た。「どうして暗くならない？」

「それはシースに訊ねたほうがいいでしょう。私よりも彼の方が上手に説明できるはずです」

チャーリーは思わず笑ってしまった。フィロスが訝しげにこちらを見ているので、なぜ笑ったのかを説明した。「最初に君と話した時には、ミールウィスが答えてくれるはず、と言われた。ミールウィスと会ってみると、フィロスが専門家だという。そして今、君はぼくをシースのところに回そうとしている」

「ミールウィスは、私が何の専門家だと？」

「はっきり言ったわけじゃないけれど、レダムの歴史について知るべきことは君が全部知っている、というようなことをほのめかしていた。他に何か言っていたな……ええと、そうだ、君は情報をどこまで伝えるべきかを知っている、と言っていた。そうだ、確かにそう言った。フィロスはどこで話を止めるべきかを心得ている、情報を出し惜しみするのは自分の性に合わない、と」

フィロスの謎めいた浅黒い顔に、一瞬恥じらいの色が浮かんだ。チャーリーがその表情を見るのは二回目だった。「つまり、私は隠し事をするたちだ、と」

「あ、いやいや、そうじゃなくて」チャーリーは慌てて言った。「ミールウィスの言葉を正確に伝えていなかったかもしれない。何か聞き落としたんだよ。君と彼にトラブルを起こすつもりなんて……」

「どうか気にしないで」フィロスは感情を込めずに言った。「ミールウィスのセリフがどんな意味だったのか、私には分かっています。あなたは何も悪いことはしていませんよ。レダムの世界で、あなたに関わりのないことの一つです」

「関係はあるよ、あるとも！　ミールウィスは、レダムの始まりがホモ・サピエンスの終焉と関係があるようなことを言っていた。ぼくが知りたくない唯一のことといえばそれだ。それは間違いなくぼくに関わってくるんだから！」

二人はすでに歩き始めていたが、フィロスは立ち止まり、両手をチャーリーの肩に置いて言った。「チャーリー・ジョンズ、許して下さい。私たちはどちらも――どちらも全く間違っており、どちらも全く正しいのです。ですが本当に、今の会話にはあなたが責任を負うべきことはない。この件はこれきりにしましょう。こんなふうに振る舞ったのは私のミスでした。私の感情だの、私の問題だのは、忘れて下さい」

茶目っ気たっぷりにチャーリーは言った。「なんだって？　それじゃ、レダムに関することを全て知らなくてもいいのかい？」それから笑って、フィロスに言った。分かった、忘れることにするよ、と。

彼は忘れないだろう。

☆

ベッドの中でハーブは不意に言う。「でも、マーガレットはぼくたちを愛していないんだ」

満足そうにジャネットは言う。「じゃあ、彼女にも爆弾を落としてやらないと。いいからお休みなさい。マーガレットって、どのマーガレット？」

「ミード。マーガレット・ミードだよ。いつか君に話した、あのエッセイを書いた人類学者だ」

「その彼女が私たちを愛していないってどうして分かるの？」

「ミードの説によれば、男の子というものは父親のようになりたくて成長する。だから、父親が良き扶養者にして遊び相手、乾燥機つき洗濯機やゴミ処理機や主婦のように、家庭的で便利な存在であれば、子どもはビタミンも友情もたっぷり与えられ、いずれは良き扶養者にして遊び相手に育っていくのだ、云々」

「で、その説のどこが悪いの？」

「彼女の説に従えば、ベゴニア通りからは冒険家も探検家も芸術家も出ないだろう、ということになる」

しばらく沈黙した後、ジャネットは言う。「マーガレットに言うといいわ。アンナプルナに登って、自分で絵を描いてみるといい、って。さっきも言ったけど――私たちは今、新しい種類の人間になっている。飲んだくれの父親とか氷の配達人と浮気する母親に人生を台無しにされたりはしない、新しい人類を発明しているところなの。私たちが世の中に送り出そうとしている新しい種類の人間は、自分たちが所有しているものを愛し、誰かに仕返しをするために人生を棒に振ったりしない。真面目に考えるのは止めたほうがいいわよ、バディ・バディ・ハビィ。あなたのためにならないわ」

「おやおや」ハーブは驚いて言う。「まさしく同じことをスミティも言っていた」彼は笑う。「君はぼくを励まそうとしてそう言い、やつはぼくをへこまそうとして言った」

「たぶん、あなたにはそんなふうに見えるんでしょうね」

ハーブは横になったまま考えた。彼と彼女のデザート・ブーツのこととか、私の親は委員会です、とか、皿洗いの布を持った男がどれほど格好良く見えるものか、とか。それらが頭の中でグルグル回り始めるまで考えてから、どうでもいいやという気分になって言う。「お休み、ハニー」

「お休み、ハニー」彼女は呟く。

「お休み、スウィーティ」

「お休み、スウィーティ」

「くそっ」彼は怒鳴る。「俺が君を呼ぶのと同じように俺のことを呼ぶのは止してくれないか！」

彼女は、怯えこそしないもののぎょっとする。が、夫が何かを考え込んでいるのが分かったから、何も言わない。

しばらくして、ハーブは妻にそっと触れて謝る。「ごめん、ハニー」

彼女は答える。「いいのよ……ジョージ」

彼は笑うしかない。

★

フィロスとチャーリーが科学施設《サイエンス・ワン》に到着するには「地下鉄」——レダム語でこの設備を指す言葉は別にあるのだが、新しい発明なので、そのまま英語に訳すことができない——でわずか数分しかかからなかった。建物を不安定に支えている点の真下に出た二人は、プールの脇を通って進んでいった。そこで三、四十人のレダム人が、また水遊びをしている（まさか前回見た時からずっと、というわけではないだろう）のを、立ち止まってちょっと眺めた。道中二人はほとんど会話をしなかった。お互いに考えるべきことが充分すぎるほどあったのだ。レダム人たちがダイビングをしたり取っ組み合ったり走ったりしているのを見ながら、チャーリーはふと自分の考えを漏らした。「あの小さなエプロンは、どうしていつもちゃんとくっついてるのかな?」フィロスはそっと手を伸ばし、チャーリーの髪を引っぱって訊ねた。「これはどうしてくっついているんです?」

今までの人生でも滅多にないことだったが、チャーリーは顔を赤らめた。

建物を回り込み、巨大な張り出しの下まで来たところで、フィロスは足を止めた。「ここで待っています」

「一緒に来てくれるとありがたいんだけど」チャーリーは言った。「今度こそ、誰かが『それはフィロスに訊いてくれ』と言ったときに近くにいてもらいたいからね」

「シースも間違いなくそう言うでしょうね。まあ、話すべき時が来たら、嫌というほど話しますよ。でも、レダムの過去についてあれこれ聞いて混乱する前に、レダムの現在についてもっとよく知っておくべきだとは思いませんか?」

「フィロス、いったい君の仕事は何なんだ?」

「歴史家です」彼は壁の下部にチャーリーを招き寄せ、目に見えない手すりを握らせた。「準備はいいですか」

「ああ」

フィロスが後ろに下がると、チャーリーは勢いよく上昇した。もうこの感覚にも慣れて、世界がひっくり返るような思いをせずに受け入れることができるようになっていた。上昇しながら、フィロスがプールのほうに戻っていくのを眺める余裕さえあった。奇妙な奴だ、とチャーリーは思った。

誰ひとり彼に好意を抱いていないように見える。

　大きな窓の正面、一見したところ空中だとしか思えない場所で、チャーリーは音もなく停止した。が、今回は自信を持って一歩を踏み出し、窓を通り抜けた。チャーリーは再び、以前と同じ、自分が閉じた空間にいるという感じを受けた。目に見えないこの壁は、どんな仕組みなのだろう。接触している部分は身体の輪廓どおりに引っ込んでしまう。つまり、通り抜けている間は、彼自身が壁の一部になっているということだろうか？　きっとそんなところだろう。

　周囲を見回すと、まず例のタイムマシンが目に入った。詰め物をした小部屋《セル》、銀の羽が生えたカボチャのような物体。チャーリーが出て来た時の状態そのままに、扉は開いていた。部屋の反対側にはカーテンが掛かり、中央には、奇妙に傾いた道具が大型のスタンドのようなものの上に乗っていた。他には椅子が何脚かと、紙の束が積まれたテーブルがひとつ。

「シース？」

　返事はなかった。いくらか気後れしながら部屋の中に歩いていき、椅子というか小丘のひとつに腰を下ろした。少し大きな声で、もう一度名前を呼んだが、やはり返事はない。脚を組んで座り、待った。それから組んでいた脚を解き、逆に組み直した。やがてチャーリーは立ち上がり、銀色のカボチャを覗きに行った。

　自分がこんなにひどく打ちのめされるなんて思わなかった。そもそも、自分が打ちのめされることさえ予想していなかったのだ。だがそこに、まさにその滑らかで柔らかで湾曲した銀色の床に、どんな死者よりもはるかに死んだ状態で、彼は横たわっていたのだ。かつて自分が関わった全てのものから、何年も、何キロかも分からないくらいに遠く離れて。目覚めた時には、自分が属していた世界の貴重な名残である汗さえすっかり干上がってしまっていた。両目にどっと涙が溢れた。ローラ！　ローラ！　君は死んでしまったのか？　死んだことによって、今ぼくがいるところに、君は少しでも近づいているのか？　年を取ったのかい、ローラ、美しい身体にも皺が寄ってしなびてしまったのかい？　その時には、ぼくがいなくなって、自分の衰えを見られなかったことを君は喜んだのだろうか？　ローラ、知っていたかい、ただ一度でも君に触れるために、ぼくは人生で得られるどんなものでも、それどころか人生そのものでさえ引き替えにするだろうと。もし君が年老いて、ぼくが若いままだとしても、君に触れるためならばそうするだろう、と。

　それとも……終末は、最後の恐るべきそれは、君がまだ若いうちに起こったのか？　巨大な衝撃が君の家を襲って、輝かしい一瞬のうちに君は逝ったのか？　それとも、それは毒素を含んだ微雨だったのだろうか？　君は体内で血を流し、吐き、頭をもたげたときに美しい髪がごっそりと抜け落ちて枕に付着しているのを見つめたのか？

　君はぼくにどれほどの好意を持ってくれていたんだい？　チャーリーは声を殺して泣いた。と、不意におかしな考えがこみ上げてきた。赤い飾りのついたネイビーブルーのおしめとコンバーチブルのコートを上下さかさまみたいに着ているチャーリーを、君は好いてくれるだろうか？　この奇抜な襟はどうだい？

　タイムマシンの入り口のところにひざまずき、彼は手で顔を覆った。

　しばらくして立ち上がり、鼻を拭くものを探し始めた。

あたりを探し回りながら、ひとりごちた。「それが起こる時、ぼくは君と一緒にいるつもりだよ、ローラ。というより、それが起こる時まで……ローラ、ぼくたちはきっと、どちらも年老いて穏やかに死ぬことができるさ。それを待ちながら……」高ぶる感情に圧倒されていたせいだろう、気づくと、知らないうちに部屋の反対側にたどり着き、ぼんやりカーテンを弄んでいた。カーテンをめくると壁しかなかったが、例の模様があったので、それに掌を当ててみた。さっき朝食を差し出してくれたのと似た口が壁に開いたが、今回は長い舌は出てこない。かがみこんで覗くと、その内部は輝いていた。ほぼ立方体と言っていい透明な箱がいくつか積み重ねられており、一冊の本が置いてあった。

彼は箱を取り出した。最初はちょっとした好奇心からだったが、次第に夢中になっていった。箱を一つ一つ取り出してみては、注意深く、もとあった場所に戻していった。

ある箱には一本の釘が入っていた。錆びついた釘。ただし、斜めにねじ切られたところでは、地金が剝き出しになって輝いていた。

ある箱には雨に濡れたマッチケースが入っていた。マッチ先端の赤い部分が、紙の軸まで染みていた。彼はこれを知っていた、よく知っていた！　これがどこにあっても分かったろう。切れ端でしかないが、これはアーチ通りにあるドゥーリーズ・バー・アンド・グリルのものだった。ただし……わずかに残された文字は裏返しに印刷されていた……。

ある箱には乾燥したマリゴールドが入っていた。けばけばしいものではない。レダムに生えている、異種混淆的で本来の形からは外れているのに美しい、奇蹟のような花ではなく、ぱさぱさに乾燥したマリゴールドの可憐なつぼみ。

ある箱には土の塊があった。どこの地面の土だ？　彼女の足も踏んだ地面の土なのか。消えかけた数字の61が描かれた白い外灯の下の、煤けた地面から来た土なのか。試運転の段階で、タイムマシンの鼻先がちょいと引っかけてきたものなのか。

最後に取り出したのは本だった。この世界の他のものと同様、きちんとした長方形に収まることを拒否しているとしか思えない形状だ。輪郭はオートミールのクッキーに似たでこぼこの円形、中の行文も歪んだ円弧を描いていた（だが、肘を動かさずに書く方法を身につければ、円弧状の行のほうが書きやすいのではないだろうか？）。ともかくそれは普通の本のように開いた。チャーリーにはそれを読むことが出来た。レダム語で書かれていたが、読めたのだ。だが、突然レダム語を喋れるようになった時に比べれば驚かなかった。あの時以上のものではない。すでに一度驚いたのだから、それで充分だ。

その本にはまず、実験の手順が専門的な用語で説明されていた。次いで、数ページにわたって、多くの抹消や訂正のある円形の記述があった。試行と微調整とを繰り返した記録のようだ。残りの膨大な頁には全て、四つ一組の文字盤が印刷されていた。ちょうど、時計か計器の文字盤から針を外して、四つ並べたような図だった。巻末には何も記入されていない頁もあったが、前半の頁にはあれこれと書き込まれていた。文字盤に針らしきものが描き込まれ、謎めいたメモがついていた。**「カブトムシを発送、戻らず」**この「戻らず」という記述が延々と続いた後、レダム式の感嘆符が、大きく勝ち誇ったように記されている頁にたどり着いた。そこには「実験18」とあり、**「ナッツを**

発送、花が戻る！」と震える文字で書かれていた。チャーリーは花の入った箱を取り出し、さんざんひっくり返した挙げ句、「№18」と記されているのを発見した。

この文字盤、この文字盤は確か……チャーリーは不意に振り返り、部屋の中央に急ぐ。そして、傾いて立っている謎の装置を調べた。間違いない、四つの文字盤がついている。それぞれの縁の部分に、文字盤の周囲を回るようになっているつまみが取りつけてある。待てよ、四つのハンドルを、本に書いてあるとおりにセットすれば——あったぞ、これだ。スイッチはどんな言語だろうとスイッチだ。そのうちの一つに、彼は**オン・オフ**の文字を読みとることができた。

部屋の隅に戻り、猛烈な勢いで頁をめくった。実験68……未記入の頁が始まる直前の最後の記述。

「**発送：複数の石、戻ってきたもの：**（レダム式の発音で）**チャーリー・ジョンズ**」

彼は本をぎゅっと摑むと、ダイヤルをセットする方法を頁から読み取って、頭にたたき込み始めた。

「チャーリー？　ここにいるんですか、チャーリー・ジョンズ？」

シースだ！

シースは、目に見えないどこかの扉を広げてタイムマシンの裏側に現れた。彼がこちら側に回ってきた時までに、どうにか本はもとに戻しておくことができた。だが、閉じるための壁の模様が見つけられない。結局、穴の入口は開けたまま、手には枯れたマリゴールドの箱を持ったままでチャーリーは立ちつくしていた。

☆

「何をしてるの？」

ハーブが目を開けると、妻が見下ろしている。彼は答える。「土曜の午後、ハンモックに寝転がって、自分の女房と話をしている」

「あなたの様子、ずっと観察してたんだけど。何だかとっても不幸そう」

「妻が木から落ちたときアダムが言った——イヴがまた落ちた《イーヴズ・ドロッピング・アゲイン》。君、盗み聞き《イーヴズドロッピング》していたね」

「あなたってば、もう。さ、ママに話してごらんなさい」

「君もスミティも、ぼくが真面目に話すのをいやがってるからなあ」

「馬鹿ね。あのときは眠かったからそう言っただけ」

「分かったよ。ぼくは、昔読んだ本のことを考えていた。今持ってたら、じっくり読むのになあって。『消失』って本なんだけど」

「おおかたその本も消失しちゃったんでしょう。あ、それフィリップ・ワイリーじゃない？　魚好きで、女嫌いのSF作家」

「君の言いたいことは分かるけど、それはちょっと違う。魚が好きなのはそのとおり、でも彼が嫌っているのは、女性の扱われ方なんだ」

「で、あなたはそのせいでハンモックの中で不幸そうにしていたわけ？」

「不幸ってわけじゃない。ワイリーがどんなことを書いていたか、正確に思い出そうと努力してたんだ」

「『消失』で？　憶えてるわよ。世界中の女性がある日突然、地球上からきれいに消えてしまったって話。ぞっとしないわね」

「君、あれを読んだんだ！　ちょうどいい。壮大なテーマを開陳している章があっただろ？　あそこなんだよ、思い出したいのは」

「えーと、ちょっと待って……そう、そこなら憶えてる。早く話の続きを読みたいのになあ、って思ったっけ」

「コピーライターがベストセラー作家より優れていると思える唯一の点は」ハーブは口を挟む。「どちらも言語を使って創造活動をするけれど、コピーライターのほうは、自分の言葉を消費者と商品の間に割り込ませて、消費者の邪魔をしたりしないってことだね。あの章でワイリーがやっていることはまさにそれだ。あの本が必要な人間は、あの章を読もうとしないだろう」

「つまり、私があの本を必要としていたってこと？」ジャネットはむきになって反論する。「ワイリーが、私の必要な何を持ってるっていうの？」

「何も」ハーブは哀れっぽく言い、再びハンモックに寝ころんで目を閉じた。

「あ、ごめんなさい、そんなつもりじゃ……」

「大丈夫、別に怒っちゃいないよ。ただぼくは、ワイリーが君にまったく賛成するだろうなと思っただけなんだ。彼は、君よりも自分のほうがうまくやっている理由を知っている」

「ねえ、何に賛成するって言うの。お願いだから教えて！」

ハーブは目を開いて、彼女ではなくその向こうの空を見上げた。「彼はこう言っている。人類は、男と女とが似ていることを忘れて、両者の違いにばかりこだわるようになった時に最初の過ちを犯したってね。彼はそれを真の〝原罪〟と呼んでいる。男性が男性を憎み、女性をも憎むようになったのは、その結果だと言うんだ。あらゆる戦争や迫害行為の原因はそこにあると彼は主張している。我々はみなそのせいで、愛する力を、ごくわずかばかり残して全て失ってしまったのだ、と」

彼女はふんと鼻を鳴らす。「私、そんなこと絶対言わないわよ」

「それこそ、ぼくが必死に考えていたことだ。ぼくたちは生まれつつある新しい人間なんだと君は言う。委員会やチームみたいなものだ、ってね。女の子のやり方があり、男の子のやり方があるけれど、今では誰がそれをやるかは問題じゃなくなった。どちらも同じようにやれるし、どちらかを選ぶことだってできる」

「ああ、そういうことなの」

「ワイリーは冗談も言っている。多くの男性が多くの女性よりも強いのは、男性のほうが女性を選別して交尾してきたからだって考えている人々もいるそうだ、って」

「あなたは女性を選別して交尾しているわけ？」

ハーブはとうとう笑い出す。それこそジャネットの求めていた反応だ。彼女は夫が悲しげな様子をしているのには耐えられないのだ。「いつだってそうだよ」彼は答えて、妻をハンモックの中に引っ張り込む。

★

シースは首をかしげながら、早足でチャーリーのそばにやって来た。「おやおや、我が親愛なる蹴飛ばし屋さん、何を企んでいるのです？」

「あれはすまなかった」チャーリーは口ごもった。「ひどく混乱していたもので」

「ところで、その花を見つけたんですね？」

「ええっと、ここに来てみたら、君がいなかったから、つい……」

驚いたことにシースは彼の肩を軽く叩いて、「いいんですよ、いいんです。それはどうせ見せようと思っていたものの一つです。その花は何だかご存じですか？」

「ああ」ほとんど口も利けないくらいだったが、チャーリーは答えた。「これは、マ、マリゴールドだ」

シースはチャーリーの背後にぎこちなく手を伸ばすと、さっきの本を取り出し、花の名前を記入した。「レダムには存在しないものです」彼はむしろ自慢げに言って、タイムマシンの方を顎で指した。「あれが何を拾ってくるのかは決して予測できません。あなたが最上の標本なのは言うまでもない。同じことが起きる確率は、一四三×一〇の一五乗回に一回です——といっても、あなたにとっては関係ないことでしょうが」

「つまり……君が言っているのは、ぼくが戻れるチャンスもそれくらいだということか？」

シースは笑った。「そんな情けない顔をしないで下さい！　一ミリグラム単位で、それどころか、原子一粒分も違わず、そこに入れただけのものを取り出すことができるんですよ。質量の問題です。こちらが送り出すものは自由に選ぶことができる。でも、代わりに何がやってくるのかは……」彼は肩をすくめた。

「時間はかかるのか？」

「それはこちらが訊きたいところですが、あなたには答えられないでしょうね。自分ではどれくらいのあいだ、この中にいたと思います？」

「何年もに思えた」

「それはありえない。もしそうなら、あなたは飢え死にしているはずだ。こちら側から見ると、一瞬のことなんです。扉を閉め、スイッチを入れ、扉を開ける。それだけで全てが終わる」彼は冷静にチャーリーからマリゴールドを受け取り、本と一緒の穴の中に戻し、掌をかざしてその入り口を閉じた。「さて！　あなたがお知りになりたいのは何でしょう？　ホモ・サピエンス連中が、いつどんなふうに間抜けな集団自殺を遂げたのか、その点に関する情報には触れないようにと口止めされていますが。おっと失礼、別に侮辱するつもりではなかったんですよ。さて、どこから始めましょう？」

「たくさんありすぎて……」

「教えてあげますよ。大事なことはほんのわずかしかないんです。具体的に言いましょう。建物や、都市や、ひょっとすると一つの文化が全部、発電機とモーターという技術的にはただ一つだけのアイデア——両者は基本的に同じものですから——で成り立っている、そんな世界を想像することができますか？」

「それは——ああ、できる」

「そうしたものを見たことがない人の目には実に驚くべきものに映るでしょう。電気とモーターだけで、ひっぱったり押したり、暖めたり冷やしたり、開いたり閉じたり、光をもたらしたり——考えつく限りのことは大なり小なり可能なわけです。ここまではいいですか？」

チャーリーはうなずいた。

「よろしい。あらゆる運動が可能なのです。私の言いたいことが分かりますね？　熱でさえ、原理まで遡れば一種の運動です。私たちも同じように、電気モーターにできることを全てこなせる一つの技術を持っています。加えてそれは、運動ばかりか静的な領域まで扱えるのです。その技術はこレダムで発達しました。これこそ、全ての構造を理解するための要なのです。それがAフィールド。Aは〝アナログ〟のAです。基本的には非常に単純な仕掛けです。とはいえ、その原理は……」シースは首を左右に振った。「トランジスタについて聞いたことはありますか？」

チャーリーはまたうなずいた。この男が相手だと、首の筋肉だけを使って話すことができそうだ。

シースは言った。「発明品としてこれ以上考えられないくらい単純な原理に基づいたものでしょう。三本の導線のついた小さな塊。一本の線にシグナルを送り込むと、同じシグナルが百倍に増幅されて出てくる。ウォームアップの時間も要らないし、壊れやすいフィラメントや失われやすい真空もない。おまけに操作するのにほとんどエネルギーを必要としない。

それからトンネルダイオードが登場して、比較してみるとトランジスタは複雑で、重すぎて、大きすぎて、効率が悪いものになってしまう。そして、ダイオードの方がはるかに小さくて、裸眼には単純なものに見えてしまう。ですが、理論面では！　いつも言っているのですが、こんなふうに全てのものが小型化していけば、何も使わず、エネルギーも用いずに何でもできるようになって、その代わり誰もその理論は理解できない、ということになるでしょう」

専門家のこういうジョークは以前にも聞いたことがあったから、チャーリーは礼儀正しい微笑を浮かべた。

「まあ、それはそれとして。Aフィールドの話でしたね。なるべく専門的にならないようにお話ししようと思います。今朝お使いになったスプーンは憶えていらっしゃいますか？　よろしい、あの柄の部分に、超小型のフォースフィールド発生装置が入っています。フィールドの形は、特殊な合金でできた誘導装置によって決定されます。フィールドは非常に小さく、目では見ることが出来ません——もし九つの電子顕微鏡を連続させて使えば見えるとしてもね。実際にはそれでも見えないのですが。さて、輪の周囲の青いワイヤーを構成する原子は、誘導装置を作っている原子未満の粒の正確な相同物《アナログ》になっています。場の圧力の理由について話して時間を無駄にすることはないでしょう、要はフォースフィールドの相同物《アナログ》が輪の中に生じるのです。よろしいですか？　よろしい。これが道具となり、あらゆるものを作る基礎にもなっています。身の回りにある全ての物は、これを積み上げることによってできているのです。窓もあの輪と同じ原理で出来ています。そしてこの建物は、二つのフォースフィールドで支えられています――まさかお祈りのおかげで立っているなんて思っていなかったでしょう？」

「この建物が、だって？　スプーンは輪だし、窓も恐らく同じだとわかる。でも、この建物の回りには輪らしいものは見あたらない。外に必ず輪がなくてはならないんだよね？」

「ええ、そうです。あなたには観察力がありますね。でも、それを見るのに特別な観察力は必要ありません。この建物は確かに外側で二方向から支えられています。そして、輪はそこにあるのです。ただし合金の代わりに、定常波で作られているのですが。もし定常波というのが何かご存じなければ、それについて頭を悩ます必要はありません。あれが見えますか？」彼は指さした。

　チャーリーは指先を目で追った。廃墟と、巨大な寄生イチジクが見えた。

「あれが」とシースは言った。「支えのうちの一つです。支えの一番端に当たる部分という方が正確でしょうか。この建物の模型を想像してみて下さい。そして、二つの透明なプラスチックの三角形でそれを支えている、と。そうすれば、フィールドの形と大きさがどんなものか理解できるでしょう」

「誰かがフィールドの中に入ってしまったらどうなる？」

「誰も入りませんよ。さっき想像したプラスチック板の地面に沿って、通り抜けるためのアーチをくり抜いておけばいい。そうすれば問題は解決です。鳥は時々ぶつかります。可哀想な生き物だ。しかしたいていの場合、鳥たちもどうにかしてフィールドを避けることができているようです。表面といっても実際に面があるわけではなく、力のマトリクスが振動しているだけなので、それは絶対に不可視です。また、埃一つ付着しません。完璧に透明なのです」

「でも……フィールドは曲がるんじゃないか？　ぼくが使ったスプーンの食べ物を盛る部分は、重みでたわんでいた。間違いない。それに、窓だって……」

「実に鋭い観察眼をしている！」シースは賞讃した。「よろしい、木も物質ならレンガも物質、鉄もまた物質です。違いは何でしょう？　何でできているか、どのように組み合わさっているのか、それだけです。Aフィールドは、目的に合わせてどんなふうにでも変化させられます。厚くもなれば薄くもなるし、スプーンのように不浸透性にすることもできる。もちろん、硬く――今まであったどんな物質よりも硬くすることもできる」

チャーリーは思った。実に素晴らしい――ただしここで、その装置を維持するための電気料金を支払い続けられる限りは。この冗談を口にしなかったのは、レダム語には〝電気料金〟とか〝支払い〟といった単語がなかったからだ。

チャーリーは寄生イチジクのほうを眺め、目を細めて、建物を支えているというそれを見ようとした。とうとう諦めて、彼は言った。「さすがに雨が降れば、見えるようになるんじゃないかな」

「無理ですよ」シースは力強く言った。「雨は降らない」

チャーリーは、覆われた明るい空を見上げた。「何だって？」

シースは彼の横に並んで、一緒に空を見上げた。「今あなたが見ているのは、Aフィールドの膜の内側です」

「つまり……」

「そう、レダムは全土、屋根の下にあるわけです。気温はコントロールされ、湿度はコントロールされ、風は命令されるままに吹いている」

「そして、夜もない……」

「私たちは眠りませんから。別に問題ないでしょう?」

チャーリーは、睡眠というのは遺伝的に受け継がれてきた性質である可能性が高いという話を聞いたことがあった。夜行性の猛獣を避けるため、暗くなると洞窟の中で息を殺してじっとしている必要があった穴居人たちから受け継がれてきたものなのだ、と。この理屈に従えば、意識を失い、その間リラックスするというのは、生き残るための要因だったのだ。

彼はもう一度空を見上げた。「外側の世界はどうなってる?」

「その問題についてはフィロスに任せるべきでしょうね」

チャーリーは苦笑しかけた。だが、笑いは途中で止まった。専門家から別の専門家へのたらい回しが起きるのは、決まって人類の滅亡に関連する情報に触れるのを避けようとする時のようだったから。

「シース、ひとつだけ教えてほしい、その……純粋に理論的な問題として。もしAフィールドが光を透過するのなら、他の放射線も透過するんじゃないか?」

「いいえ」シースは答えた。「先ほど言ったように、フィールドは思い通りの性質に変化させることができます。だから、不透過にすることも可能です」

「そうか」チャーリーは空から目を逸らして溜息をついた。

「静止状態の効果についてはこのくらいで充分でしょう」シースは朗らかに言った。チャーリーは、シースが自分の気持ちを察してくれたことに密かに感謝した。「さて、では運動に関してです。先ほども言いましたが、これは電気モーターや電力に可能なことなら何でもやれます。地面を動かしたい？　アナログフィールドをごく薄く、分子の間に入り込めるくらいに薄くします。それからそれを山腹に滑り込ませる。今度はそれを数ミリメーターの厚さにして、引っ張り出す。そうすればシャベル一杯の土が手にはいる。しかも、このシャベルは望めば望むだけ大きくなるし、好きなところに浮かせることだってできる。このように全ての物を扱うことができるのです。一人の力で、例えば土台や壁の型を作ることが可能です。フィールドを消滅させれば出来上がり。しかもその型に注ぎ込まれるのは、砂と化学物質を混ぜた泥状のものではありません。Aフィールドは、事実上あらゆる物を均質化し、組み替えることができるのです」彼は窓の傍らにある、コンクリートのような物で出来た曲がった柱をこつん、と叩いてみせた。

ブルドーザーの運転手だったことがあるチャーリーは、テクノロジーに感心することはあっても驚いたりはすまいと心に決めていた。そのことが今は誇りに思えてきた。乾ドックで仕事をした時の記憶が甦る。彼はアリスチャルマーズＨＤ14型のアングルドーザーを操縦しており、排土板に新しい刃を溶接するため、整備工場に戻る途中だった。その時、ひとりの現場主任が旗で合図をしてきて、掘った溝を埋め直してくれないかと頼んできた。ピックやシャベルを持った労働者たちが這い出る間に、彼はたった一掻きで三十メートルの溝を埋め直し、均《なら》してしまった。九十秒もかからなかった——六十余人がかりでもその週いっぱいかかったはずの仕事なのに。道具さえあれば、一人の熟練した人間が、百倍、千倍、一万倍の力を出せるのだ。だから、医学施設《メディカル・ワン》のような百二十メートルもある建物を三人の人間が一週間で建てたと想像するのは、困難ではあったが不可能なことではなかった。

「運動に関してさらに言うと、Aフィールドは X線のようにもなって、癌を制御したり遺伝子の突然変異を起こすことができるのです。しかも、炎症などの副作用なしにね。いろいろと新しい植物があるのにはお気づきでしょう？」

新しい人間もね、とチャーリーは思ったが、口には出さなかった。

「草はそこに生えています。誰も刈り取ったりしません。ただそこにあるのです。Aフィールドによって、私たちは何でも運ぶことができ、食物を作り、衣類を製造し……あらゆることができるのです。そのために消費される力も、無視できるほどの些細なものです」

「どんな力を使うんだ？」

シースは馬のような鼻をひっぱった。「反物質について聞いたことは？」

「それは反地球物質と同じことか——つまり、電子が正の電荷を、核が負の電荷を持っているという物質と？」

「驚きましたね！　あなたたちの文明がそこまで進歩しているとは知りませんでした」

「SF小説を書いた連中のなかには、そこまで進歩していたのもいたんだよ」

「よろしい。さて、もし反物質が通常の物質と接触したらどうなります？」

「大爆発。それも特大の」

「そのとおり。あらゆる質量はエネルギーに変化します。どんなちっぽけな質量でさえ、膨大なエネルギーに変わることでしょう。さて、Aフィールドはどんなものの相同物《アナログ》にもなることができます——ごく小さな反物質にさえも、ね。通常の物質を変化させて、あなたが必要なだけのエネルギーを放出させるのには充分すぎるほどです。ですから——まず電気励振器を用いて、アナログフィールドを発動させます。それが動き始めたら、ごく簡単なフィードバックによってアナログフィールドは自動的に維持され、その結果、大量のエネルギーが残るわけです」

「説明が分かったふりをするつもりはないよ」チャーリーは苦笑した。「ただ信じるのみ」

シースも笑い返した。そして、冗談ぽく厳かに言い足した。「あなたはここに、宗教ではなく、科学を論じに来たのですぞ」そして再び朗らかな口調に戻って、「ではAフィールドについてはこの辺りで止めにしましょう。よろしいですか？ よろしい。憶えておいてほしいのは、これは、それだけ取り出せば極めて簡単な原理だということ、そしてこれであらゆることが行なえるということです。最初に言ったように——いや、言い忘れていたかも知れませんが——レダムの全ては、二つの根本原理、二つのシンプルなものから成り立っています。そのうちの一つがAフィールド。もう一つは——セレブロスタイルと呼ばれる装置です」

「それがどんなものか、当ててみよう」その単語を英語に訳してみて、そのまま「脳《セレブロ》のニューファッション」と言おうとしたが、このギャグはレダムでは通じなさそうだ。「スタイル」という単語や概念はレダムにもあるけれど、「セレブロスタイル」の語尾の「スタイル」とは意味が違うようだ。となると、「スタイル」の第二の意味である「スタイラス」、つまり筆記用具ということか。「脳に何か書き込むための道具、では?」

「いい線いってますね」シースは言った。「でも、手で脳に書き込むのではなく……脳が書き込むためのものなんです。そうですね、こう説明しましょう。脳によって印象を刻みつけられることが、その第一の機能です。そしてまた、脳に物事を刻み込むことも可能で、実際にもそのように使われています」

混乱して、チャーリーは苦笑した。「それがどんなものなのか、最初に説明してもらったほうが良さそうだね」

「箱に入った、コロイド状の小さな物質です。これはもちろん、極端に単純化した説明なんですが、あえて単純化したまま話を進めましょう。頭に取りつけると、セレブロスタイルは、脳が行なった固有の思索の経路をシナプスの跡を辿ることによって記録します。学習のプロセスについては、あなたもご存じでしょう、結論だけを伝えるのでは、充分に物を教えたことになりません。まっさらな精神に向かって、アルコールと水は分子レベルで相互に混じり合うのだと断言したら、信じてはもらえるでしょうが、それだけに終わってしまう。ですがもし、段階的に説明していったらどうでしょう。水とアルコール、それぞれの量を計測したうえで両者を混ぜ、その結果がもとの量を合計したよりも少ないことを示したとしたら、そこには何かしらの意味が生じます。さらに遡ると、それが意味を持つためには、学習者の頭脳に『アルコール』『水』『計測』『混ぜる』といった概念があらかじめ備わっていることを確認しておかなければなりません。さらに、同量の液体を混ぜ合わせたのに元の量の二倍よりも少なくなるというのが、常識なるもの（これは無知の別名に他なりません）に反していると知っていることが大前提です。言い換えるなら、どんな結論にも、それに先立って、観察と証拠に基づいた論理的で一貫性のある結論がなければならないのです。で、セレブロスタイルが行なうのは、この一連の思索の経緯を、例えば私の精神から吸収し、あなたの精神へと移すことなのです。単に合計だけ、結論だけを伝えるのではありません。そこに到る思索の経緯の全てを教えてくれるのです。しかもほとんど一瞬にして。学習者は、新たに得た情報を、自分がすでに知っていることと関連づけるだけでいい。だからレダム人はこの関連づけを、いつも行なうことになります」

「まだよく分からないんだけど――」チャーリーは自信なげだ。

シースは続けた。「つまり、もし充分な情報があるときに、論理的に到達した――注意して下さい、論理と真実は全く異なるものです――結論、例えばアルコールと水は混じり合うことがない、というような結論だけが精神に入り込むと、それは精神の中で、他の情報と軋轢を引き起こします。既存の情報と新しい情報のどちらが勝ちを収めるかは、証明可能な真実のデータがどれだけ存在するかにかかっています。しばらくすると（実のところ、呆れるほどあっさりと）精神はどちらかの情報が誤っていたのだと判断してしまう。それが間違っている理由を理解するまでは――つまり二つの論理を、順に前提から結論まで比較し、それぞれの論理を一段階ずつ検証していくまでは、この状況は非常に苛立たしいものになるでしょう」

「すばらしい教育装置だね」

「実体験の代わりになる、唯一の道具です」シースは微笑んだ。「しかも、実際に経験するよりもずっと速い。これが思想の押しつけではないことも強調しておきましょう。セレブロスタイルは、どれだけ論理的であろうと真実でないものを精神に植え付けることはできません。なぜなら、遅かれ早かれ観察された事実と矛盾する結論が示されてしまうはずだから。もうひとつ、セレブロスタイルは、人の心の奥を探り出すように設計された『精神探知機』でもない。私たちは、精神の中の二つの部分、ダイナミックな一連の活動部分と、情報を保管してあるだけの部分とを、区別できるようになっています。たとえ教師が、アルコールと水についての論理を結論までセレブロスタイルで記録しても、生徒が教師の個人史まで知って、物理学を勉強しながら教師の内面を鑑賞する、なんてことにはならないわけです。

このことを理解してもらいたいと思ったのは、あなたがまもなく多くの人と接していくことになるからです。あなたはおそらく、人々がどのようにして教育を受けたのかと驚かれることでしょう。そう、私たちはセレブロスタイルによって教育を受けているのです――二十八日間に一度、一回あたり三十分のセッションを。これで私の言ったことを信じていただけるでしょう。それ以外の日々には、人々は常に情報を関連づけているのです。他にどんな活動をしている時でも」

「その装置を見てみたいものだな」

「あいにくここにはありません。でも、あなたはすでに一度見ているはずですよ。そうでなければ、たった――十二分くらいかな、それくらいの時間で一つの言語を完璧に修得できるわけがない」

「ミールウィスのオフィスの奥の手術室にあった、頭にかぶる装置か！」

「そう、あれがそうです」

チャーリーはしばらく考えて、それから言った。「シース、もし君たちにそんなことができるのなら、元の世界にぼくを送り返す前に、レダムについてあらゆることを学ばせようなんて面倒なことをするのはどうしてだ？　あと十二分間、その装置の下にぼくの頭を据えて、情報を植え付ければ済むんじゃないか？」

シースは重々しく首を横に振った。「私たちが求めているのは意見です。あなた自身の意見なんですよ、チャーリー・ジョンズ。セレブロスタイルが与えられるのは真実だけです。あなたはそれを真実として受け入れてしまう。私たちが望んでいるのは、あなたがチャーリー・ジョンズという道具を通して情報を得ることであり、そのチャーリー・ジョンズから結論を引き出すことなのです」

「つまり、ぼくはこれから見るもの全てを信じるわけではないだろう、ということか」

「ええ、そのとおり。これでお分かりですね。セレブロスタイルが与えてくれるのは、せいぜいチャーリー・ジョンズが真実に対してどういう反応をするかということでしかない。一方、あなた自身の観察は、チャーリー・ジョンズ自身が真実だと見なした事物に対する反応がどんなものかを教えてくれます」

「でも、どうしてそれがそんなに大切なんだ？」

シースは器用そうな両手を広げた。「私たちの文明は一つの方向を定めています。あなたに、その進路をチェックしてもらいたい」その言葉をどう判断したらいいのか分からず、チャーリーが更なる質問をしようとすると、シースはそそくさと話をまとめにかかった。

「さて、これで私たちが奇蹟を起こしているのでも魔術師でもないことがお分かりでしょう。そして私たちの文化が、本質的なところでまったくテクノロジー中心ではないことを知っても、もう意外だとは思わないでしょう。確かに私たちはさまざまなことを実現させました。ですが、それを可能にしているのはたった二つの発明——歴史家フィロスによれば、あなたがたにとっては未知の二つの発明であるAフィールドとセレブロスタイルなのです。この二つのおかげで、私たちはエネルギーの問題から解放されました。人間の力も機械の力も不要になったのです。私たちは今後永久に必要とする以上のエネルギーを手に入れています。さらに、あなたが教育と呼んでいるものに、ほとんど人員や労力や時間を費やしません。同じように、衣食住にもまったく事欠くことがない。だから人々は、自由に他のことに打ち込めるわけです」

チャーリーは訊ねた。「何なんだ、他のことって言うのは？」

シースは微笑んだ。「今に分かりますよ……」

☆

「ママ？」カレンが訊ねる。ジャネットは三歳の娘を風呂に入れているところである。

「なあに、ハニー」

「あたしはほんとにほんとにママのおなかからでてきたの？」

「そうよ、ハニー」

「ちがうよ」

「誰がそんなこと言ったの？」

「デイヴィは、ママのおなかからでてきたのはぼくだって」

「そうよ、デイヴィの言うとおり。さ、目をぎゅううっとつぶって。そうしないとシャンプーが入っちゃうわよ」

「でもデイヴィがママのおなかからでてきたんなら、あたしはパパのおなかからでてきたんじゃないのかしら？」

ジャネットは笑いを堪えて唇を噛みしめる。彼女はいつも、自分の子どもたちを笑わないようにと最大限の努力をしている――子どもたちが先に笑った時は別だけれど。ジャネットはシャンプーで娘の頭を洗う。

「ねえママ、ちがうの？」

「ママのおなかじゃないと赤ちゃんは出来ないのよ、ハニー」

「パパにはぜったいにむりなの？」

「絶対に無理ね」

ジャネットは泡立て、ゆすぎ、再び泡立て、再びゆすぐ。桃色の小さな顔に、無事に再び青い目が現れるまで、会話は中断される。「ぶくぶく、したいな」

「あらあらハニー、せっかく髪をきれいにゆすいだばかりなのに！」だが訴えかけるような「あたしがんばって泣かないようにしてるんだもん」というまなざしが勝利を収める。母親は微笑んで譲歩する。「いいわカレン、ちょっとの間だけよ。でも、髪の毛には絶対泡をつけちゃだめ。いい？」

「わかった」ジャネットが泡風呂用の石鹸をひと包みバスタブに入れ、お湯の蛇口をひねるのを、カレンは嬉しそうに見つめる。ジャネットはそばに立っている。髪の毛を濡らさないように見張っているためもあったけれど、何より娘の姿を見るのが楽しい。「じゃあ」とカレンは不意に口にした。「わたしたち、パパはいらないんじゃない？」

「どうして？　それじゃ誰がお仕事に行って、キャンデーとか芝刈り機とかいろんな物を持って帰って来てくれるの？」

「そうじゃないの。あかちゃんのこと。パパはあかちゃんをつくれないんでしょ？」

「そうね、ダーリン。でもパパは手伝ってくれるのよ」

「どうやって？」

「ほらほら、もう泡はいいでしょ。熱くなり過ぎちゃうわよ」

ジャネットは湯を止める。

「ねえママ、どうやって？」

「うーん、そうねダーリン、あなたにはちょっと難しいかも知れないけど……その時には、パパが特別な愛し方をしてくれるの。それは、素晴らしくて美しいことなのよ。そして、パパがママをそんなふうに愛してくれると、たくさんたくさん愛してくれると、ママに赤ちゃんが出来るのよ」

母親が喋っているあいだに、カレンは平たく細長い石鹸の一片を見つけ、それがぴったりはまるかどうかを調べようとしている。ジャネットは浴槽の湯の中まで手を入れて娘の手を掴み、ぴしゃりと叩く。「カレン！　そんなところを触っちゃだめ！　お行儀悪いわよ！」

★

「さて、飲みこめましたか？」

チャーリーはフィロスをじっと見つめた。今回もフィロスは、見えないエレベーターの乗降口で、たった今着いたばかりだというふうに彼のことを待っていた。前と同じように、用心深く暗い瞳は、何かを密かに面白がっているようにきらめいた——それとも、それは単に何かを知っている徴《しるし》なのか、あるいはまた、そのどちらでもなく、悲しみのような感情なのだろうか。「シースは」チャーリーは言った。「人のどんな質問にも実にひどい答え方をする。つい何かが隠されてるんじゃないかという気持ちにさせられるよ」

フィロスは笑った。前から気づいていたが、本当にいい笑い方をする。「さて」とこのレダム人は言った。「いよいよ、中心部に入っていく準備ができたようですね。児童施設《チルドレンズ・ワン》です」

チャーリーは彼方の医療施設《メディカル・ワン》に目を向け、ついで科学施設《サイエンス・ワン》を見上げた。「二つとも充分、中心って感じだけど」

「いいえ、どちらも中心ではありません」フィロスははっきり言い切った。「なるほど両者とも、重要な要素ではあります。基本構造だとか機械でできた脈動と言ってもいい。それでも、この二つの施設は周縁的なもの、しかもごく薄い縁に過ぎないのです。児童施設《チルドレンズ・ワン》こそ最大の施設です」

チャーリーは呆然として、彼の上に倒れかからんばかりの巨大な科学施設《サイエンス・ワン》を見上げた。「そいつは、ずいぶん遠くにあるんだろうね」

「どうして?」

「だって、この建物よりも大きいんだとしたら――」

「――ここからも見えるはずだ、と? 実は、あそこにあるんですがね」とフィロスが指さしたのは――

――一軒のコテージだった。それは丘と丘の間に、例の完全無欠な緑の芝生に囲まれて建っていた。白い壁には花の咲いた蔦が這っている。傾斜がつけられ、切妻のある屋根はわずかに緑の粉が吹いた茶色。窓辺にはフラワーボックスが並べられている。家の片側には、白い壁の代わりに美しい自然石が用いられ、それが煙突に続いて、そこから青い煙がたなびいていた。

「あそこまで歩きませんか?」

チャーリーは温かく澄み切った空気を吸い込んだ。足下には爽やかな春の緑を感じていた。「いいとも!」

二人は離れたそのコテージに向かって歩いていった。なだらかにうねる地面に、曲がった道が続いていた。途中、チャーリーは口にした。「あの一軒だけなのか?」

「そのうちわかりますよ」フィロスは言った。期待と喜びで引き締まった顔つきになっている。

「ところで、お子さんは？」

「いない」チャーリーは答えた。そして、すぐにローラのことを思い出した。

「もしお子さんがいたら」フィロスは言った。「その子たちを愛するでしょうね？」

「ああ、それはもう！」

「どうしてです？」フィロスは強い口調で問いかけた。それから立ち止まって、厳粛な仕種でチャーリーの腕を取り、自分のほうに顔を向けさせた。「答えなくてかまいません。ただ、よく考えてみて下さい」

面食らったチャーリーは、どう反応したらいいのか分からずに、ただ「分かった」とだけ答えた。フィロスはそれで満足したようだ。二人は歩き続けた。期待の感覚が高まっていった。もちろんフィロスが感じているものだ。このレダム人は、内側から何かを放射しているようだ……チャーリーはある映画を思い出した。それは一種のドキュメンタリーだった。低空を飛ぶ飛行機にカメラが据えられ、草原地帯の家々や畑を延々と映しだしている。機体の真下を、地面がすごい勢いで後ろに過ぎ去っていくのに合わせ、期待を高めるようなBGMが鳴り響く。画面には、これから訪れる壮大な光景を予期させるようなものは見えない。ときおり道路や農場が目につくほかは、どこまでも続く大平原が高速で流れていくだけだ。だが音楽は否応なしに緊張とサスペンスを高めていき、圧倒的な色と景観の炸裂で、ついにクライマックスに達する。それは、眼下に大きく口を開けるコロラドのグランド・キャニオンの姿だった。

「あそこをご覧なさい」フィロスが言った。

チャーリーが目を向けると、少し先に、黄色いシルクのチュニックに身を包んだ若いレダム人が見えた。切り立った斜面に露出した岩に寄りかかっている。近づくと、思いもよらぬことが起こった──人類であれレダム人であれビーバーであれ、生物が同じ種の仲間に出会えば、普通なら何らかの反応というか交渉があるものだ。それなのに、何も起こらなかった。黄色い服を着たそのレダム人は片脚で立ち、岩にもたれ、片方の足首をもう片方の脚の膝に乗せ、上げているほうの脚の腿の下で両手を組んでいた。わりと整った顔はあさっての方角を向いており、二人を直接見ているわけでもないし、かといって顔を背《そむ》けているでもない。その目は半ば閉じられていた。

チャーリーは低い声で訊ねた。「いったい……」

「しっ」フィロスが小声で注意する。

立っているその人物の傍らを二人はゆっくりと通り過ぎた。フィロスは少しだけ近寄って、チャーリーに黙っているよう合図してから、半ば閉じられた若者の目の前で手を前後させた。何の反応もなかった。

フィロスとチャーリーは歩き続けた。チャーリーは何度も振り向いてしまう。だが風景の中で、何一つ動くものはない。そよ風が、絹のような服を柔らかく揺らすだけ。角を曲がると、突き出した岩に遮られて、トランス状態のその人物が二人の視界から消えた。チャーリーは言った。「レダム人は眠らないって言ってなかったっけ」

「あれは睡眠ではありません」

「本物の睡眠が訪れるまでの代わりじゃないのか。それとも、病気だとか？」

「とんでもない！……でも、あれを見られてよかった。これからあちこちで同じ光景を目にするでしょう。あれは単に——止まっているだけです」

「何があったんだ？」

「何もありませんよ、本当に。あれは——そうですね、静止、とでもいいましょうか。あなたの時代でも、決して珍しくはなかったんですよ。アメリカ・インディアン、平原インディアンたちにも同じことができた。それに、アトラス山脈の遊牧民たちも、ね。睡眠ではないんです——あなたたちが睡眠中にやっているのと同じことなのは間違いありませんが。睡眠について勉強したことがありますか？」

「勉強と呼べるほどのことはしていない」

「私はしました」フィロスは言った。「特に興味を惹かれるのは、あなたたちが眠っている間に夢を見ること——幻覚を体験することです。睡眠を定期的に取りながら、幻覚を睡眠中に体験しているわけです。もちろん睡眠は単なる方便のひとつに過ぎません。あなたたちだって、睡眠をとらなくとも幻覚を体験することができるのですから」

「確かに、白日夢と呼んでいたものがある——」

「どんな呼び名であれ、これは人類の精神にとって普遍的な現象です。おそらく人類に限定する必要もないのでしょう。ともあれ、もし精神が、幻覚を体験することを妨げられたり禁じられたりすると、例えばその状態に入ろうとするたびに覚醒させられたりすると、精神が破綻を来すのは紛れもない事実です」

「精神が破綻を来す？」

「そう」

「じゃあ、あそこに立っていたレダム人を起こしていたら、気が狂ってしまったというわけか？」チャーリーはずけずけと訊ねた。「君たちの精神は、そんなにデリケートなバランスの上に成り立っているのか」

フィロスはその不躾な質問を笑い飛ばした。馬鹿げたことを聞かされた時の、ごく自然な反応だった。「いやいや、そんなことは決してありません。私が言ったのは、ひっきりなしに邪魔をし続けるような実験をした場合のことです。さっきの彼ですが、間違いなくこちらを見ていました。私たちに気づいていたのです。ですが、彼の精神は、考えた末、頭の中で起こっていることを継続させるほうを選んだのです。もし私がしつこく付きまとっていたり、あるいはあなたの声のような変わった物音が」――強調はわずかだったが、意味深長だった。チャーリーは、自分の声はフルートの集団に一つだけバリトンサックスが混じっているようなものなのだと思った――「彼を覚醒させれば別ですが。もしそうなっていたら、彼は普通に私たちと会話をし、私たちが邪魔をしたことを許して、円満に別れたでしょう」

「でもなぜそんなことをするんだ？　何のためにそんなことを？」

「あなたが夢を見るのは何のためです？　……思うのですが、夢というのは、精神が現実から離れて、現実の世界では繋がりようがない情報同士を、比較したり関連づけたりするための仕組みなのではないでしょうか。あなたたちの文学は、この種の幻覚的なイメージに溢れていますよね――羽根の生えた豚、人間の自由、火を吐くドラゴン、民衆の智恵、バジリスク、ゴーレム、両性の平等」

「ちょっと待て……」チャーリーは怒鳴りかけたが、自分を抑えた。フィロスたちは、こちらの怒りによって影響されることはない。それが分かっていたから、素っ気なく言った。「ぼくを相手に遊んでいるんだな。これはゲームなんだろ。でも、君はルールを知っているのに、ぼくは知らない」

チャーリーの警戒を解くように、フィロスがそこで口を挟んだ。鋭い目を和らげて、誠実に謝罪した。「少し先走りすぎましたね」と彼は付け加えた。「私の出番は、あなたがレダムのすべてを見たあとでした」

「君の出番？」

「そう――つまり、歴史です。今のレダムについて考えることと、歴史を知った上でレダムについて考えることは、全く別の話ですから。そして、あなたが……いや、これは気にしないで下さい」

「気になるよ。何だい？」

「あなたが、レダムとその歴史、それに加えてあなたたち人類の歴史を知った上で考えることは、それもまた別の話になる。そう言うつもりだったんですよ。でも、これについては黙っていましょう」フィロスは愛嬌たっぷりに言った。「もしそれを口にしたら、私はまた謝らなくてはならない」

フィロスにつられて、チャーリーもつい笑ってしまった。二人は歩き始めた。

コテージまであと数百メートルというところで、フィロスはチャーリーを促して、進路を大きく右方向にそらし、急な傾斜を登りだした。たどり着いたのは小高い丘のてっぺんだった。先を行っていたフィロスは立ち止まってチャーリーに手を振り、隣に来るようにと合図をした。「しばらく見学してみましょう」

チャーリーはコテージを見下ろす場所に来た。ここからだと、コテージが大きく開けた谷の縁《へり》にあるのが分かった。谷の一部は森に覆われ（それとも果樹園なのだろうか？　レダム人たちは何一つ直線に沿って作らない！）、一部は切り開かれた農地となっている。農地と森の間には、ビルの谷間に見られたのと同じ、公園のような緑地が広がっていた。そこに、さらに多くのコテージが点在していた。一軒ごとにユニークな作りをしていた——木造、石造、白いスタッコ、漆喰壁のものから、芝生のように見えるものまで。家と家との間隔は広く取られており、中には一キロ近く離れて建っているのもある。この高台からは三十軒近いコテージが見えたが、おそらくそれよりずっと多いのだろう。森に、畑に、緑の小径に、そして曲がりくねって谷間を流れる二本の清流の川辺に、人々の輝く衣装が見えた。まるで色とりどりの花びらが散らばっているようだ。銀色の空が、周囲の丘の上にかかり、谷の全体を覆っていた。そのせいで、それは皿の形をした段丘のように見えた。周辺にはこれより高い物はないらしい。谷を囲むなだらかな丘陵の向こうには、何ひとつ見えなかった。

「児童施設《チルドレンズ・ワン》です」

チャーリーは眼下のコテージの伸び盛る茅葺き屋根を見下ろし、その先の庭と池とを眺めた。歌声が聞こえ始めた。子どもたちの姿が見えた。

☆

ハーバート・レイル夫妻は、子どもたちの服を買いに、ハイウェイ沿いの巨大なスーパーマーケットの衣料品売り場に来ている。子どもたちは外に停めた車の中。暑い日なので、二人は急ぐ。ショッピング・カートを押すのはハーブ。陳列台の上の衣類の山を漁るのがジャネットの仕事だ。「見て！ 小さいTシャツ。大人用のとおんなじね」彼女はデイヴィ用にサイズ5のを三枚、カレン用にサイズ3のを三枚選んで、カートの中に入れる。「さ、次はパンツよ」

彼女はハーブとカートを従えて、意気揚々と進んでいく。ハーブは無意識のうちに、国際的な交通ルールに従っている。右側から来る乗物に優先権がある。道を曲がろうとする乗物は優先権がない。このルールに則って、二度ほど相手に道を譲らねばならず、その結果、妻に追いつくために走らなければならなくなる。車輪が軋む。彼が走ると車輪は金切り声を上げる。ジャネットは自信たっぷりに右に曲がり、通路三つぶん一直線に進む。それから左に曲がって通路二つ分歩くと、そこで行き止まり。ハーブと軋むカートは、息せききってジャネットに追いつき、そのご尊顔に再び相まみえる。

ジャネットは居丈高に訊ねる。「さあ、パンツはどこかしら？」

彼は指さす。「そこに『パンツ』って標示がある」そこは、彼らがとっくに過ぎてしまった通路だった。ジャネットは舌打ちをすると、早足でいま来た道を戻っていく。ハーブは車輪を軋ませて後を追う。

「コーデュロイはちょっと厚すぎるわね。グレアムさん家《ち》の子どもたちは今、デニムを着ているわ。そうそう、ルーイ・グレアム、昇進できなかったそうよ」ジャネットは祈りを唱えるようにぶつぶつ呟きながら、デニムの横を通り過ぎる。「カーキ。これだわ。サイズ5」二着、手に取る。「サイズ3」また二着選んでまとめてカートの中に放り込み、急いで歩き去る。ハーブは後を追いかける。軋み、止まり、金切り声を上げ、軋みながら。彼女は左に二度曲がり、通路三つぶん進んで、止まる。「子ども用サンダルはどこ？」

「あっちに『子ども用サンダル』って」ハーブは息を切らしながら指さす。ジャネットはちぇっ、と舌打ちをすると、サンダルのほうに駆けていく。彼が追いつく頃には、彼女は黄色と白のゴム底のついた赤いサンダルを二足選び終え、それをカートに放り込む。

「ちょっと待った！」ハーブは、半ば笑いながら、不平の声を上げる。

「なに？」答えながら、彼女はすでに大股で歩き始めている。

「今度は何を探してる？」

「水着よ」

「じゃ、あそこをごらん。『水着』って書いてある」

「もう、ごちゃごちゃ言わないで」彼女は言い捨てて歩き始める。

ハーブは最短コースを取って、素早く彼女の横に並んだ。カートが軋む音が彼女に聞こえるくらい近くまで来たところで、話しかける。「男と女の違いは――」

「一ドル九十七セント」彼女は棚を通り過ぎながら呟く。

「――男は案内図を読むけれど、女はそうしないということだ。これは、性によるプライドの違いに関わってるんじゃないかな。すごい天才のパッケージ職人がいたとしよう。彼はある箱を思いつく。点線にそって裏まで封を切ったあと、さらに内側の袋を開くために紐をほどかなければならないような箱だ」

「レオタード」ジャネットは言って、また棚を通り過ぎる。

「九人の技術者が、パッケージングの機械の前で知力の限りを尽くす。十六人のバイヤーが、知恵を絞って適切な材料を集める。二十三人の運送屋が、午前二時の電話注文に応えて、七万トンの材料を運ぶ。そして、最終的に女性がその箱をキッチンに運ぶと、ハム切りナイフであっさり開けてしまうんだ」

「水着、と」彼女は言った。「何か言った、ハニー?」

「何でもないよ、ハニー」

彼女は「サイズ5」の箱の中を素早く漁る。「あったわ」と、小さなトランクスをつまみ上げた。赤いパイピングの入ったネイビーブルー。

「おむつみたいに見えるね」

「伸縮自在なのよ」彼女は言う。それは推測にすぎないのでは、とハーブは思ったが、突っ込むのは止めておく。彼は「サイズ3」の箱を引っかき回し、同じ型の、しかし彼の掌くらいの大きさしかないトランクスを見つけ出す。「さ、あったよ。とっとと出よう。さもないとあの子たち、車の中でフライになっちまう」

「あらハーブ、馬鹿ね。それ、男の子の水着じゃない」

「カレンにもよく似合うと思うけどな」

「でもハーブ。それは上がないのよ」彼女は声を上げて、水着を漁る。

彼は自分の摑んだ小さなトランクスをためつすがめつする。「カレンに上なんかいるのかい？まだ三歳だぜ！」

「あったわ……あらいやだ、これじゃドリー・グレアムのとお揃いになっちゃう」

「うちの近所に、三歳児の胸を見て興奮するような奴がいるとでもいうのか？」

「ハーブ、下品なこと言わないで」

「遠回しに言うのは趣味じゃないんだ」

「あったわ！」彼女は笑顔で戦利品を拡げて見せる。「まあ、とってもとっても可愛い！」彼女はそれをショッピング・カートに放り込む。二人は車輪を軋ませながらレジに急ぐ。カートには、Tシャツが六枚、カーキのショートパンツが四着、黄色と白のゴム底の赤いサンダルが二足、サイズ5のネイビーブルーのトランクスの水着と、サイズ3の完全なビキニのミニチュア版。

★

十数人の子どもたちが、池に入ったり池の周りを回ったりして遊びながら歌を歌っていた。

チャーリーは今までこんな歌を聴いたことがなかった。これよりひどい歌ならいくらでも聴いたことがあるし、逆に歌だけならこれより上手いのを知っている。だが、こんなふうに歌が歌われるのは初めて聴いた。それは、オルガンの音色のような和音を出す玩具のコマが立てる柔らかな音に似ていた。コマの回転速度が落ちるにつれて、最初の和音はそれに近い和音へと移行していくのだ。中には一定の音を出し続けるように作られたコマもある。その音はコマの音調の変化に伴って、二つか、時として三つの和音の一部として響く。ここの子どもたち――思春期ぐらいの者もいれば、まだよちよち歩きのもいた――はそんなふうに歌っていた。驚くべきなのは、歌に加わっている声は十五人分もあるのに、一度に歌っているのはせいぜい四人まで、ごく稀に五人になるだけだったということだ。和声がこのグループにの上にたゆたっているようだった。時には和音が、何人かの小さな茶色の身体の上方にまとまって、池の反対側へと徐々に渡っていった。それから今度は拡がって、アルトの音は左から、ソプラノは右から聞こえてくるようになった。その間ずっと、緊張感のある主音を基にした反復進行《ゼクヴェンツ》の中で、和音が、密になり希薄になり、浮かび上がり拡がり、跳ね上がり変化している。和音が色合いを変える様子が、はっきり目に見えるほどだった。それから、二つの声をユニゾンにして延ばし主音を強調しているときに、バックグラウンドの声が移り変ってその主音を属音に変えた。一つの声は第七音へと下がった。すると一つの声は主音へと退却するのではなく、半音下がって、和音は陰鬱な、近親的短調として鳴り響く。続いて五度、六度、九度の甘美な不協和音となったあと、別の調の主和音として甦る。——その全てがなめらかで、自然で、甘美だった。

子どもたちの多くは裸だった。どの子も手足はまっすぐ伸び、目は澄み、体つきもしっかりしていた。この世界の子どもを見馴れていないチャーリーの目には、みんな小さい女の子のように見えた。誰一人音楽に集中してはいないようだった。遊んだり水浴びしたり駆け回ったり土と木の枝と色つきレンガで何かを築いたりしている。三人組でキャッチボールをしているのもいた。お互いにレダムの鳩めいた言語で会話を交わし、呼び掛け合い、逃げ回っては摑まりそうになって叫び、歓声を挙げていた。中にはまるで——そうまるで子どものように転んで泣き出すのもいた（他の三人に素早く助け起こされ、慰められ、キスされ、玩具を与えられ、からかわれて笑い出した）。だがその上空には、あの変化する三音の、四音の、時には五音の和音がたゆたっていた。息継ぎの時、呼吸と呼吸の間、空中から水中に飛び込む間、質問と答えの合間に、それらの和音は作られていた。チャーリーは、似たような歌を聴いたことがあった。あれは医療施設《メディカル・ワン》の中庭だった。だが、それはこんなに明るく、心和むものではなかった。和音の奏でるこの音楽を、レダム人が大人数で集まっているところに行くたびに、決まって耳にすることになった。この音楽はレダム人全員の頭上にただよっているのだ。あたかも凍てつくラップランドの大地を行くトナカイの群れが、自分たちの体温で上空に発生させる霧のように。

「どうしてみんなあんなふうに歌っているんだ？」

「子どもたちは、あらゆることを全員一緒にやります」フィロスは説明した。彼の目は輝いていた。

「全員が一緒にいながら別々のことをしている時に、彼らは歌を歌います。あんなふうに歌っている限り、他に何をしていようとも一緒にいられるし、一緒なんだと感じることができる。その一体感は、彼らにとって背後にある空の光と同じなのです。いちいち意識しなくとも愛を注いでくれている。歌の調子を変えるのも喜びを得るため、ちょうど足の感触を楽しむために冷たい水から温かい石の上へと歩いていくようなものです。子どもたちは歌を空中にとどめおき、空中から取り入れ、また空中に返しているのです。ひとつ実例をお見せしましょう」柔らかく、しかしはっきりと、フィロスは三つの音を素早く歌った。ド、ソ、ミ……

三つの澄んだ音は、三人の子どもに放たれた玩具の弾丸のようだった。三人はひとつずつそれらの音を拾って、アルペジオを奏で、和音として延ばした。それから彼らは同じ音を繰り返した。それもやはりアルペジオ、そして和音となった。次に一人の子どもが――チャーリーにも誰だか分かった、腰まで池に浸かっている子だ――一つの音を変化させた。その結果、アルペジオはド、ファ、ミになり、それにすぐ続いてレ、ファ、ミとなり、不意にファ、ド、ラへというように進行し、転調し、転回していった。音程が半音拡がり、六度の音が加えられ、九度の音が加えられ、要求の厳しい第七音が主音を求めるが、代わりにいたずらっぽく近親的短調となる。ついにはアルペジオはアルペジオとして成立しなくなり、音楽はもとのように、間断なく変化する和音へと戻っていった。

「これは……本当にきれいだね」チャーリーはため息を漏らした。今耳にした美しい音楽にふさわしい美しい表現をしたかったのに、それができない自分が情けなかった。

その時、フィロスが嬉しそうに言った。「あ、グロシッドだ」

コテージからちょうど姿を現したグロシッドは、緋色のマントに身を包み、頸の周りにはリボンを巻いていた。リボンの余った両端は宙に浮いている。彼は振り向いて顔を上げ、こちらに手を振ると、フィロスが歌ったのと同じ三つの音を歌い（子どもたちはやはりその三音を捉え、組み合わせ、お互いの間でやりとりして変化させていった）、そして笑った。

フィロスはチャーリーに言った。「彼はさっきの音を聴いて、誰が歌っているのかすぐ分かったと言っています」それから、叫んだ。「グロシッド！　そっちへ行っていいかい？」

グロシッドは手招きした。二人は急な坂を下って行った。グロシッドは、一人の子どもを抱えあげてから、彼らのそばにやって来た。その子はグロシッドに肩車されて歓喜の声を上げ、マントのひらひらした部分を叩いている。「やあフィロス。チャーリー・ジョンズを連れて来てくれたんだね。さ、こっちへ来てくれ！　君に会えて嬉しいよ」二人が口づけを交わしたのでチャーリーは驚いた。グロシッドが近づいてきたとき、チャーリーはぎこちなく手を差し出した。グロシッドは素早くチャーリーの気持ちを察し、チャーリーの手をとると、軽く握っただけですぐに離した。「この子はアノウ」子どもの頬を自分の髪でこすりながら、グロシッドは紹介した。子どもは笑って、顔をグロシッドのふさふさの髪に埋め、そこから笑みをたたえた目だけを覗かせて、チャーリーのことを見つめた。チャーリーは笑顔を返した。

彼らは一緒に建物の中に入った。拡大する扉？　隠された灯り？　反重力のティートレー？　勝手に凍る朝食？　全自動の床？

違った。

その部屋はほとんど長方形だった。少なくとも――チャーリーは不意に自覚したのだが――直線に飢えていた彼の目を満足させるのに充分なほど、長方形に近かった。低い天井には垂木が据えられている。おまけにこの部屋は涼しかった。それも、清潔で非人間的なエアコンの口づけではなく、ブドウの蔓が日よけ代わりになっている窓と、低い天井と、厚い壁とがもたらす涼しさ。それは大地の表皮の下の層から、自然に溢れてきた涼しさだ。そして、ここには普通の椅子があった。木材を手で削り出したものが一つ、木の幹でできた枠に丈夫な蔓草で曲線でつけた素朴なデザインのものが三つ。床には平らに均した石が敷きつめられ、隙間は紫色の光沢のあるセメントで埋められていた。美しい手織りのラグマットがその床を飾る。低いテーブルの上には巨大な木製のボウルが載っていた。一本の硬木から切り出されたもののようだ。加えて、形は不揃いだが優美な飲用の食器が一セット――ピッチャーが一つと、七、八個の陶製マグカップ。ボウルには、果物とナッツと野菜のサラダが洒落た星形に美しく盛りつけられていた。

壁には何枚かの絵が掛けられていた。ほとんどが本物の土性顔料の色で描かれていた――緑、茶色、オレンジ、そして花や熟れた果実の、黄色がかった赤や赤みがかった青。絵の多くは写実的、しかも見て心地よい類のもので、抽象画も少し、印象派っぽいのもいくらかあった。特にチャーリーの目を引いた作品が一枚あった。それは、二人のレダム人の様子を描いたもので、視点が高方斜めからの角度で奇妙に描かれていたために、立っている一人の肩越しに屈んでいるもう一人の姿を見下ろすような具合になっていた。屈んでいるほうのレダム人は、理由は分からないけれど苦しんでいるようだ。病気か痛みに耐えているのだろうか。全体の構図は不思議にぼやけていて、ちょうど溢れる涙ごしにこの光景を見ているような印象を受けた。

「君が来てくれて本当に嬉しい」チャーリーのそばに来て、微笑みながらそう言ったのは、児童施《チルドレンズ・》設《ワン》のもう一人の〝ヘッド〟であるネイシヴだった。チャーリーは絵の鑑賞を中断し、このレダム人と向き合った。彼はグロシッドと全く同じ服装をしていた。差し伸べられた手を軽く握ってから、チャーリーは言った。「ぼくもだ。ここは素敵なところだね」

「気に入ってくれると思っていたよ」ネイシヴは言った。「君が馴染んでいた世界と、それほど違わないはずだから」

この言葉を、チャーリーは頷いてそのままやり過ごすこともできた。だが、この場所では、この人々の前では、正直でいたかった。「ぼくが馴染んでいた生活とは、やっぱりずいぶん違っているけれど」彼は打ち明けた。「ぼくたちの世界にも、こういう場所があるにはあった。でも、充分じゃない」

「どうぞ座って。私たちは軽食をとるところなんだ。ちょっとした栄養補給さ。でも、お腹一杯にはしないでくれ。もうちょっとしたら、本物のご馳走が待っているからね」

グロシッドは縁のない大皿を一杯にして、客人の間を回した。その間に、ネイシヴは黄金色の飲み物をマグカップに注いだ。それは酸味の利いた蜂蜜味の飲み物で、チャーリーは蜂蜜酒《ミード》の一種なのだろうと見当を付けた。冷たいが冷たすぎず、後味はぴりりとしていて、少し経ってから心地よい酔いが回ってきた。繻子のようになめらかな木製のフォーク（二本の細く短い歯と、食べ物を切るのに便利な幅広の刃のついた長い歯が一つついている）で食べたサラダは、中に含まれる十一種の食材に応じた十一通りのおいしさ。チャーリーは、（a）がっつかない（b）お代わりをしない、ために自制心を最大限に働かせる必要があった。

　レダム人たちは談笑した。チャーリーはあまり会話に加われなかったが、チャーリーにも興味を持てるよう彼らが話題に気をつけてくれていることや、それが無理な場合でもチャーリーをのけ者にしないように配慮してくれていることがよく分かった。丘の向こうのフレドンはゾウムシの被害に遭っているらしい。ドレッグの細工物の、新しい象眼のやり方はもう見たかい？　陶器の中に木をはめ込んでるんだ。見たら、木も陶器も一緒に火でつや出しをされたんだと思うに違いないよ。ナライアはトウワタの繊維に生物静力学的な加工をしてみたいと申し出ている。エリウのところの子どもがふざけて脚の骨を折ったらしい。そんな会話の合間にも、子どもたちは出たり入ったりしていたが、奇蹟的なほど、決して大人の邪魔にはならない。子どもたちはただ、素早く現れて、ナッツだとか果物の一切れだとかを受け取り、息を切らして付きまとい、おねだりをし、許可を求めては去っていく。質問をする子もいた。「イリュウが、トンボはクモの仲間だって言うんだけど、ほんと？」（「いいや、違うよ。クモの仲間は羽根がないだろう？」）紫のリボンと黄色のチュニックをひらめかせてその子が去って行くと、今度は小さくてコケティッシュな裸ん坊の子が登場して、ぬけぬけと言う。「グロシッドって変な顔してるう」（「君だって変な顔だよ」）そのおちびさんは、笑いながら出て行った。

チャーリーは努めてゆっくりと食べながら、ネイシヴのことを観察した。すぐそばのクッションに腰を下ろしたネイシヴは、器用に針を使って掌に刺さった何かの棘を抜き取ろうとしていた。その手は、優美さを保ちつつも、大きく力強かった。探針の鋭い先端が中指の付け根を抉っているのを見て、そこが胼胝《たこ》になっていることにどきりとした。ネイシヴの掌の肉と指の内側は、港湾労働者のようにがっしりとして丈夫そうだった。チャーリーはこの事実と、たなびく緋色の衣服や〝芸術的〟な家具類との間に見られる不調和を理解しようとしたけれど、少なくとも現時点では情報が不足していた。代わりに、素朴な椅子の頑丈な肘掛けを叩いて、こう訊ねた。「みんなここで作られたものなのか？」

「まさしくこの場所でね」ネイシヴは陽気に言った。「私が自分で作ったんだ。ここにあるものは全てグロシッドと私が作った。もちろん、子どもたちの手を借りてね。グロシッドは皿やマグカップを作った。気に入ったかい？」

「ああ、とても」チャーリーは言った。食器類には、茶色とくすんだ金色の渦巻き模様が施されていた。「これは陶器に釉薬をかけたのか、それとも窯の代わりにAフィールドを使って？」

「どちらもはずれ」ネイシヴは言った。「どうやったか、見てみるかい？」そこで彼はチャーリーの皿が空になっているのに気がついた。「それとも、まだ……」

後ろ髪を引かれる思いで、チャーリーは皿を脇に除けた。「いや、見てみたいな」

二人は立ち上がって、部屋の奥のドアに向かった。部屋の奥のカーテンの陰に半分隠れていた子どもが、いたずらっぽくネイシヴに飛びかかってきたが、ネイシヴは速度をゆるめることなくその子を摑まえ、きゃあきゃあ喚くのをひっくり返して、優しく頭から床に下ろし、それから元通りに立たせてやった。そして、にやりと笑うと、チャーリーに合図してドアを抜けた。

「君はほんとうに子どもが好きなんだね」とチャーリーは言った。

「私の神《マイ・ゴッド》」とネイシヴは答えた。

またしても、言語が曖昧なせいで、翻訳してしまうと意味が摑みきれない。〝私の神《マイ・ゴッド》〟というのが、自分の発言に対するネイシヴの返事だということは分かった――そして、英語の場合と違い、それがののしり言葉ではないことも。ということは、子どもがネイシヴの神だということか？　それとも、〝子ども〟という概念が神なのだろうか？

二人が入っていった部屋は、食事をした部屋に較べて、少しだけ広く、天井も少し高かった。だが、調和の取れた、気軽にくつろげる居住空間ではない。そこは作業場――文字通り作業中の作業場だった。床は剝き出しのレンガ。壁は鉋《かんな》を掛けただけの厚板を合いじゃくりで貼り合わせてある。基本的な工具類が木釘に掛けてある。大槌、楔《くさび》、金槌、手斧、南京鉋、錐《きり》、ドローナイフ、鉈《なた》と斧、直角定規に罫引、水準器、ドリルと付け替え用の刃先を収めたケース、そしてさらにいくつかの鉋。機械工具類が、壁にもたせかけられたり、床のあちこちに置いてあったりした――機械とは言ったが、実はそれらはみな、大きなものまで含めて明らかに手作りで、しかも全てが木で出来ていた！例えば鋸《のこぎり》は、机の下のペダルを踏み、その力をクランクと連接棒で伝えて、刃を上下に動かすようになっていた。歯が動く上限を定めるための木枠は深い溝がついていて取り外し可能だった。それが締め金でしっかりと留められ、木製のバネがついているのだ。また、旋盤も、速度を調節するための滑車は木製、そして重さ二百キロ以上はあるだろう巨大な弾み車は陶製だった。

ところで、ネイシヴがチャーリーに見せようとしたのは窯だった。それは部屋の隅にあった。レンガの台の上に載ったレンガ製の窯からは煙突が突き出し、重い金属の扉がついていた。下方には、キャスターつきの火壺があった。「これは鍛冶場でもある」と指さしながら、ネイシヴはぐいっと火壺を引っぱり出して見せた。窯の片側には、ペダル式の送風器が据えられていた。送風器の口は、ぺしゃんこになった平べったい物体に繋がっていた。うきぶくろのようだと思ったら、実際そうだという。ネイシヴはペダルを強く踏み始めた。皺の寄ったその物体は、溜息をついて億劫そうに起き上がり始め、もそもそ動きながら、膨らみだした。

「子どもの一人が練習していたバグパイプから思いついたんだ」ネイシヴは顔を輝かせて言った。ペダルを踏むのを止めると、一本のレバーを手前に軽くひっぱった。空気が火床の中をシュウシュウと昇っていく音がチャーリーの耳にも届いた。レバーをさらに引くと、空気はいっそう大きな音を立てた。「こうすれば思いのままに制御できる。頑強な大人を摑まえて代わりにやってもらう必要もないから、ここの子どもたちは、誰でも入ってきて、使いたいようにこれを使う。どんな小さい子でもだ。みんなこの装置が大好きなんだ」

「素晴らしいな」チャーリーは心からそう言った。「でも……もっと簡単な方法だってあるだろう」

「確かにね」とネイシヴは同意した――が、それ以上一言も付け加えようとはしなかった。

チャーリーは賞讃の念を込めて周囲を見回した。ここで製材されたに違いない材木がきちんと積み上げられ、木製の機械はしっかり支えられている。そして……「さて」ネイシヴは言った。彼は旋盤のチャックの側から締め金を外し、心押し台の端の、蝶番に留められた板を押し上げた。上まで開くと、そこで掛け金がかちりとかかった――「ボール盤だね！」チャーリーは嬉しくなって大声を上げた。

　そして弾み車を指さして、訊ねた。「これも陶製みたいだけど、こんな大きな物をどうやって焼成したんだ？」

　ネイシヴは窯を顎で指した。「あれで充分さ。ぎりぎりだけどね。もちろん、時間はけっこうかかったが……私たちは全員作業場から出て、完成するまで踊っていなければならなかった。お祭りみたいにね」

「みんなで、ペダルの上で踊ったわけか」チャーリーは笑った。

「それ以外の場所でもさ。本物のパーティだったよ」ネイシヴは笑い返した。「それはともかく、どうして弾み車を陶製にしたか、知りたいんだろう。理由は簡単。あれは大きいから、石でちゃんとしたものを作るより、土で作るほうが労力が少なくてすんだんだ」

「そうだろうね」チャーリーは同意して、弾み車を見つめた。だが頭の中では、目に見えないエレベーターやタイムマシン、軽く触れるだけで丘陵を削り取り、好きなところに運べるという装置などのことを考えていた。この近辺の住人は、丘の向こうの巨大な施設《ワンズ》の発明品を知らないのではないか、とちらりと思った。だが、グロシッドとネイシヴに初めて会ったのは医療施設《メディカル・ワン》の中だった。ということは、施設《ワンズ》に便利な発明があることを知りながら、それを使うことを拒否していることになる。シースやミールウィスたちが、ベッドに寝たまま、穴から出てくる魔法のように冷たい果実で朝食を取っている間、彼らはコテージから農地まで自分の脚で歩き、手に硬い胼胝《たこ》を作って働いているのだ。素晴らしい。彼らにはガッツがあるというわけだ。「それにしても、本当に大きな陶製品だね」

「いや、これくらいじゃまだまだ」ネイシヴは言った。「こっちへ来て」

ネイシヴは外に通じる扉のほうへ向かい、二人は庭に足を踏み入れた。四、五人の子どもたちが草の上で転げまわっており、一人の子どもが木に登っていた。子どもたちはネイシヴを見ると叫び、甘えた声を出し、群れ集まって彼のほうに押し寄せては去っていった。チャーリーと喋りながらも、ネイシヴは子どもの一人の髪の毛をくしゃくしゃにし、もう一人の子どもをぐるぐる回し、別の子どもにウィンクをしてくすぐった。

そしてチャーリー・ジョンズはその像と対面した。

これは聖母子像なのだろうか？

大人の像は、上質のリネンのようなものをゆるやかに身にまとい、ひざまずいて上方を見ている。子どもの像も同じように立って、やはり上のほうを見ながら、顔には恍惚とした表情を浮かべている。子どものほうは裸だった。肉の質感が完璧に再現されていた。大人の像の服の部分――炎によって生まれるあらゆる色で彩られていた――も同じように見事だった。

この立像には目を引く特徴が二つあった。まず、大人の像が一メートルほどの高さなのに対して、子どもの像は三メートル以上もあるということ。次いで、両者の像が、全体として大きなひとつながりの作品になっていることだ。まんべんなく釉薬をかけられ、傷ひとつなく焼成されたテラコッタ製。

ネイシヴが窯について何か言ったようだったが、チャーリーはもう一度繰り返してほしいと頼んだ。この作品の美しさに、完成度に、そして何よりもその象徴性の素晴らしさに呆然として、聞き逃してしまったのだ。小さな大人が、恍惚の表情を浮かべた顔を巨大な立像に向けてひざまずき、巨大な子どもを崇拝する。子ども自身も恍惚の面持ちで、しかし足下の大人には関心を向けず、より上方を……どこか……さらなる高みを希求している。

「これの窯は、見せることはできない」ネイシヴは言った。

チャーリーはすっかり魅了されて、この偉大で崇高な作品をつぶさに観察しながら、これは部分ごとに焼成されてから組み立てられたのだろうかといぶかった。いや、違う。表面には瑕ひとつなく、てっぺんから底まで線も継ぎ目も見当たらない。たくさんの花や花びらがあしらわれ、多彩な色をしている土台の部分にさえ、表面には釉薬がかかっているのだ。

だとしたら、彼らも結局はあの魔法のAフィールドを使ったに違いない。

ネイシヴは言った。「この像は、これが立っているまさにこの場所で形作られ、焼かれた。花のところを除く大部分は、グロシッドと私が仕上げた。花を作ったのは子どもたちだ。二百人以上の子どもが粘土をふるいにかけ、火の中で割れないようにこね上げたんだ」

「そうか……周りに窯を築いたんだね」

「私たちは周囲に三つの窯を築いた。一つは土を乾燥させるためだ。次にそれを壊して私たちは色を塗った。もう一つ、色を乾かすために窯を作った。それから、それをまた壊して釉薬を塗った。最後に、それを焼くための窯を築いた。

壊した窯は無駄にしなかった。作業場の新しい床を作るのにそのレンガを使ったんだ。けれど、それをただ捨てることになっていたとしても、この作品にはそれだけの価値があった」

「確かにそれだけのことはある」チャーリーは言った。「ネイシヴ……これはいったい何なんだ？何を意味しているんだろう」

「この像は『作り手《ザ・メイカー》』と呼ばれている」ネイシヴは言った。（レダム語では、この語は「創造者《クリエイター》」という意味であり、同時に「完成させる者」「行為者」という意味でもあった。）

子どもを崇める大人。何か……別のものを崇めている子ども。「作り手《ザ・メイカー》？」

「両親が子どもを作る。子どもが両親を作る」

「子どもが……何だって？」

ネイシヴは笑った。おおらかで心安い、あざけりを含まないこの笑い方は、レダム人にとってごく自然なもののようだった。「おいおい、子どもがいなければ、誰が親になれるっていうんだい？」

チャーリーもネイシヴと一緒になって笑った。だが去り際に振り返って、光るテラコッタ像を見たとき、もっと詳しく話してくれてもいいのに、と思った。ネイシヴもそれは分かっていたようだ。そして、チャーリーが物足りなさを感じていることも。彼はチャーリーの肘に優しく触れてこう言った。「後になれば、もっとよく理解できるようになるから」

チャーリーは思い切ってその場を離れたが、目の中には、庭の中で輝く像の、精妙で敬虔な姿が消えずに残っていた。作業場を横切って客間に戻る途中、チャーリーは自問した――それにしても、どうして子どもが親よりも大きいんだ？

……どうやらこの疑問を声に出していたらしい。客間に足を踏み入れた時、ネイシヴはついでにさっきカーテンの中に隠れて遊んでいた子どもを捕まえ、その子を抱え上げるとひっくり返して、頭を床の上でぼよんぼよんと弾ませ、子どもがしゃっくりが出るほど笑い転げるまで止めなかったのだが、そんなことをしながらこう答えたのだ。「だって、子どものほうが大きいじゃないか」

そう、レダム語では、英語と同様、「より大きい」ということが「より偉大だ」ということを意味しうるのだ。……このことは後で考えよう。チャーリーは目を輝かせて、部屋の中に並んでいる顔を眺めまわし、それから激しい失望を感じた。あんな凄いものを見たのに、そのことを新しく教えてやれる相手がいないなんて。

フィロスはチャーリーの気持ちを察し、こう言ってくれた。「彼は君の像を見たんだよ、グロシッド」

「ありがとう、チャーリー・ジョンズ」

チャーリーはとても嬉しかった。だが、自分自身の目が輝いていることに気づいていなかったから、グロシッドがなぜ自分に感謝しているのか、全く分からなかった。

☆

悪漢は背中を丸め、大股で不気味に寝台へと近寄っていく。ネグリジェを着た女は寝台を背に縮こまっている。

「私を傷つけないで」イタリア風のアクセントで彼女は叫ぶ。悪漢のよろめく足取りに合わせてカメラも近づく。あたかもカメラ自体が悪漢になったように。そして、ドライブインシアターの巨大なスクリーンの前に並ぶ鋼鉄とクロムのカブトムシ。その中では、血肉を備えた虫たちが、目をぱちくりさせながら体内の血で低い音を立てている。ポップコーンマシーンの周囲、ネオンに照らされた空気が血で膨張している。半ば閉ざされ死んだヘッドライトの列も、まるで血で膨らんでいるかのよう。

カメラが十分に近づくと、悪漢の大きな手がカメラの死角からにゅっと出て、彼女の象牙色の頬を鋭く殴り（大股で近づいてくるような「ズンズン」というBGMもここで鋭くなる）、画面の外に消え、観客は絹の裂ける音だけを聞く。なぜなら、胸の谷間までは問題ないが、乳輪を映すのは禁止されているので。まだクローズアップのまま、もつれた髪からくぼんだ顎までは十五メートル近くある彼女の顔が、カメラあるいは悪漢によって後ろに運ばれ、繻子の枕に押し付けられる。スタジオで効果音のボリュームを操作している音響係の、正確無比な音量の操作に合わせて、彼女の顔の上に悪漢の黒い影が覆いかぶさっていく。

「私を傷つけないで！　私を傷つけないで！」

　自動車の運転手席に座っていたハーブ・レイルは、自分のすぐ後ろでレスリングごっこが延々と続いているのにようやく気がつく。カレンは後部座席でとっくに寝ついていたけれど、デイヴィは、普段なら正体なく眠っているはずのこの時間に、まんじりともしないで起きている。ジャネットは息子を片手で羽交い絞めにし、もう片方の手で目を覆おうとしている。デイヴィは母親の腕を懸垂の要領で脱け出そうとしてもがく。こんなふうに争っている最中なのに、二人とも貪欲なまなざしを可能な限りスクリーンにちらちらと投げかけていた。

　ハーブ・レイルは、やはり貪欲なまなざしを可能な限りスクリーンにちらちらと投げかけながら、二人は何をしているのかといぶかって、後ろを向かないままで訊ねる。「いったい何を騒いでいるんだ？」

「子どもが見るものじゃないわ」ジャネットは怒気を含んだ声で言う。いろいろな刺激のうちどれが原因なのかは分からないが、息を切らしている。

「私を傷つけないで！」スクリーンの中の女は耳をつんざくような声で叫んでから、顔を痙攣させ、両目を閉じる。「あああ……」彼女は呻く。「私を傷つけ……て。傷つけて。傷つけて。私を傷《ハート》・つ《ミー》けて」

　デイヴィは目を覆っている母親の手を引き剝がす。「見たいよう！」

「こら、言うことを聞くんだ、怒るぞ」ハーブは威厳をこめて怒鳴りつける。ただし目はスクリーンに釘付けのまま。デイヴィは母親の前腕にがぶりと嚙みつく。彼女は小さく叫んで言う。「この子ったら！　私を傷つけたりして《ハート・ミー》！」

二十メートルを越す、超多彩色・縦横は三と四分の一対一の比率・震える音響でスクリーンが簡潔明瞭に説明したところによれば、女と悪漢は、実は真正にして神聖なる夫婦だったのだ。そして感情も英語もめちゃくちゃになってしまった彼女が、二人の行き過ぎた行為の原因は、彼らの愛が合法的なものだからだと悪漢に説明したところで、トランペットが高らかに鳴り響き、画面は光の中に溶けていく――呆然と瞬きしている観客を、現実の世界に取り残して。

「子どもにこんなものを見せるなんて」ハーブは責めるように言う。

「私は見せなかったわ。この子が勝手に見たのよ。私の手を嚙んでね」

幕間の時間になって、自分が罰せられなくてはならないということがデイヴィにも分かってきたらしい。だが、どうやってそれを乗り切るかなんて知る必要はなく、ひとしきり泣いて、ラズベリーシャーベットとシュリンプロールで慰められれば、それでおしまい。シャーベットは、溶けはじめてもまだ棒にくっついていたから厄介なことになった。かじかんではいるが体温の高いデイヴィの指先を、溶けたシャーベットが包み、ズボンの折り目に滴り落ちていく。ハーブは、自分の口の中にシャーベットの残りを全部突っ込むことで問題を解決する。その結果、ハーブは鼻がつんときて、息子は息子でアイスを取られたという気になる。だがこれはまったくのところ危機でも何でもない。というのも、ほどなく照明が落ちて、二本目の映画が始まるからだ。

「今度はデイヴィ向きのだぞ」ハーブは二分ほど経ってから口をひらく。「西部劇を先に上映すれば、子どもたちにあんな映画を見せずにすむのにな」

「さ、膝の上に座って、坊や」ジャネットは言う。「ちゃんと見える？」

デイヴィはちゃんと見ている。崖っぷちでの闘い。落ちて行く身体。傷ついて崖の麓に横たわる老人。老人に近づいていく邪悪なカウボーイ。老人の口から噴き出す真っ赤な鮮血。「わしは……チャック・フリッチだ……助けてくれ！」邪悪なカウボーイの笑い声。「おまえはチャック・フリッチ。そうなんだな？　それを確かめたかったのさ！」カウボーイが抜く四十五口径の拳銃。銃声。銃弾が撃ち込まれてくずおれる老人の身体。老人の苦しげな呻き声。老人の顔を、画面の外に押し出すためだけに蹴飛ばしてみせる邪悪なカウボーイの顔に浮かぶ不敵な笑み。その後、彼は峡谷の底に老人の死体を蹴り落とす。

板敷の歩道のある薄汚い通りに出て、ハーブは考え込みながら言う。「そうだ、明日電話してみよう。どうして西部劇を最初に上映しないのか訊いてみるんだ」

★

チャーリーたちはウォンビューの家に行った。入り口付近は、丈夫で複雑な籠細工で囲まれていた。家の大部分は、地面に突き刺した何本かのポールと、その周りに編まれた蔦だけでできていた。ウォンビューは鷲鼻の若者だった。彼はチャーリーに、この籠細工が単なるフェンスではなく、家の不可欠な一部であることを説明した。なぜなら、家の壁も同じように蔦を編んで作られ、近隣の粘土質の土で固めてあるのだから。有史以来変わらぬ、枝を編み土で固めた建造物というわけだ。土は完全に乾いてから、一種の塗料《ホワイトウォッシュ》——ただし、白ではなく実際には紫色——で上塗りされていた。屋根には、レダムのあちこちに見られる緑の草がびっしりと植えられている。この家は素晴らしかった。サイズの決まった木材で作られる家とは違い、泥と枝で作る家は、自由に内部を作ることができるからだ。それに、折り曲げた紙を立てるようにして、泥の壁も曲げれば曲げるほど安定が増す。グロシッドとネイシヴと彼らの子どもたちは一緒について来て、チャーリーにウォンビューの宝物を見せるのを手伝った。

　次にアボープの家に行った。練り土で建てられたその家は、まず木で骨組みを作ったあと、湿った土で間を埋めたものだった。四人の屈強なレダム人が、骨組みの上に登って重い木材の端でつき固め、土の壁が乾いてから木材を撤去したのだ。編み枝で作られた家と同じように、この家もデザインの自由度が非常に高かった。グロシッドとネイシヴと彼らの子どもたちとウォンビューの子どもたちとウォンビューが一緒に来た。

　次にオブターの家に行った。切石で作られたその家は、四角いユニットを組み合わせて建てられていた。ドーム状の屋根を持つ個々のユニットは、どれも非常に単純な製法で作られている。四つの壁を建ててその縁いっぱいまで土を詰め、さらに屋根になるように土を盛り上げる。その上に厚さ三十センチほどの漆喰を塗る。それが固まったら、あとは土を全部掻き出すだけ。このようにして作られた屋根のある家は、千年は保《も》つと言われている。オブターとオブターの子どもたちが加わり、一行は歩き続けた。

エデックのログハウスは苔が木と木の隙間を埋めていた。ヴァイオマーは丘の中で暮らし、手で磨いた材木や切り出した天然の岩を、ところどころ内壁にはめ込んで支えていた。ピアンテは芝土の屋根をした自然石の家に住んでいる。室内の壁は全て手織りの夕ペストリーで覆われていた。タペストリーは襞をつけず、平面状に飾られていたから、その驚嘆すべき図柄とデザインをじっくり見ることができた。全ての織物を生み出した手製の機織機は家の奥にあった。チャーリーは、ピアンテと彼のパートナーが機織機で作業をし、小さい二人の子どもが杼《ひ》を動かしているのをしばらく見物した。それからピアンテの子どもたちとピアンテとピアンテのパートナーが合流した。ヴァイオマーの家族とエデックの家族も加わった。公園地帯を抜けると、明るい服を着た人々や、風に吹かれた子どもたちや、ひょろりとした若者たちが畑や果樹園からわらわらと現れた。彼らは鍬や鋤や剪定ばさみや鉈を道ばたに置いて、一緒についてきた。

一行の人数が膨れ上がるに連れて、音楽も膨れ上がっていった。音楽は決して騒がしくはならず、ただ大きく膨らんでいった。

訪問しては仲間を増やし、群衆とチャーリー・ジョンズは、ついに信仰の場所へと到着した。

☆

ジャネットは落ち込んだ気分で、昼下がりの清潔なベッドに身を投げ出している。どうしてあんなふうに振る舞ってしまったんだろう。

彼女はたった今、家事向上サービスのセールスマンを追い払ったところだ。それ自体は問題ない。あの熱心な連中が呼び鈴を鳴らして、商売の話を始めるのなんか、誰だって願い下げだ。正気の人間なら、自分が望んでいないものを買ったりはしない。近頃では、自分が望んでいないものをしっかり頭に叩き込んでおかないと、すぐに付け込まれ、金を搾り取られてしまう。

追い払ったことが問題なのではない。そのやり方がまずかったのだ。今までだって同じように追い払ったことがあるし、これからもまた同じようにするだろうが、そのことが彼女に惨めな思いをさせていた。

あんなふうにぶっきらぼうにする必要があったのだろうか？

凍りつくようなまなざしを向け、冷たい言葉を投げ、鼻先でバタンと閉めはしないもののほぼそれに近いやりかたでドアを閉めるなんて。どれも彼女らしくない、ジャネットらしくない。ジャネットらしいやり方で彼を追い払うことだってできたのではないか。あれでは、まるで旅回りのセールスマンの苦しい生活を描いた映画のパロディみたいだ。

間違いなく、もっとうまく断ることができたはずなのに。

ジャネットは身体を起こした。おそらく今回、この問題をじっくり考えてけりをつけておくべきなのだ。そうすれば、今後二度と同じことで頭を悩ませずに済むだろう。

これまでずっと、不必要なセールスマンたちを追い払ってきた。ジャネットらしさを失わずに、同じシチュエーションを何度となく切り抜けてきた。にっこり笑って小さな嘘をつく。赤ん坊が起きたようですわ、とか、電話がかかってきたみたいですから、とか。簡単で、何の罪もない嘘。おとといい、夫がちょうど同じものを買ってきたところだったんですよ。先週いらっしゃっていれば良かったのに、云々。誰が彼女を嘘つき呼ばわりするだろう。セールスマンたちは去っていき、誰ひとり傷つかない。

そういえば今までも時々、さっきのようなことがあった。そんな時には、彼女は口元を歪めて氷柱のような言葉を吐く。そして乱暴といっていいくらいにドアを閉め、珊瑚色した親指の爪を嚙みながら、レースのカーテンの陰に隠れてこっそり窓の外を眺める。カーテンを揺らしたり触れたりしないように息を殺して、相手が去っていくのを見つめる。通りに向かって歩く様子から、彼が打ちひしがれているのが分かる。彼は傷つき、彼女も傷つく。誰が得をしているというのだ？

ジャネットは惨めな気持ちになる。

どうして彼だけ特別だったのだろう？　彼は無礼ではなかった。むしろ正反対だ。好感の持てる容貌、爽やかな笑顔、丈夫な白い歯、ぱりっとした身だしなみ。閉まりかけた扉に靴を挟んだりしなかった。ジャネットのことを、自分が持ってきた商品によって救われるであろう貴婦人のように扱ってくれた。彼が売り込んだのは商品だけで、彼自身ではなかった。

分かっている、と彼女は心の中で呟く。もし彼が本当に下品で、ウィンクして眉毛をぴくぴく上下させるおべっか使いで、こっちのブラの肩ひもを好色な目つきで見て舌なめずりするような奴だったら、上手くあしらって追い払うことができただろう。すばやく軽やかに誰にも害を与えず、さっとひと掃きだ。

そうだ、と彼女は苦い思いを噛みしめながら心の中で言う。私は彼に好意を持ってしまった。だから冷たくあしらったのだ。これが答え。

ベッドの端に腰掛けながらこの考えを反芻する。それから目を閉じて、ばかげた想像力のおもむくままに、彼が家に上がりこんで触れてくるのを想像してみる。まさにこのベッドで自分の傍《かたわ》らにいるのを想像してみる。

何も感じない。本当に何も感じない。してみるとあの男に抱いた好意は、その種のものではないようだ。

「ふうん、欲しいっていう気持ちもないのに、どうして男に好意を抱けるっていうの？」と彼女は声に出して自問した。

答えは出ない。男性に好意を抱くとしたら、それは相手を求めているからに他ならない、というのが彼女の信条だった。それ以外の理由なんてありうるだろうか？

さもなければ人々が、見た目で恋の相手を探すわけがない。だから、あのセールスマンを欲しいと感じないのだとしたら、それは例の下意識の抑圧とか何とかなのだ。単にそれを自分で認めたくないというのにすぎない。

ハーブ以外の男を欲しいと思ったりしたくはない。だが、そう思っているに違いない。だから惨めな気持ちになる。

再びベッドに寝転がり、こんな自分は拷問を受けて、両手の親指を縛って吊されても仕方ないなど考える。彼女はとことん惨めな気分でいる。

★

祭りは山（少なくとも、チャーリーが今まで見た中で一番高い丘）で行われた。フィロスとチャーリーと大集団が到着した時には、すでに百人近いレダム人が待っていた。黒い葉を茂らす木立の中や染みひとつない緑の芝生の上のあちこちに食べ物が並べられている。摘みたての木の葉と幅広の草を編んで作った大皿に盛りつけるというハワイふうのスタイルだった。日本の生け花作家でさえ、才能あるレダム人たちが食事を盛りつけるときほど繊細な仕事はしなかっただろう。皿と、同じく植物で巧妙に作られたかごは、色と形、対照と調和を鮮やかに示していた。そのうえ、香りがシンフォニーを奏でている。

「さあ、お好きなだけどうぞ」とフィロスは微笑んだ。

チャーリーは眩惑されたようにあたりを見回した。レダム人たちはあらゆる方角からやって来ていた。木々の間を抜け、お互いに挨拶をし、歓声を上げながら。あちこちで抱擁と口づけの光景が見られた。

「でも、どこで？」

「どこでもかまいませんよ。ここにあるのは、どうせみんなで食べるものだから」

渦巻く群衆の間を抜けて、二人は一本の木の根元に腰を下ろした。目の前には素晴らしい食べ物が、手頃なサイズに切り分けられて山と積まれている。その配置はあまりに美しく、フィロスがまず手を伸ばしてシンメトリーを崩すまで、チャーリーは手をつける気になれなかった。

可愛らしい子どもが、頭上にトレーを巧みに載せて、半ダースのマグカップを運んでいる。カップはそのような運搬方法にあわせてデザインされたらしく、円錐の尖端部を切ったような、底の広い形をしていた。フィロスが手を挙げると、その子はスキップしながら近づいてきた。フィロスはマグカップを二つ取ると、子どもにキスした。子どもは笑いながら踊るように歩き去っていった。チャーリーはマグカップを取って一口飲んだ。桃の風味を添えた冷たいアップルジュースのようだった。彼は勢いよく食べ始めた。料理は見た目と同様に素晴らしかった――これは最大級の賛辞だ。

ひととおり食べて、周囲を見回す余裕が生まれてくると、林が心地よい緊張感に溢れているのが分かった。そのことを一番よく表しているのは、人々の頭上にかかる音楽の雲だった。広がる和音の囁きから生まれた音楽の雲が、徐々に規則的になっていく鼓動に合わせて波打っていた。チャーリーを驚かせたのは、多くの人々が、自分で食べるのではなく互いに食べさせあっていることだった。そのことをフィロスに訊ねてみた。

「あれは分かち合っているんです。何か素晴らしいことを経験したとしたら、それを誰かと分かち合いたくなるでしょう？」

チャーリーは思い出す。偉大なテラコッタの像を見た後、それを教えてやれる相手が誰もいなかったことに微かなフラストレーションを感じたことを。だから言った。「そう……そうだろうね」

そして不意に、自分に付き合ってくれている相手を見た。「もし君がそうしたいのなら、ぼくに遠慮しないで、君の友達のところに行くといい」

フィロスの顔に何とも言えない表情が浮かんで、消えた。「ご親切に、ありがとう」彼は心からそう言った。「でも私はこのままで結構ですよ」（彼の首と頬がちょっと色づいたのではないか？これは何だろう？　怒っているのか？　チャーリーはそれ以上深追いする気を無くした。）

「ずいぶんたくさんいるね」しばらくしてからチャーリーはぽつんと言った。

「全員がここに来ています」

「これは何の集まりなんだい？」

「よかったら、これが終わった後であなたの意見を聞かせてもらえませんか？」

チャーリーは当惑しつつ答えた。「もちろん構わないけど……」

二人は沈黙し、耳を澄ました。人々は、隣りあった非常に近い一連の和音をハミングしていた。その多様で巨大な音楽は、次第に落ち着いたメロディになっていった。そこに耳慣れないスタッカートが入り込む。チャーリーが辺りを見回すと、一部の人々が、静かに自分たちの（時にはパートナーの）喉元を叩いているのだった。そうすることで彼らの声には奇妙な低い響きが加わった。やがてその音は、素早くはっきりとしたリズムを刻むようになった。最初の音と四番目の音にわずかに強調を置いたエイトビートだった。このリズムの上に、低い四音からなるメロディが重ねられ、何回も、何回も、繰り返された……誰もがしゃがみ込んで、やや前傾姿勢になって身体を緊張させているようだった……。

突然、明朗で力強いソプラノの声がクラリオンのように響き渡った。音の奔流。ひゅるひゅる上がっていく花火のように、持続する低音部のメロディから噴き上がり、沈んでいった。遠く林の向こうの声、あるいは近くの小さい声が（どちらなのかは分からなかった）その音を繰り返した。別々のところで起こった二つのテナーが、魔法のように長三度で声を響かせ、先のソプラノが口火を切った音の炸裂をハーモニーで繰り返した。それが徐々に静まるとまた別の力強い声――チャーリーの近くに座っていた青いマントを着たレダム人――がそれを引き継ぎ、再び空に向かって高らかに歌い上げた。ただし今度は、変化音や装飾音やグリッサンドを全て取り払い、鮮明な六つの音からなるもっとも純粋な形で歌われた。興奮のざわめきがあらゆる場所で巻き起こった。賛同を示しているようだった。あちこちで声が上がり、その六音のテーマをユニゾンで繰り返し歌った。そのうち、六音のうちの二番目の音のところからテーマを歌い始めることを誰かが思いついたらしい。フーガ風に次々と声が重なっていった。高まっては静まり、高まっては静まり、互いにもつれあい、錯綜し、鮮烈な印象を与えた。その間も、喉元を叩いて生まれる低音部の囁くような音は、不規則なリズムを刻んで音楽の底を支え、高まっては溜息のような音になり、さらに高まってはまた退いていった。

そこに、最初に発せられたソプラノのような鮮烈な動きで、裸の人物がぐるぐる回りながら飛び込んできた。身体の輪郭がぼやけるくらいに激しく旋回しながらも、脚は器用にあらゆる障害物を避けている。フィロスのそばで高く飛び上がると大地にひざまずき、頭と腕を柔らかな草地の上に伸ばした。別のレダム人も旋回を始め、他の人々もそれに続く。ほどなく暗い森の中は、人々の動きで活気づいた。マントや頭飾りが激しく回転し、身体が素早く動き、四肢が揺れた。チャーリーはフィロスがぱっと立ち上がるのを見た。驚いたことに、チャーリー自身も立ち上がり、うずくまり、噴き上げる音と運動の奔流によってもみくちゃにされていた。海に飛び込むように人の流れの中に飛び込んでしまいたくなる衝動を、チャーリーは必死で抑えた。ようやく流れから身を引き離し、息を切らしながら木の幹にしがみついた。不慣れで覚束ない自分の足取りでは、人々の渦の中でちゃんと立っていることさえ出来まい。チャーリーの足は動きの変化についていけない。それは、彼の耳が空中に満ちた音楽を聞き分けられず、彼の混乱した目が激しく動くレダム人の身体が織りなす模様を見極められないのと同じだった。

　彼の目に映る光景は、断片的で、しかしフォーカスのはっきりした、切れ切れの映像の連続になっていた。――上半身が素早く回転している。熱に浮かされた頭が、緊張し恍惚とした表情を浮かべてもたげられ、絹のような髪が顔から垂れて、その身体は震えている。恍惚状態の子どもが甲高い叫び声を上げ、ダンスのパターンに倣って走っていく。その手は大きく広げられ、瞳は閉じられている。熱狂的な踊り手たちが、明らかに無意識のまま、ぎりぎりの隙間を作って、その子を通していく。だが、ひとりの踊り手が、素早い動きでその子を捕らえ、放り投げた。子どもは中空から引き戻され、再び舞い上げられ、それが何度も繰り返されるうちに踊りの輪の端まで運ばれていって、地面にそっと下ろされた。チャーリーが気づかないうちに、低音部の声はいつの間にか咆哮になっていた。咽頭部から巧妙に作り出されていたリズムも、無感覚になった胸や腹を激しく拳で連打する野蛮なビートへと変わっていた。

チャーリーは叫んでいた……。

フィロスはどこかに行ってしまった……。

林の中で何かの波が湧き起こり、解き放たれた。チャーリーはそれが自分を急き立て、消えていくのを感じることができた。扉を開いた窯から放出される熱気のように、手で触れることさえできるものだった。今まで彼が感じたり、想像したり、体験したりしたことがないものだった……おそらく彼ひとりで行なったことはべつにして……いや、彼ひとりではない。あれはローラと一緒だった。それはセックスではなかった。セックスはそれを表現するやり方のひとつでしかなかった。ハーモニーの奔流がピークに達すると、緊張感は保ったままで、それは形を変えた。レダム人の身体が絡まり合って、子どもたちをぐるりと囲む枠となったのだ。実にたくさんの子どもたちがいたが、彼らは彼らで小さくまとまった集団になっていった。子どもたちは誇らしげに立っていた。一番小さい子どもたちでさえ、誇らしげに、心得顔で、深い満足を感じながら立っていた。レダム人たちは、歌いながら子どもたちを囲み、崇めていた。

彼らは子どもたちについて歌っているのではなかった。子どもたちに向かって歌っているのでもなかった。おそらく、こう言うしかないだろう――彼らは、子どもたちを歌っていたのだ。

スミティが裏のフェンス——といっても、低い石の壁である——のところまで、ハーブとお喋りをしにやって来た。スミティは妻のティリーにひどく腹を立てている。原因はまったくささいなことだ。ハーブは赤と白のストライプの傘の下で、ローンチェアに座って午後の新聞を読んでいた。彼もまた怒っている。ただしスミティほどひどく腹を立てているわけでもないし、原因も個人的なことではない。議会が、実に馬鹿げた法案を通過させたばかりでなく、大統領の拒否権発動を無視することによって、愚劣さをいよいよ上塗りしたのである。スミティの姿を見て、ハーブは新聞を放り出し、フェンスのところまで歩いていく。

「どうして」とスミティに話しかける。「世の中には、下司野郎がうんざりするほどたくさんいるんだろうね」ハーブとしては、単に話のとば口のつもりだった。

「簡単だよ」と、即座に陰鬱な返事が返ってくる。「世の中の誰もが、女の一番汚い部分から生まれてきたからさ」

☆

★

レダムは決して夜にならないはずだが、それでも大勢の人が去った後はあたりが暗くなったように思えた。チャーリーは、オリーブの木を背に膝を抱えて冷たい緑の苔の上に座っていた。背中を丸めて頬づえをつく。理由も分からず流した涙が乾いて、頬はざらざらしていた。やがて身体を起こすと、フィロスのほうを見た。フィロスは辛抱強く隣で待っていてくれたのだ。

一言でも発すれば客人の気分を台無しにしてしまうと思っているかのように、それまで口を閉ざしていたフィロスが、穏やかな微笑みを浮かべ、不揃いの眉をひょいと上げてみせた。

「終わったのか？」チャーリーは訊ねた。

フィロスは木にもたれかかったまま、レダム人の一グループをくいっと顎で指した。三人の大人と六人の子どもが、遠くの木立の中で、散らかった食物を楽しげに拾っていた。彼らの上には、透明な魔法の蜂の群れのように音楽の雲がかかり、今は三和音、短三度が、列を作って整然と上昇し、空中に留まっては霞んでいき、また上方に羽ばたいていくところだった。「決して終わることはありません」とフィロスは言った。

チャーリーはその言葉について考えた。そして「作り手《ザ・メイカー》」と呼ばれる像のこと、林の中で起こったことについて自分に可能なかぎり考えた。レダムの人々が集まると必ず奏でられる音楽についても。

フィロスは静かに訊ねた。「さて、ここがどんな場所か、まだ知りたいですか？」

チャーリーはかぶりを振って立ち上がった。「分かったような気がする」

「では、行きましょう」フィロスは言った。

二人は農地に向かって歩いていった。農地を抜け、コテージのそばを通り、施設《ワンズ》の並ぶエリアに戻っていく途中、彼らは話し合った。

「どうして君たちは子どもを信仰するんだい？」

フィロスは、満足げに笑みを漏らした。「私の考えでは、最大の理由は、それが宗教だからです――議論を避けるためにあらかじめ定義しておくと、ここで言う宗教というのは理性を超えた神秘的な経験のことです。それがおそらく、宗教があらゆる種族に必須のものと思われている理由でしょう。同時に、そうした神秘経験は、何かの対象物がなければ不可能なように思われます。個人にしろ文化にしろ、信仰を必要としているのにそのための対象を持たないのは、この上なく不幸なことではないでしょうか」

「君の言うように、議論を避けるためにその考えを受け入れるよ《アイル・バイ・ザット》」この言い回しがレダムではどんなに風変わりに聞こえるかを自覚しながら、チャーリーは言った。レダム語で〝買う《バイ》〟というのに当たるのは、〝交換する〟から派生した〝相互に挿入する〟という語しかないのだ――だが驚いたことに、この世界でのニュアンスを抜きにして、彼の言いたいことは伝わったようだ。「でも、どうして子どもを？」

「私たちが信仰しているのは、過去ではなく未来だからです。つまり、すでに存在しているものではなくこれから訪れるもの、私たちの行動がもたらす結果です。だから、変化の余地がある、成長するもののイメージを目の前に置いておきたい。私たちに進歩していく力があるということを示すイメージをね。信仰の対象となっているのは、他ならぬ私たちの中にある力であり、その力と共に生きていく責任感なのです。子どもというのは、こうした全てのものを象徴している。それに……」フィロスは不意に口をつぐんだ。

「どうした？　続けて」

「今言いかけたのは、あなたが理解するのには相当な困難を伴う事柄です、チャーリー。あなたに理解できるとは思いません」

「言ってみてくれ」

フィロスは肩をすくめた。「お望みとあらば。私たちが子どもを信仰しているのは、子どもに対してなら従順に従うということが考えられないからでもあるのです」

二人は長いこと黙ったまま歩き続けた。

「自分が信仰している神に従うことに、何の問題がある？」

「理論的には、何の問題もないでしょうね。特に、その従順さが、生きている――つまり、いま現在この世にいる聡明な神に対する信仰から生まれてくるものならば」フィロスはいったん口を閉ざして、慎重に言葉を選びながら続けた。「でも実際には、人間の世界に及ぶ神の手というのは、死者が生者に科した枷《かせ》となるのがしばしばです。神の命令は、共同体の中の年長者たちの解釈を通して告げられる。しかしそうした人々は、歪んだ記憶を持ち、過去に浸っているばかりで現実を直視せず、心の中の情愛は全て干上がってしまっている」彼はチャーリーを見つめた。奇妙な黒いその目の中に、思いやりが溢れていた。「レダム人の本質が何なのか、まだ分かりませんか？……移行《パッセージ》ですよ」

「移行？」

「運動、成長、変化、異化作用。音楽も楽節《パッセージ》なしに、進行なしには存在しませんよね？　詩も同じです。ひとつの単語を口にしても、後に他の語が続かなければ、韻を踏んでいるとはいえない。生命だって、移行せずに存在できますか……というより、移行こそ生命の定義そのものでしょう！　生命あるものは瞬間ごとに、それどころか各瞬間のどんな小さな一部分のそのまた一部においても、変化しています。病気になった時、衰えた時ですら、生命あるものは変化するのです。そして変化を止めた時には――そう、いろいろなものに変わります。死んだ木は材木に、死んだ果実は食物に。しかし、それらはもはや生命ではありません。……建築物は、それを造った文化の、信仰ではないにせよ、精神のあり方を反映しているものです。医療施設《メディカル・ワン》や科学施設《サイエンス・ワン》の建物の形状は、あなたにどんなことを語りかけてきますか？」

チャーリーは口元を歪めた。これは当惑したときに浮かべる、落ち着かない笑みだった。「倒れるぞう《ティンバー》！」怒鳴り声の真似をしながら、彼は英語を口にした。それから説明した。「木の幹を切って、それが倒れそうになると、木こりはこう叫ぶんだ。『危ないから逃げろ』って」

フィロスは屈託なく面白がって笑った。「走っている人間の写真を見たことがありますか？　歩いているのでもいいんですが。バランスを欠いた姿勢をしているんですよ。というか、もし写真のように瞬間を切り取って固定してしまえば、バランスを欠いてしまうんです。逆に言えば、人はバランスを失わなければ、走ることも歩くこともできないのです。これこそ、人がある場所から別の場所へ進んでいく方法なわけです――繰り返し繰り返し、転びそうになり続けるというのが」

「それであの建物は見えない松葉杖に支えられている、というわけか」

フィロスの目が愉快そうにきらりと光った。「象徴というのはそういうものですよ、チャーリー」

チャーリーはまた笑わずにはいられなかった。「まさに『フィロスみたいなのはたった一人だけ』だな」無意識のうちに物真似しながら言ってしまったようだ。チャーリーは、またしてもフィロスの顔に暗い影が差すのを見た。怒りや、それどころか軽い苛立ちでさえ、この世界では滅多に目にしないものだ。それはののしり言葉よりもショッキングだと言っていい。「どうかしたのか？　ぼくは何かいけないことでも……」

「誰がそれを言いました？　ミールウィスじゃありませんか？」フィロスは鋭い視線を投げかけ、チャーリーの表情から答えを読みとった。同時に、自分の怒りを静める必要があることも見て取ったようだ。必死で気持ちを抑えつけているのが分かった。しばらく後、フィロスは言った。「悪いことを言ったなんて思わないで下さい、チャーリー。あなたじゃない。ミールウィスは……」彼は深呼吸した。「ミールウィスは時々、悪ふざけして内輪だけに通じる冗談を言いますから」そして突然、明らかに話を変えようとして、質問してきた。「建築についてですが、ここらの家を見ると、ダイナミックなアンバランスという考えとは折り合わないと思いませんか？」そう言って彼は建ち並ぶコテージの方を手で指した——泥と編み枝、練り土、ログと漆喰、石と木板。

「確かにぐらぐらして倒れそうなのは一つもないね」頷いてチャーリーは同意した。ちょうど、一軒の家の脇を通るところだった。その家はイタリア風の漆喰のドームを屋根にいただくユニットで造られていた。

「つまり、これらは象徴ではないのです。少なくとも、あの巨大な施設《ワンズ》が象徴であるようにはね。こうした建物は、私たちレダム人の、決して大地から離れまいという強い信念の結果として建てられたものです——ここでいう大地という言葉には、さまざまな意味が込められています。文明というものは、有害なやり方で、階級や世代に拘わらず、手仕事から、一歩——それどころか二歩、十歩、五十歩も離れて生計を立てるような人間を生み育てます。鋤で大地を耕し、木を削り、布を織ったりせずに、あるいは鋤や鉋や織機を見ることさえなしに、人は生まれ、生き、死ぬことだってできてしまう。そうじゃありませんか、チャーリー？　あなたたちは、そんなふうに生きていたのではないですか？」

チャーリーは頷いて考え込んだ。かつて同じことを思ったことがある。都会育ちの彼が、豆の収穫のバイトに雇われたときのことだった。金の必要に迫られて、新聞の広告でその仕事を見つけたのだ。仕事は嫌でたまらなかった。汚らしい人間の屑たちと一緒にバラックで暮らし、一日中束縛され、身を屈め、太陽に灼かれ、泥まみれになって、経験もなければ熟練もしていない——豆を摘むのさえ上手にできなかった——労働に従事した。しかし一度だけ、一粒の豆を食べた時に、大地から生まれ自分の血肉となるものを、自らの手で大地の胎内から収穫したのだと感じたことがあった。剝き出しの両手で剝き出しの大地に触れた時、彼と大地の間には、複雑な交換や地位や代理や何重にも錯綜した物資やサービスの流通システムは存在していなかった。それ以来ときどき、このことを考えるようになった――腹を満たさなくてはならないという切実で世俗的な欲求のために、紙にしるしを付けたり、レストランで皿を磨いて積み上げたり鍋を擦ったり、ブルドーザーの上でステアリングを動かしたり、レジでキャッシャーを叩いたりしている時にも、そういうことを考えるようになったのだ。

「文明に慣れきった人間の生存価値は、極めて限られたものです」フィロスは語り続けた。「人間は、生存能力に長けた生物にふさわしく、自分たちの環境に適応してきました。ですが、その環境というのは巨大で洗練された機械なのです。果物を採ったり、適切な植物を見つけて調理したりといった、単純で基本的な行動が、そこではほとんど行われません。もし機械が破壊されたり、あるいは機械の、小さい、しかし不可欠な一部が動かなくなったりすれば、機械の中で生きている人々は、胃袋が空になった途端に何の希望もない弱い存在になってしまいます。レダム人は全員――一人残らず――本当に得意な分野を一つ二つ持ち、同時に農業や基本的な建築術、織物、料理、廃物処理、火をおこす方法や水を見つける方法を、実践的な知識として会得しています。熟練している者も、そうでない者もいますが、どうせあらゆることに熟達している者などいません。たとえ未熟でも、必要な実践的知識を備えている者のほうが、機械工場は動かせても垂木を組んだり種籾《たねもみ》を残したり便所を掘ったりできない人間より、上手く生き延びることができるでしょう」

「ああ、そうなのか」チャーリーは啓示を受けたように口をひらいた。

「なんです？」

「この世界のことが少し分かりかけてきたよ。……今までは、ボタンを押すだけで何でも出てくる医療施設《メディカル・ワン》の生活と、この一帯の手製の焼き物とが頭の中でうまく繋がらなかったんだ。つい、特権のあるなしという違いなんじゃないかと思っていた」

「施設《ワンズ》で働いている人々が特権を貪っているですって！」（〝特権〟という言葉は正確ではない。〝恩恵〟とか〝余得〟とか訳したほうがいいだろう）「施設《ワンズ》は純粋に仕事をする場所です。そして、時間を節約することによって効率を上げている、レダムで唯一の場所なのです。施設の仕事は、非常に厳密で正確を要するものですから。でも施設を離れたこのあたりでは、時間をかけるほうが効率的なんです。時間はたっぷりありますからね。私たちは眠らないので、どれだけじっくり時間をかけて建築や耕作を行なおうとも、仕事は着実に片づいていくわけです」

「子どもたちはどれくらいの時間、学校に行くんだい？」

「学校？……あ、そうか。あなたの言っている意味が分かりました。レダムには学校はありません」

「学校がない？　でも……つまり、農業や自分の手で家を建てたりする方法だけを学びたい人々には、それで充分だということなのか？　だが――専門技術者たちはどうなる？　君たちだって永遠に生きるわけじゃないだろう？　後任が必要になったらどうするんだ？　それに、本や楽譜を使いこなすためには、読み書きを習わなくてはならないだろう？　数学だとか、事典だとか……」

「そういうものは必要ありません。セレブロスタイルがありますから」

「シースが言っていたやつか。よく理解できていないけど」

「私だってよくは分かっていません」フィロスは言った。「でも、実際に役立っていることは保証します」

「で、君たちはあれを教育に使うわけだ。学校の代わりに」

「いいえ。はい」

フィロスの返事に、チャーリーは笑った。

フィロスも笑って、こう言った。「別に混乱したわけじゃありませんよ。〃いいえ〃と言ったのは、あなたが〃教育に使う〃と言ったからです。私たちは子どもたちに、書物に書かれているような知識を〃教える〃ことはありません。単にセレブロスタイルで植え付けるんです。あっという間に終わります。適切な情報ブロックを選択して、スイッチを入れるだけです。〇×△（ここで彼は、「未使用の記憶細胞」という意味の翻訳不可能な専門用語を使った）と、そこに通じるシナプス通路が特定され、情報は精神に〃転写〃されます。全部で数秒——おそらく一秒半といったところでしょうか。その時には、情報ブロックは、すぐに次の人が使える状態になっています。しかし〃教育〃ということでしたね。このようにして植え付けられた情報について特に〃教える〃ことは何もないんですよ。人は自分の力でそれを成し遂げます。農地で働いている時に、意識的に考えることによって理解することもあるでしょうし（本を読むよりずっと速いはずです）、あるいは〃休息〃中に（グロシッドの家に着く直前に会った、一人で立っているレダム人のことを憶えていますよね）ふと分かることもあるでしょう。ですが、そのプロセスだって〃教育〃とは呼べないはずです。

教えるというのは、学ぶことのできる技術の一つです。教師から学ぶための方法も、同じことです。その気になれば誰でも――私たちはみなそうしますが――ある程度は教える能力を身につけることができるでしょう。ですが、本物の教育者ということになると、それは一種の才能です。優れた画家や音楽家や彫刻家と同じ、天賦の才がある人のことです。そう、私たちは教育者を、教育というものを尊敬しています」そして彼はつけ加えた。「教えることは、愛することの一部に他なりません」

チャーリーは、冷たく人好きのしない、死にかかった数学教師ミス・モーランのことを思い出し、その瞬間、彼女のことを理解した。彼はローラのことを思った。

「私たちはセレブロスタイルを使います」フィロスは続けた。「Aフィールドを使うのと同じようにね。ですが、それに依存はしていません。つまり、必要というわけではないのです。私たちは読んだり書いたりすることを学びますし、多くの偉大な書物を持っています。その気になればレダム人なら誰でも読むことができるんです。もっともたいていの場合、本を読むよりも、セレブロスタイルの装置に身を横たえて新しい情報ブロックを作る方を好みますが」

「そのブロックだけど――本一冊をまるごと含めることができるのか？」

フィロスは両手の親指の爪を揃えて掲げて見せた。「大体これくらいのスペースにね……私たちは、紙を作り、本を製造する方法を知っています。必要ならば書物を作るでしょう。ただ、理解しておいていただきたいのは、私たちは便利さの奴隷にはなっていないということです」

「それはいいことだ」とチャーリーは言って、過去の世界の、あまりにも多くの「悪いこと」について思いを巡らせた。ある会社では本社ビルのエレベーター操縦手たちがストライキをしただけで、産業全体が機能不全に陥ってしまったこと。停電の時の、都会のアパートの住人の窮状——水も冷蔵庫も灯りもラジオもテレビもなく、調理も洗濯も息抜きもできなかったこと。だが……「それは認めるとしても」とチャーリーは考えながら言った。「一つだけ気に入らない点がある。もしそういうことが可能なら、情報ブロックを使って、信念や忠誠心を体系的に植え付けることだってできるんじゃないか。そうすれば、人を隷属状態に陥れて、サックレース（両脚を袋に入れてジャンプで進む競技）で飛び跳ねているみたいな真似をさせることだってできるだろう」

「いや、それは不可能です」フィロスは力強く言い切った。「もし可能だとしても、やりません。監禁や命令によって、あるいは裏切りや嘘によって、人は愛したり愛されたりはできないのです」

「そうなのか？」とチャーリー。

「精神の働きが、それぞれ脳内のどの場所で起こるのか、現在でははっきりと特定されています。セレブロスタイルは情報を伝える装置です。誤った教えを精神に植え付けようと思うなら、記憶と五感を全て遮断しなければなりません。なぜなら、セレブロスタイルが注入する情報は、その人がすでに知っている情報や経験によって、たえず検証に晒されるからです。他の事実と整合性を欠くことを教えることはできません。たとえ私たちがそんなこと試みるとしてもね」

「情報を隠したりもしないわけか？」

フィロスはくっくっと笑った。「おや、あら探しを始めるつもりですね」

「まあね」とチャーリー。「で、情報を隠したりはしない？」

フィロスの笑いはぴたりと止まった。彼はしごく真面目に答えた。「もちろん隠しますよ。子どもに硝酸を燃やす方法を教えたりはしません。レダム人に向かって、落石事故に遭ったパートナーが何を叫んだのかなんてことを伝えたりしません」

「そうか」二人は黙ったまま歩き続けた。……レダム人とそのパートナー……。「すると、君たちも結婚するんだね？」

「ええ、もちろん。恋人同士になるのは幸せなことです。ですが、結婚は……そこには、全く別次元の幸福があります。結婚は、私たちの間では厳粛なことです。私たちは結婚を、非常に真剣に考えています。グロシッドとネイシヴをご覧になったでしょう？」

チャーリーの頭に閃くものがあった。「二人は同じ服を着ていた」

「彼らは全てのことを同じようにやります。たとえ同じようにできない場合でも、協力して行ないます。そう、彼らは結婚しているのです」

「君は……つまり、レダムの人々は……えーと……」

フィロスはチャーリーの肩に手を置いた。「あなたがセックスの問題に取り憑かれているのは分かっています」とフィロスは言った。「どうぞ遠慮なく訊いて下さい。気の置けない仲間と一緒にいると思って」

「ぼくはそんなものに取り憑かれていない！」

二人は歩き続けた。チャーリーはむっつりしている。フィロスは、突然そっとハミングしはじめた。遠くの野原から流れてきた、子どもたちが歌っているメロディに合わせているのだ。それを聞いているうちに、チャーリーの不機嫌はたちどころに消えてしまった。結局、比較の問題だということが分かったのだ。確かにレダム人は、性的な事柄に対して、彼よりもこだわりが少ない。それはチャーリーが、例えばヴィクトリア朝時代の主婦に較べれば性的なことに取り憑かれていないのと同じことだ。何しろヴィクトリア朝時代のご婦人方は、ピアノの脚を覆い隠し、本棚で男性作家の本を女性作家の本と並べないように気を配っていたのだ（ただし著者同士がたまたま夫婦だった場合は別）。

そして、チャーリーはまた、自分が気の置けない仲間と一緒にいるのだというフィロスの言葉も受け入れる気持ちになっていた。

できるだけ打ち解けたふうに、訊ねてみた。「子どもはどうなんだい？」

「子どもはどう、っていうのは？」

「ええと、もし——生まれて、それで、その——親が結婚していなかったら？」

「たいていの子どもはそういうふうにして生まれますよ」

「別に違いはない？」

「子どもにとってはね。親にとっても特に問題はありません。少なくとも、他人は何とも思いませんよ」

「それじゃ、結婚する意味は何なんだ？」

「結婚の意味はね、チャーリー、全体は部分の総和よりも大きいということですよ」

「はあ」

「性の表現の最良の形は、両者がともにオルガスムに達することでしょう、違いますか？」

「確かに」チャーリーは努めて医学的な冷静さで返答した。

「そして、出産は、愛の最高の表現ですよね？」

「ええっと、うん、そのとおり」

「ということは、レダム人と彼のパートナーが共に妊娠して、それぞれが双子を産んだとしたら、それこそ本当に素晴らしい経験ではありませんか？」

「ま、まあね」すっかり圧倒されて、チャーリーは弱々しい声で言った。フィロスの言葉の塊が、頭の中でどんどん膨らんでいこうとする。それにさんざん膝蹴りをくらわせて小さくし、やっとのことで精神の裏側にしまい込んだ。彼は訊ねた。「他の種類のセックスは？」

「他の種類？」フィロスは眉をひそめた。頭の中にあるカードファイルを検索しているようだ。

「ああ、あなたが言っているのは、通常の、表現としてのセックスのことですね？」

「たぶんそのことだ」

「そうですね、そうしたことはある、それだけのことです。この世界では、愛の表現になりうることなら、どんなことだって起こります。セックスもそうだし、屋根を葺くのを助けるのだってそうだし、歌を歌うのだって」チャーリーの顔を見ながら、フィロスは脳内のカードファイルを再検索して、納得したようにこう続けた。「ああ、あなたが困惑しているわけが分かりました。以前あなたがいた世界では、ある種の性行動や性表現は、悪事と見なされるんでしたね。眉をひそめられ、時には罰せられることさえある。そうでしょう？」

「おそらく」

「だとすると、あなたの質問に対する答えはこうです。この世界では、性に関して汚名を被ることは何ひとつありません。どんな形であれ、規制はされていないのです。それは相互の愛情の表現としてしか起こりえないし、もし相互の愛情がなければ、そもそも起こらないのですから」

「若者については どうなんだ？」

「つまり、その……子どもたちだよ。分かるだろう？　背伸びして実験をしてみたりとか、まあそういったこと」

フィロスはいつものように気持ちのいい笑い方をした。「質問。いつ彼らはそれをしてもいいくらい大人になるのでしょうか？　答え。彼らがそれをしてもいいくらい大人になった時です。冗談はさておき、実験も何も、挨拶の口づけと同じようにあちこちで見られる行為を、どうしてわざわざ実験しようなんて思います？」

チャーリーは息を呑んだ。この発言は、頭の中のどこにしまい込むにも大きすぎる塊だった。打ちのめされたような口調で、彼は訊ねた。「でも――望まれない子どもの問題は？」

フィロスはぴたりと足を止め、振り返り、チャーリーのことを見つめた。フィロスの顔は、コミカルと言っていいような一連の変化を示した。ショック、驚き、不信、疑問（冗談を言っているんでしょう？　それとも本気でそんなことを？）。意外なことに最後には済まなそうな表情を浮かべた。「申し訳ない、チャーリー。あなたが私を驚かすことなんてできないだろうと思っていましたよ。しかし、今のはショックでした。ホモ・サピエンスのことはたくさん調査をして、免疫ができていると思っていたんですが、まさかこのレダムのまん真ん中で、望まれない子どもなんて概念について考えなくてはならないなんて。全く予想もしていませんでした」

「申し訳ない、フィロス。ショックを与えるつもりなんてなかったんだけど」

「申し訳ないのはこちらですよ。私は自分がショックを受けたことに驚いています。そして、それを顔に出してしまったことを申し訳なく思います」

果樹園の向こうから、グロシッドが彼らのことを呼んでいた。フィロスはチャーリーに訊ねた。

「喉が渇きませんか？」そして二人は進路を変え、白いコテージに向かって歩き始めた。お互い相手にだけ向けていた関心を、しばらくのあいだよそに向けるのはいいことだ。それに、もう一度庭に出て、あのテラコッタの像を見ることができるのも。

☆

物狂おしい暗闇のなか、ハーブは、娘を見下ろしてつっ立っている。ベッドを抜け出してここに来た。以前の経験から、精神が取り乱し、混乱し、傷つき迷った時に来るといい場所だということが分かっていた。月の光の下で、身をかがめ、息を殺して、眠っている子どもの閉じた瞼《まぶた》を見つめていると、凶暴な感覚や不安な気持ちを抱き続けるのは難しくなる。

苦しみは三日前から始まった。隣人のスミスが、不機嫌にまかせて何の気なしに壁越しに投げてよこした一言のせいだ。その言葉を耳にした時には、まるでそれが悪臭を放っているように思えたものだ。ハーブはお返しに政治のことを少し喋り、会話はさしたる結論もないままおしまいになった。だがそれ以来、スミスの言葉は彼に付きまとってきた。まるで、成長し続ける腫瘍に苦しんでいたスミティが、それを彼の――ハーブの肉体に押しつけることに成功したようだった。

それは今ハーブとともにあり、取り除くことができない。

人間は女の一番汚い部分から生まれてきた。

ハーブはこの言葉を、スミスとは――トラブルや特殊な事情を抱えた一人の男とは切り離して受け取った。スミスの事情なんてハーブには関係ない。ハーブ・レイルを苦しめているのは、遥かに大きな問題である。彼は考える。人類にはどんな性質があるのだろう？ 樹上生活から地上に降り立って以来、さまざまに変化し、いろいろなことを成し遂げてきた挙げ句、たった一人の男にではあるが、こんな汚らわしい発言をさせてしまうなんて？

それとも、これは単なる下品なジョーク以上のものなのか？ 真理を……少なくとも真理に近い何かを言い当てているのだろうか？

それは、逃れがたく染みついた「原罪」という考えによって表現されているものなのだろうか。多くの男性が女性を見下す原因になっている、女性嫌悪というやつなのだろうか。世のドン・ファンたちやロウサリオウたちが女を漁るのは、往々にして彼らが、どれだけ多くの女性を罰することができるのか試そうとしているにすぎないのだ、などという指摘に真実味を与えているものなのだろうか。フロイト説に忠実な子どもらしく、母親に固着する一時期のあと、今度は逆に自分の母親を憎み始めるという、男の子の現実への開眼なのだろうか。

男たちは、いつ女性らしさを軽蔑の対象にし始めたのだろう。いつ、生理は穢れたものだと定められたのか。今日に至るまで教会では、「女性の祝別」という出産後の浄化の儀式が、昔と変わらず執り行なわれている。

こんなふうに考えるのも、自分がそうは感じていないからだ、とハーブは心の中で断言する。ぼくがジャネットを愛しているのは、彼女が女性だからだ。ぼくは彼女を何よりも愛している。満ち足りた様子でカレンは寝息を立てている。怒りと恐怖と憤激が心から消えていき、彼はカレンに微笑み、彼女を心から愛おしむ。

ハーブは考える。今まで、父性愛について書いた者は誰一人いない。母性愛というのは、神の手か何かが魔法のように顕現したものか、さもなくばある種の内分泌腺の働きだと考えられている。どちらを採るかは、話し手次第。だが父性愛となると……ひどく滑稽な代物だ。父性愛。普段は穏やかで洗練されている男性が、「うちの子に誰かが何かをした」というだけで狂ったように暴れるのを見たことがあった。ハーブはまた、自分の経験から、子どもを持ってしばらくすると父性愛なるものは拡張していくのだと知っている。つまり、他の全ての子どもたちに対して、多少なりとも同じように愛情を抱くようになっていくのだ。だがこれは何に由来するのだろう？　子どもは、女親とは違い、男親の腹の中にいたこともないし、しがみついて乳を飲んだこともない。母性愛なら分かる、理に適っている。赤ん坊は、母親の肉体に鼻のように寄生し、しがみついて育っていくのだから。だが、父親は？　自分を父親にした、特定の二、三秒間の痙攣のことを思い出すのは、よほど特殊な場合だけだろう。

世の中が下司野郎ばかりなのは、人間が男の一番汚い部分から生まれてきたせいなのだと、どうしてこれまで誰も考えなかったのだろう？　そう、誰もそんなことを考えはしなかった。決して。なぜなら、男性のほうが優れているということになっているからだ。男性《マン》は――いや、人類《マンカインド》は（女性もこの手を学んできたのだから！）優越感を抱きたいという切実な欲求を抱えている。本当に優れたごく少数の人々は、こうした欲求に煩わされることがない。だが、世の中を動かしている大部分の凡庸な人々にとっては深刻な問題なのだ。何の取りえもない人間が自分が優れていると証明する唯一の方法は、他の誰かを劣った存在とみなすことだ。この強烈な欲求が人類を駆り立てて、遥か有史以前から、人に隣人を支配させ、国家に他の国家を隷属させ、民族に他の民族を征服させてきたのだ。だがこれは、男性が女性に対してずっとやってきたことでもある。

男たちがまず女を劣った存在と見なし、そこから他の存在――他の民族、他の宗教、他の国籍、他の職業――に対して優越感を覚える方法を学んだというのは本当なのだろうか？

それとも逆に、男性は、他者に優越し支配しようとしたのと同じ理由から、女性を劣等者の地位に貶めたのだろうか。どちらが原因で、どちらが結果なのか？

それとも、これはたんなる自衛本能の問題なのか。女性のほうは、たとえチャンスが与えられても、男性を支配しないのか？

彼女たちが今まさにやろうとしているのは、そういうことなのではないか？

あるいは彼女たちは、すでにそれを達成しているのではないか。ここ、ベゴニア通りで。月明かりの下、ハーブはカレンの手を見下ろした。最初に娘の手を見たのは、彼女が生後一時間のときだった。何よりも、指の爪が完全な形をしているのに驚いたものだ。小さいのに、こんなに小さいのに、完全な形をしている！　この小さな手が手綱を引くようになるのかい、カレン？　糸で操るようになるのかい、カレン？　本心では世界はおまえのことを軽蔑している、そんな世界に生まれてきたのかい、カレン？

ハーブの心の中に父性愛が満ち溢れる。そしてじっとしたまま、自分が戦士のように立ちはだかり、世の中の下司野郎どもから我が子を守っている姿をしばらくぼんやり想像する。

★

「ネイシヴ……」

喜びに顔を輝かせながらテラコッタの像の前に立っていたレダム人は、チャーリーに微笑みを向けた。「何だい？」

「一つ質問してもいいかい？」

「何でもどうぞ」

「ここだけの話にしてほしい。駄目かな？」

「かまわないよ」

「それから、もし礼儀にはずれるようなことを訊いても悪く取らないでほしい。ぼくはこの世界の勝手が分からないのだから」

「分かった」

「フィロスのことなんだ」

「ほう」

「どうしてみんなフィロスにはつらく当たるんだ？　いや、そうじゃないな」チャーリーは素早く訂正した。「言い過ぎた。つまり、誰もが彼に、何というか……含むところがあるように思えるんだ。彼の全てというわけじゃなく、彼にまつわる何かに対して」

「ああ」とネイシヴ。「それはそんなに重要なことじゃないよ」

「話してくれないわけか」ぎこちない沈黙が続いた。ややあって、チャーリーは口をひらいた。「ぼくはレダムについて学べること全てを学ぶように期待されているんじゃないのか。都合の悪いことからでも、ぼくが何らかの洞察を得られるとは思わないか？　それとも、君たちは、こんなふうに好ましい部分だけ見せて」――彼は親子の像を顎で指した――「それで判断を下してほしいと思っているのか？」

　フィロスで経験済みだったが、チャーリーは再び、レダム人が完全に警戒心を解くさまを目の当たりにした。真実というものは、彼らに対して圧倒的な影響力を持っているのだ。

「君の言うことは至極もっともだ、チャーリー・ジョンズ。私は躊躇すべきじゃなかった。だがフィロスのために、今度は私の方からこの件を口外しないようお願いしなくてはならない。結局のところこれはフィロスの問題で、私にも君にも関わりがないのだから」

「ぼくが知っているなんて、彼には絶対言わないよ」

「それなら結構。フィロスは、私たち他のレダム人とは少し違っているんだ。例えば、彼には自分のことを隠したがるところがある。もちろん、それにはちゃんと意味がある。彼は、他のレダム人が知らないほうがいいような多くの事柄に近づくことができる立場にいるからね。だが、どうも彼は……好んで秘密主義をとっているふしがある。普通のレダム人は、たとえそれが義務だとしても、秘密を持つことを重荷に感じるものなんだ」

「でも、それだけじゃ充分な理由には……」

「そう、彼が居心地の悪い印象を与える一番の原因はそれではない。もう一つ問題がある。おそらく秘密主義と同じところから来ているのだが……フィロスは結婚しようとしないんだ」

「すると、ここじゃ絶対結婚しなくちゃならないのか？」

「いや、そうじゃない」ネイシヴは唇を舐めて眉をひそめた。「問題は、フィロスがまだ結婚しているかのように振る舞っていることだ」

「まだ？」

「彼はフローレと結婚していた。二人には子どもが生まれる予定だった。ある日、彼らは空の果て（チャーリーはこの奇妙な言葉がどこを指すのか理解した）まで散歩に出かけた。そこで事故が起きた。岩の崩落だ。二人は数日間生き埋めになった。フローレは死に、フィロスはまだ生まれぬ子どもたちを失った」

チャーリーは、フィロスが「落石事故に遭った時の叫び声」を比喩として持ち出していたことを思い出した。

「フィロスは悲嘆に暮れた。……気持ちはよく分かる。私たちの愛はとても大きい。そして、さまざまなやり方で愛を示す。パートナーへの愛は深いものだから、彼の悲しみは充分に理解できる。しかしレダム人にとっては、死者ではなく生あるものを愛するということが、愛それ自体と同じくらい重要なんだ。自由に愛することを拒み、死者への愛に忠義だてする人がいると、私たちは……そう、居心地悪く感じてしまう。彼のふるまいは……病気のようなものだ」

「いずれは克服するだろう」

「もう何年も前のことなんだ」ネイシヴはそう言って頭を振った。

「でも、それが病気なんだとしたら、君たちなら治療できるのでは？」

「フィロスが同意してくれれば、もちろん可能だよ。ただ、彼の奇癖は、せいぜい一部の人々にちょっとした不快感を与える程度のものだ。だからフィロスが望むのなら、そんなふうに振る舞い続けるのは彼の自由だ」

「それで、ミールウィスが言ったジョークが理解できたよ」

「どんな？」

「『フィロスみたいなのはたった一人』だと言っていた。彼は明らかにジョークとしてそう言ったんだ」

「ミールウィスにはふさわしくない振る舞いだな」ネイシヴは厳しい表情で言った。

「ともあれ、このことはここだけの話に」

「もちろん……さて、これで私たちのことを、よりよく理解できそうかな？」

「今はまだ」とチャーリーは言った。「でも、分かりそうな気がしてきた」

二人は笑顔を交わした。それから屋内に戻って、他の人々の仲間に加わった。フィロスはグロシッドと何か話し込んでいた。自分のことが話題になっている、とチャーリーは確信した。それを裏付けるように、グロシッドは言った。「フィロスが言うには、私たちに対する判断を下す準備がほぼできているとか」

「そうは言っていないよ」フィロスは笑った。「ただ、私が教えられることはほぼ全て教えたというだけです。そこから結論を引き出すまでにどれくらいの時間がかかるかは、あなた次第だ」

「できるだけ時間がかかるように願っているよ」とグロシッドは言った。「分かっていると思うけれど、君はこの世界で歓迎されているからね。ネイシヴは君のことが大好きなんだ」

チャーリーの時代には、この手のことは当人の前では口にしないものだったが、ここでは違うらしい。チャーリーがさっとネイシヴのほうを見ると、彼は頷いていた。「ああ、好きだよ」ネイシヴは心を込めてそう言った。

「ありがとう」チャーリーは言った。「ぼくもここが好きだ」

☆

「スミスの豚野郎」

物思いに耽っていたハーブ・レイルは、ティリーを訪ねたあと裏口から帰ってきたジャネットの言葉に愕然とする。最近スミスについて考えたことは、ジャネットにも他の人間にも一言も漏らしていなかった——心の重荷を下ろす必要は感じていたのだが。ハーブは自分の葛藤を受けとめてくれる人がいないものかと検討していた。婦人政治運動家の集会のあと、いつまでも居残っている女の子の一人とか、ブッククラブに集っている面々のうちの何人かとか、さもなくばPTAとか。もっとも上の子がまだ五歳なので、教育委員会に対してと同様、まれにしかPTAと関わりを持ったことがない。だが彼は怯えている。豚野郎だろうと何だろうと、スミスの助言は正しい。新しい顧客——これこそ真面目な問題だ。それ以外のことはどうでも《キックス》いい。

いくら考えても何の楽しみ《キックス》も得られない。彼にとっては大きすぎる問題で、まだはっきりとした輪郭さえ摑めていない。ジャネットの科白が、彼の考えていたこととシンクロしたのには驚いたけれど、ではスミスを豚野郎だと思っているのかというと、それさえ確信が持てない。人間の中に豚が混じっていればそれは豚だが、とハーブは考える。豚の中に豚が混じっていれば、それは人間なのではないだろうか。

「スミスが何をしたんだ？」

「行ってみるといいわ。彼は喜んであれを見せてくれるでしょうよ。ティリーは怒り狂ってる」

「ハニー、いったい何のことを言っているのか、分からないんだけど」

「あらごめんなさい、ハニー。看板みたいなものよ。娯楽室に飾ってある記念のプレートなんだけど」

「酒瓶に貼ってある、トイレの標識に似たラベルのようなもの？」

「もっと悪い。見れば分かるわよ」

★

「さ、次は何だい、フィロス」

「厳しい目で、己を見つめ直してもらいましょう」とフィロスは言った。そしてくるりと振り向いて、温かい笑顔で言葉の刺を和らげた。「己、といってもあなた個人ではなく、人類全体の意味で言ったんですよ。あなただって何もないところでレダムに対する評価を下したくはないでしょう。比較の対象に、他の文化を持ってくるほうがずっとやりやすいはずです」

「そういうことなら今のぼくでも可能だと思うよ。だいいち……」だがフィロスはチャーリーの言葉をさえぎった。

「可能ですか？」彼は言った。その口調には、チャーリーを黙らせる何かがあった。

彼らは、児童施設《チルドレンズ・ワン》から科学施設《サイエンス・ワン》に向かう道のりの、最後の一キロを歩いていた。やや機嫌を損ねて、チャーリーは言った。「自分たち人類のことなら、比較の材料にできる程度には分かっているつもり……」

「あのね、君がそんなふうに思っているんなら」チャーリーは熱くなって言った。「とっとと話を先に進めてくれ」

フィロスは再び、からかうようにさえぎった。「本当に？」

「先に進めて、どうするんです？」

「ぼくの誤解を正せばいい」

「そうしますよ」フィロスは言った。気分を害しているようでもなかったし、不思議なことに、チャーリーの気分を害するような口ぶりでもなかった。「そのために、セレブロスタイルを使います。速いし、簡単だし、遥かに詳しい情報が得られるし、それに」そこでにやりと笑った。「議論をしかけられたり、話をさえぎられたりしないで済む」

「ぼくは話をさえぎったり議論をふっかけたりしない」

「いや、しますよ。せずにはいられないはずです。人類の歴史上、セックスというテーマほど客観的な研究に馴染まないものは、他にありません。セックスについての言及が一つもないまま、歴史や歴史を動かした原因について、数え切れないほどの書物が書かれてきました。あらゆる時代の学生たち、何世代にもわたる学生たちが、それらの書物を熟読し、そこに書かれていることが真実の全てだと考えてきました。そのうちの何人かは長じて教師となり、同じことを同じやり方で教えました――個人のレベルでの性的な動機づけの重要性が明らかにされ、さらには人々が日常生活で、周囲の出来事を性的な動機づけから解釈するようになり、頭の中も会話も性的な連想に溢れているにもかかわらず。大部分の人々にとって、なぜか歴史だけは、見知らぬ人々が演じる一連のエピソードなのです。奇妙なことに、過去の人々の行動が、当時の性習慣と切り離されたまま、何らかの欲望を満たすものだったことにされています。本当は、彼らの行動の結果も原因も、全て性習慣なのに。歴史を生み出すのも、真実を見ようとしない歴史家を生み出したのも、性習慣なのです……歴史家の死角もまた、同じ性習慣の産物なのでしょう。ですが、こうしたことは、あなたがレッスンを受ける前ではなく、後で言うべきですね」

「どうやら」とチャーリーはやや硬い口調で言った。「さっさと始めるほうがいいようだね」

彼らは科学施設《サイエンス・ワン》の周囲を回り、地下鉄を通って医療施設《メディカル・ワン》に向かった。今ではすっかりお馴染みになった水平の地下通路をくぐり眩暈《めまい》がするような上昇を繰り返して、フィロスはチャーリーを導いていった。途中、二人は鉄道の待合室のような大きなホールを通り抜けた。そこにはレダム人の和音のハミングと、柔らかい甘い声が満ち溢れていた。チャーリーにとって特に印象深かったのは、二人の全く同じ服装をしたレダム人が、それぞれの膝の上に眠った子どもを載せ、それぞれにあやしている光景だった……「あの人たちは何を待っているんだい？」

「お話ししたと思いますけどね。二十八日に一度、誰もが健康診断を受けに来るんですよ」

「どうして？」

「どうしてって？　お気づきでしょうが、レダムは規模が小さい。人口もまだ八百人を超えていません。そして、全員が徒歩で二時間以内のところに住んでいます。ここにはあらゆる設備がありますす。ですから……当然でしょう？」

「健康診断は、どのくらい徹底したものなんだい？」

「それはもう徹底的に」

建物の最上階近くまで来ると、フィロスは立ち止まった。目の前の壁に模様がある。「ここに掌を当ててみて」

チャーリーは言われたとおりにした。何も起こらなかった。フィロスが手を触れると、それは開いた。「私だけの仕掛けです」とフィロスは言った。「レダムにあるものの中で、鍵に一番近いのがこれだ」

「でも、なんで鍵なんか？」児童施設《チルドレンズ・ワン》一帯をはじめ、この世界では鍵が存在しないことにチャーリーは気がついていた。

フィロスはチャーリーを招き入れると、ドアがぱちんと閉じた。「レダムには、タブーというものがほとんどありません」と彼は言った。「数少ない禁止事項のうちのひとつが、強い伝染性のある物質を手の届くところに放置することです」フィロスの話が半ば冗談なのはチャーリーにも分かった。けれども、そこには真剣さが込められていた。「とはいえ実際のところ」とフィロスは続けた。「ここにあるものに関心を示すレダム人はほとんどいないでしょう」彼が手で無造作に指し示したのは、床から天井まである本棚が五、六連と、透明なキューブが積まれた作りつけの棚だった。

「レダム人は、断固として未来の方に興味を集中させています。だからここにあるものには、どれももう意味がありません。それでも……『人間よ、汝自身を知れ』……ある種の人々は、自分たちのことをあまり詳しく知るせいで、非常に不幸になるのかもしれませんね」

フィロスはキューブの積んである棚に近づき、インデックスを参照して、一つのキューブを手に取った。紫色で小さな数字の並んだ線が入っていた。彼はそれをインデックスと対照させて確認した。次に、低いソファのところに行き、魔法のように現れた壁の窪みから、小さな装置を取り出した。ボウルのような形をしたヘルメットに、それを支えるアームが付いている。「これがセレブロスタイルです」と彼は言い、チャーリーがヘルメットの中を覗けるようにひっくり返した。そこには十数個のゴム状の突起があるだけだった。「電極もなければ探針もありません。怪我の心配はありませんよ」

フィロスはヘルメットの頭頂近くを開いてさっきのキューブを入れ、蓋をしてしっかり閉めた。それから寝椅子に横たわり、ヘルメットを引き寄せて頭にかぶった。機械は少しだけ前後に揺れた。まるで安定する場所を探し、方向を定めているようだった。

機械の動きが止まると、フィロスは身体の力を抜いた。彼はチャーリーを見上げて微笑んだ。「では二、三秒失礼しますよ」彼は目を閉じ、ヘルメットの端についたスイッチを押した。スイッチは引っ込んだままの状態になった。フィロスの手がだらりと垂れた。

深い沈黙が流れた。

カチッと音がして、スイッチがもとに戻った。同時にフィロスの目がぱっちり開く。彼はヘルメットを脱ぐと起きあがった。疲労の跡は全く見られなかった。「ね、そんなにかからなかったでしょう？」

「何をしたんだ？」

フィロスは、今しがたキューブを挿入した小さな口を指さした。「これは、ホモ・サピエンスのある側面について私が執筆している短い論文です」と彼は言った。「これには多少の……編集が必要でした。この中には、あなたが知りたくないというある種の事実が含まれていましたから、そこを削除しなければなりませんでした。それに文体も、教科書のように没個性的なものではなく、あなたに宛てた手紙のようなものに変えたかった」

「つまり、ここに入っている記録は変更できるわけか」

「多少の経験と、それなりの集中力は必要ですが……そのとおりです。さて、先に進みましょうか」チャーリーがヘルメットを見て躊躇《ためら》っているので、フィロスは笑った。「さあ、やりましょう。害を与えるようなものではないし、これがすめば、あなたはそれだけ故郷《ホーム》に近づける」

それなら勇気を持ってやるまでだ。チャーリーは横たわった。フィロスはヘルメットをチャーリーの上に移動させて、頭にかぶりやすいようにしてくれた。先の丸い小さな突起がチャーリーの頭蓋の内部に触れ、固定されるのが感じられた。ヘルメットが動き、そして静止した。フィロスはチャーリーの手をスイッチのところに誘導した。「準備ができたら自分でこれを押して。あなたが押すまでは何も起こりません」そう言って、フィロスは一歩後ろに下がった。「さ、力を抜いて」

チャーリーはフィロスを見上げた。奇妙に暗い瞳の中には、悪意や狡猾さはなかった。ただ、温かい励ましだけがあった。
スイッチを押した。

☆

ハーブは裏庭を横切りながら思案にくれている。ジャネットをあんなに怒らせたプレートだか何だかを、彼女が腹を立てていたと告げずにスミティに見せてもらうには、どう切り出せばいいのだろう。

スミティはマリゴールドの花壇を掘り返している。ハーブを見ると、立ち上がって膝をはたき、ハーブの悩みをあっさり解決してしまう。

「やあ、家に来いよ。見せたいものがあるんだ。きっと君なら面白がるぜ」

ハーブは低い塀を飛び越え、スミスに続いて家の中に入り、地下への階段を降りていく。スミスは立派な娯楽室を持っている。ヒーターはハイファイのステレオセットのようだし、ステレオセットは電気ヒーターのようだ。乾燥機つきの洗濯機はテレビのよう、テレビはコーヒーテーブルのよう、バーカウンターだけはバーカウンターらしく、全体が節の多い松材で作られている。

それは、きちんと額に入れられ、ガラス板を嵌められて、バーの後方、正面真ん中に飾られていた。ゴシック体だか黒字だかで書かれているため、読むのに時間がかかり、そのぶんおかしみが増す。文書の末尾に小さな文字で書かれた曖昧な断り書きによれば、「さる中世の哲学者」の著作から引用したという一節である。

善き女といふものは（さる古代の哲学者が記してゐる通り）袋の中なる五百匹の蛇の間にゐる一匹の鰻のやうなものなり。たとひ男が蛇の群れからその一匹の鰻を摑み取る幸運に与ったとしても、せいぜいヌルヌル鰻の尻尾を手にしたといふに過ぎぬ。

ハーブはジャネットの怒りに同調するつもりでいたのだが、このプレートは彼を驚かせ、彼の心をとらえてしまう。爆笑するハーブの横で、スミティーも低く笑い声を漏らす。ハーブは、ティリーがこれを喜んだかどうか訊ねる。
「女ってのは」スミティはもったいぶって言う。「冗談が通じないからね」

★

フィロスの言ったとおり、それは手紙に似ていた。ただし、それを〝読む〟行為は、今まで目覚めているときに経験したどんなこととも異なるものだった。スイッチを押し、カチッという音がすると、計測不可能な時間が流れ始めた。目覚ましのベルが鳴ったのが五秒前なのか五分前なのか五時間前なのか無意識に教えてくれるはずの体内時計が、一瞬にして止まって――というより中断してしまった。長時間だったはずがない。なぜなら、普通の意味では意識が途切れるということはなかったし、スイッチが再びカチッと鳴った時、フィロスは同じように彼を見下ろし、微笑んでいたのだから。だがその瞬間、彼はまさしく、友人から届いた長く興味深い手紙を読み終え、机の上に戻したばかりのような気分になっていた。

　チャーリーは、驚きのあまり英語で口走った。「なんてことだ！」

チャーリー・ジョンズ（と〝手紙〟は始まっていた）、君はこの問題では客観的になれないだろう。だが、努力してみてほしい。お願いだ。

　客観的になれないのは、生まれてすぐ赤ちゃん用の青い服を着せられて以来、君がこの件に関して、ドグマを植え付けられ、説教され、浸され、染められ、教え込まれ、監視されてきたからだ。男性の男性らしさ、女性の女性らしさ、そして両者の相違の重要性――それらが関心のほとんど全てを占めているような時代・場所から、君はやってきた。

　そこで、まず一つの定義から始めよう――君が望むのなら、これを単なる作業仮説だと思ってくれても構わない。だが本当のところ、これは真実なのだ。そして、最後までたどりついた時、これが君の理性による検証をパスすれば、君も真実だと認めることだろう。もし認められないとしたら、それは君のせいではなく、今まで与えられてきた教育が間違っているためだ。

　さて、その定義はこうだ――男性と女性の間には、差異よりも多くの基本的な類似がある。

解剖学の教科書を隅から隅まで読んでほしい。男性でも女性でも、肺は肺、腎臓は腎臓だ。なるほど統計的には、女性の骨格の方がより軽く、頭部もより小さい、等のことはあるだろう。だが、何千年かをかけて、人類がそのような違いを育ててきたと考えるのも不可能ではあるまい。いや、何もそうした事態を想定する必要はない。個体間の偏差は大きいのだ。「正常」と呼ばれる範囲内で、多くの男性より大きく、強く、たくましい女性の例は数多く見られるし、多くの女性よりも小さく、細く、軽い男性の例もたくさんある。多くの男性は、多くの女性よりも大きく開いた骨盤を持っていた。

第二次性徴について言えば、主要な違いはどれも統計的に多数を占めるというだけのことだ。多くの男性より体毛の濃い女性も多い。多くの女性より声の高い男性も多い……改めて君の客観性に訴えよう。統計的に多数を占めるものが正常だという考え方を一時棚上げにしてほしい。そして、「正常」というもっともらしいフィクションの外部に存在する、膨大な実例をつぶさに検討してもらいたい。では、先へ進もう。

生殖器官そのものでさえ、発生におけるさまざまな変異——通例に倣って、まず病例を検討してみれば——陰茎萎縮、陰核肥大、陰唇分離などの、無数の事例を生み出してきた。これらは、客観的に見れば、正常な範囲からの、理解可能な、些細な逸脱でしかない。だから最初は男性あるいは女性として形成された身体に、ほぼ同じ形の尿生殖三角を作り出すことができる。こうした状況こそ正常だとか、正常と見なすべきだというつもりはない——少なくとも、胎児が四ヶ月を過ぎてからは。というのも、それ以前の胎児では、こうした未分化状態が正常であるだけでなく、普遍的なものだからだ。ただ、こうした事態が、有史以前から、自然界にあっては無理なく存在していたことだったという点だけははっきりさせておきたい。

内分泌学は多くの興味深い事実を教えてくれる。男性も女性も、同じように男性ホルモンと女性ホルモンを分泌している。そして、どちらがより多く分泌されているかというのは、実は微妙な問題なのだ。だから、もしこのデリケートなバランスを狂わせてしまえば、驚くほど大きな変化がもたらされることだってある。数ヶ月もあれば、髭が生えた胸のない女性や、退化した痕跡としての乳首（これも私の主張を裏付けるものだが）ではなく、お乳を出せる乳首を持った男性を作り出すことだって可能だ。

いま挙げたのは、純粋に説明のための極端な事例にすぎない。これまでに数多くの女性スポーツ選手がいた。力、スピード、技術において、大部分の男性を遥かにしのいでいるが、彼女たちは「本物」の女性と呼べるはずだ。同様に、例えば伝統的には女性の得意分野とされている服飾のデザインを、大部分の女性よりも遥かに巧みにこなせる男性も多く存在してきたが、彼らも「本物」の男性と呼べるだろう。このように、広く「文化的な性差」と定義できる分野においては、性による区分の曖昧さはますますはっきりしてくる。何冊かの書物から引用してみよう。

女性は長い髪を持っている。シク教の人々も髪を伸ばしているが、一説によれば史上最強の戦士を生み出す部族だという。また、十八世紀の騎士たちも髪を伸ばしていた。それればかりか、刺繍をした上着を身に纏い、首や手首はレースで飾っていた。女性はスカートを穿いている。スコットランドの軍人、古代ギリシャの精鋭歩兵部隊、中国人、ポリネシア人もスカートを穿いているが、彼らを「女々しい」などとはとても言えないだろう。

人間の歴史を客観的にたどってみれば、こうした例は天文学的数字に上ることだろう。土地によって、そしてどんな土地であれ時代によって、いわゆる男性と女性の「領分」は、潮の入り込んでくる川の河口における塩分のように、混じり合い、分離し、消えて、再び集まってくる……第一次世界大戦の前までは、紙巻き煙草や腕時計は女性の持ち物だと何の疑問もなしに考えられていたが、二十年後には、どちらも男性によってごく当たり前に使われるようになっていた。ヨーロッパ人、とくに中央ヨーロッパの人々は、アメリカの農夫が牛の乳を搾り、鶏に餌をやるのを見て、驚きもし面白がりもした。彼らは、男性がそうした仕事をするのを目にしたことがなかったからだ。

男性・女性の特徴づけがそれ自体では無意味だということは、もはや容易に見て取れるだろう。どちらの性の特徴であれ、時と所が変われば、両方に属することも、反対の性に属することも、どちらにも属さないことだってあるのだ。言い換えれば、スカートを穿いたからと言って、その社会的存在が直ちに女性になるわけではない。スカートおよびスカートを穿くことに対する社会の側の態度が、それを決定するのだ。

にもかかわらず、歴史を通じて、事実上全ての文化と国家で「女性らしさ」「男性らしさ」が存在してきた。そして多くの場合、両者の相違は、異様な――時にはおぞましいほどの極端にまで推し進められてきた。

なぜか？

すぐに思いつくのは、そしてすぐに退けられるのは、次のような説だ。すなわち、狩猟採集を主とする原始社会においては、弱くて動きの鈍い女性は、時に赤ん坊を抱え、しばしば子どもの世話をするために休まねばならないため、足が速くて何の制約も受けない筋肉質の男性に較べ、狩りをしたり戦ったりするのに向いていなかったのだ、と。だがこれら原始の女性たちが、パートナーの男性よりも小さくものろくも弱くもなかったというのは充分考えられることだ。おそらくこの説は、原因と結果を混同している。そしてもし何か他の要因が働いて、男女の分化を強要し、受け入れ、それを助長したりすることがなければ、出産経験のない女性は強い男性とともに狩りに出ただろうし、たまたま動きが遅かったり、弱く生まれついたりした男性は、妊婦や幼児を抱えた女性と一緒に家事を行っただろう。実際、主流にはならなかったが、そうした場合も数多くあった。

差異は存在した——当然のものとされた。だが、それればかりか、差異は利用されたのだ。狩りだとか、ついでに言えば子どもの面倒を見るとかいった問題がなくなっても、その遥か後まで存在し続けた。人類は差異に固執し、それを信条にまでした。もう一度問おう。

なぜか？

この差異を強化し、利用している何かの力が存在するようなのだ。その力は、それだけ取り出してみれば、嘆かわしく、恐ろしくすらあるプレッシャーである。

なぜなら、人間の中には、優越感を抱きたいという深く切実な欲求があるからだ。どんな集団にも、真に優れた人がいくらかはいる……だが、容易に分かることだが、ある集団——文化であれ、クラブであれ、国家であれ、職業であれ——の範囲内で、真に優れた人々はごく少数だ。多くの人々は、明らかに劣っている。

だが、社会の規範を作るのは多数派の意思だ――規範そのものは、個人や少数派の手によってもたらされるのだが、そうした人々は、厄介さゆえにしばしば切り捨てられてしまう。そして、多数派の一部が優越感を抱きたい時には、彼らはその方法を見つけるだろう。この恐るべき衝動は、歴史の中で、さまざまな形をとってきた――奴隷制、民族虐殺、外国人嫌悪、スノビズム、人種偏見、そして性による差別。仲間うちで、特に優れているわけではない一人の男がいるとしよう。彼はこの上ない非道な人間になりうる――もし彼が優越性を持たず、それを身につけたり勝ち取ったりすることも望めない時には、自分よりも弱い何かを見つけて相手を劣等の地位に置くようになるのだから。この許し難い蛮行の対象として一番手頃なのが、彼の妻だというのは、自明の理だろう。

そんなことを、自分の愛する相手に対してはできなかったはずだ。

もし愛していれば、自分とはごくわずかしか異ならない、身近な伴侶を侮蔑することはもちろん、同胞たる他の人間に対してもそんな真似はできなかっただろう。優越感を抱きたいという衝動がなければ、決して戦争を仕掛けたり、迫害したり、優越性を求めて嘘をついたり騙したり殺したり盗んだりはできなかっただろう。優越感を抱きたいという切実な欲求が彼の原動力であり、力のある立場に就けたのは、戦争や殺人のおかげなのだ。だが、もしそうした衝動がなければ、人は自分の環境を克服し、己の性質を見極め、より高いレベルに到達し、その過程で、絶滅するのではなく自分自身のために生命を手に入れることができたかもしれない。

すこぶる奇妙なことだが、人間は常に愛することを求めていた。最後の最後まで、人が音楽や色や数学や何か食べ物を「愛する」という言い方は、ほとんど慣用的に用いられていた。無意識に使われるこうした慣用表現とは別に、どんな愚か者でも性的なニュアンスを嗅ぎつけないような事柄に対して、高尚な愛を語る人々がいた。「かくまで名誉を愛することなかりせば、我は汝のことをかくまで愛すこと能わず」とか、「神はこの世界をとても愛していたので、彼の唯一の息子を地上に送られたのです」とか。性愛ももちろん愛だ。だが、より正確に言うなら、それは愛することなのだ。その点で、正義、慈悲、忍耐、赦し、そして（自分を優位に立たせるためではない場合の）寛容の精神と、それは変わることがない。

そもそもの出発点において、キリスト教は愛の運動だった。このことは新約聖書を少しでも読めばはっきりと書いてある。終末直前まであまり認識されていなかったのは――それは原始キリスト教の知識が徹底して抑圧されたせいなのだが――キリスト教が陶酔の宗教だったということだ。つまり、人々が集ったのは、真に宗教的な体験をするため、後世には「神がかり《テオレプシー》」、つまり「神の抱擁」と呼ばれる体験をするためだったのだ。少なからぬ数の初期キリスト教徒たちが、しばしばこの状態に到った。大部分の者は、稀にしかこの状態を経験しなかったが、それでも繰り返し求め続けた。ひとたびこの法悦を経験すると、彼らは大きく変わり、内面の満足を得た。この強烈な体験があり、それが持続的な効果を持っていたからこそ、初期のキリスト教徒はこの上なく恐ろしい苦境や拷問に耐え、何も恐れず、満足しながら死ぬことができたのだ。

原始キリスト教の儀式――と言うよりも集会というほうが適切か――については、素っ気ない記述がごくわずか残されているだけだ。だが、最良の説明はいずれも、異口同音に次のような情景を描いてみせる――信者たちは、農地や店から、時には宮殿からもこっそり抜け出して、山間の空き地や地下墓地などの邪魔の入らない場所に集っていく。集会で、金持ちと貧乏人が等しく入り混じっていたことが重要だ。そして、男性と女性も。一緒に食事――これこそ真の愛の饗宴だ――をしたあと、歌によって、そしておそらくは舞踏によって、彼らが精霊と呼ぶものを召喚する。すると、一人か二人が精霊に捉えられる。ことによると、霊の降りた彼もしくは彼女は――両性どちらの場合もあったろう――神の教えを説き、神を讃えたかもしれない。そして、その真の陶酔の（つまり、神から与えられた）表現は、「異言」と呼ばれる言語でなされただろう。だが、こうした体験は、もしそれが本物であれば、過剰なものでも熱狂的なものでもなかっただろう。しばしば、多くの人々に順番に霊が降りる時間があった。そして、平和の接吻《キス・オブ・ピース》を交わして、集会は解散し、信者たちは次に集まる時まで、俗世でそれぞれに割り当てられた場所にそっと帰っていく。

もちろん原始キリスト教徒が陶酔型の宗教を発明したわけではない。また、こうした宗教が彼らと共に終わってしまったわけでもない。陶酔型の宗教は、歴史上、何度も何度もさまざまな形で姿を現している。デュオニソス的な狂乱《オージー》の宴の形を取ったことも多い。紀元前千年頃、ローマやギリシャやオリエントに甚大な影響を及ぼした、大地母神キュベレーへの信仰はその一例だ。逆に、純潔に基盤を置いた運動となる場合もある。中世のカタリ派、アダム主義者、自由精霊の兄弟団、ワルドー派（彼らは、ローマ教会の枠の中に原始キリスト教の形を持ち込もうと試みた）、その他、歴史上枚挙にいとまがないほどの例が見られる。そのどれもが、一つの要素を共有している――主体的かつ参加型のエクスタシー経験。そして、ほとんど判で押したように、男女の平等を謳っている。それらはみな、愛の宗教なのだ。

そして例外なく、それらの宗教は残酷な迫害を受けた。

人類の性質の中には、愛することを呪いと見なし、愛が生き延びることを認めまいとする、何か支配的な要素があるようにさえ思える。

なぜか？

根本的な動機を客観的に検討すると（チャーリー、君が客観的になれないことは分かっている。だがここは我慢してくれ）、単純で恐ろしい、その理由が明らかになる。

無意識の中に直接流れ込む、二つの通路がある。セックスと宗教だ。キリスト教以前には、この両者を同時に表現するのは普通のことだった。ユダヤ・キリスト教のシステムは、両者の共存を否定した。それには至極もっともな理由があった。陶酔型の宗教は、信者と神の間に媒介を必要としないのだ。信仰に満ち、異言を操り、全身を恍惚と舞踏に委ねて神に祈る者は、教義の細かい区分に拘泥したりしないし、生身の、あるいは書物の権威に仲介を頼んだりもしない。祈っていない時の行動規範もいたって簡単、法悦を追体験させてくれるようなことを行なおうとするのみだ。その過程で自分にとって正しいと思えることをやった時には、それを繰り返し行なうだろう。もしそれを繰り返すことができなければ、そのことが彼にとっては充分な罰となる。

彼は罪を知らない。

この内的な宗教心――信仰への希求――の持つ圧倒的な力を、人的資源を手に入れるために活用しようとするのなら、そのために唯一考え得る手段は、信者と神との間に罪の体系を打ち立ててしまうことだ。それを実現するための唯一の手段は、信仰を組織化し体系化することだ。そして、そのための明白な手段は、人生のもう一つの主な原動力を監視することだ――すなわち、セックスを。ホモ・サピエンスは、現存・絶滅を問わずあらゆる種の中で、ユニークな存在だ。セックスを抑圧するためのシステムを発明したのだから。

セックスに向き合うやり方は三通りしかない。満足させるか、我慢するか、昇華するか。最後に挙げた昇華だが、歴史の中でしばしば理想とされ、成功することもままあったものの、常に不安定な状態でもある。では、単純に毎日セックスを満足させるというのはどうか。いわゆるギリシャの黄金時代がそうだったという。そこでは人々は、女性を三つのカテゴリー――妻、遊女《ヘタイラ》、娼婦――に分ける制度を作っていた。彼らはまた、同性愛を理想化していた。ほとんどの基準に照らして野蛮で不道徳と言えるだろうが、結果的には古代ギリシャ人は驚くべき健全さを保っていた。翻って、中世という時代をじっくり検討してみると、頭が混乱してくる。それはまるで、千年という時代の幅を持ち、世界そのものと同じ広さをした巨大な癲狂院の窓を開くようなものだ。これが、抑圧の産物だ。ここには鞭打ち狂たちがいる。あちこちの町で、何千もの人々が、自分たちを、そしてお互いに鞭打ちながら、過大な罪悪感に駆られ苦行を求めた。また、十四世紀の神秘家ズーゾーがいる。自分の腰部を覆う下着を作り、そこに百五十の尖った鋲をずらりと植え付けた。そして、睡眠中に下着を脱いで自分を楽にしないよう、革製の桎梏《しっこく》で手首を頸に固く縛りつけた。さらに、煩わしいシラミやノミを追い払わないように、鋭い釘がいくつもついた革手袋をはめ、身体に触れれば肉を引き裂くようにした。また、捨てられていた木の扉（鋲の打たれた十字架がついている）の上に寝て、四十年間風呂に入らなかった。他にも、癩病患者の膿を舐める聖人がいる。異端審問がある。

これらすべてが愛の名の下に行なわれていたのだ。

どうしてここまで物事は変わってしまえるのか？

ある一つの出来事の消息をつぶさに辿ってみれば、その経緯がはっきり分かるだろう。アガペー、すなわち「愛の饗宴」の抑圧を例に取ってみよう。アガペーは、原始キリスト教では広く見られ、必ず行なわれていたらしい。これは、そういった儀式を禁止する布告の記録が発掘されることによって明らかになった。重要なのは、信仰にとって非常に重要な一つの儀式が、三、四百年かけて完全に根絶されたということだ。驚くほどの巧妙さと効率とを兼ね備えた、緩やかな改革のなせるわざだった。

まず最初に、聖餐――キリストの肉と血を象徴する儀式が、アガペーに導入された。次いで、アガペーが徐々に組織化されていく。儀式に僧正が登場する。彼抜きにはアガペーは行なえない。なぜなら、聖餐の食物を祝福するのは彼の役目だからだ。やがて、僧正は食事の間、ずっと立っているのが伝統になる。その結果、彼は他の信徒から切り離され、彼らの上位に置かれる。その後、平和の接吻《キス・オブ・ピース》に変更が加えられた。お互い同士に口づけを交わすのではなく、列席者は主催者たる司祭に口づけをするようになるのだ。やがて、木片を列席者の間で回してそれに口づけし、司祭に渡すようになる。そうこうするうちに、当然、口づけは行なわれなくなる。三六三年、ラオディキアの会議によって、聖餐が独立した主要な儀式だと定められ、アガペーは教会の中で行なうことは禁じられた。こうして両者は分離され、その後の数百年にわたって、アガペーは教会の外で行なわれることになった。そして六九二年のトラランでの会議までには、破門の罰則つきでアガペーを完全に禁じることが可能になっていた。

ルネサンスは、さまざまな点で中世までの狂気の症状を治したが、狂気そのものは癒せなかった。俗世の、そして教会の権威が、性的な事柄――たとえば道徳や結婚を支配していたから（とはいえ、教会が実際に結婚を司るようになるのはずっと後になってからだ。シェイクスピアの時代、英国では、結婚は個人的な契約によって成立し、教会の祝福によって認可された）、罪の意識が相変わらず瀰漫《びまん》し、人間と神の間には未だに罪というフィルターが置かれていた。愛はなお情熱と同一視され、そして情熱は罪と同一視された。だから、時には夫が妻を情熱的に愛することさえ罪だと言われた。陰鬱なプロテスタント主義の時代には、エクスタシーの一つの極である快楽は、どんな手段で得られたものであれ、それ自体が罪深いものとされた。ローマ教会のほうは、もっとはっきりと、あらゆる性的快楽は罪深いとしていた。このようにセックスという火口《かこう》を塞いだおかげで、橋や家、工場や爆弾が生み出されたが、その恐るべき代償として、別の裂け目から神経症が滴り落ちていた。国家が正式に教会を否定した地域でさえ、同じ抑圧のテクニックが継承され、同じような罪悪感の体系を通じて形成される教義に対する執着も、そのまま受け継がれた。かくして、人間が存在する真の意義だったセックスと宗教は、意味《ミーニング》を失い、手段《ミーンズ》に堕した。最後に残った両陣営が、和解不可能な敵意を抱いているのは、双方の目指すものが畢竟同じであることの何よりの証明だ。すなわち、全ての人間の精神を完全に支配すること――それこそ優越性への希求の、究極の目標なのだから。

☆

ハーブ・レイルは子どもたちにおやすみを言いに行く。彼はカレンのベッドの脇で床に膝をつく。デイヴィは見つめている。ハーブはカレンを腕の中であやし、彼女がきゃあきゃあ言いだすまでおなかをくすぐり、首の両側にキスをし、耳たぶを噛む。デイヴィは、目を大きく見開いて見つめている。ハーブはカレンの顔にブランケットを掛けると、顔を出したとき視界に入らないように、素早く屈んで姿を隠す。カレンは父親を探し出し、けたけたと笑い転げる。娘にもう一度キスをし、ブランケットをかけ直して「パパはおまえを愛してるよ」と囁き、おやすみと言い、デイヴィのほうに向き直る。デイヴィはまじめくさった表情で見つめている。

ハーブは右手を差し出す。デイヴィはそれを掴む。ハーブは握手する。「お休み、坊や《オールド・マン》」と言って手を離す。「お休み、パパ」ハーブから目をそむけて、デイヴィは言う。ハーブは灯りを消して部屋を出る。デイヴィはベッドを抜け出て、自分の枕を丸めると、それを力一杯カレンの顔に振り下ろす。

「やれやれ」だいぶ経って、涙も乾き、非難の応酬も済んだ後になって、ハーブはぼやく。「一体何でデイヴィのやつがこんなことをしたのか、ちっとも分からないよ」

★

私たちレダム人は、過去を捨て去る。

私たちレダム人は（と、セレブロスタイルの〝手紙〟は続く）、過去の世界や過去の産物と、永遠に手を切る。ただし、余分なものを取り去った、人間性の本質だけは別だが。

私たちの誕生の特殊な事情が、これを可能にした。私たちは、誰も知らない山の中に生まれた独自の種だ。あらゆる種がそうであるように、私たちもまた過渡的な存在である。過渡的であることが私たちの主要な崇拝の対象だ。過渡的なものは、移行《パッセージ》であり、ダイナミズムであり、運動であり、変化であり、進化であり、変異であり、生命なのだから。

私たちが誕生した特殊な事情において、幸運だったのは生殖質の中にあらかじめ何の教義も植え付けられていなかったことだ。もしホモ・サピエンスにそれだけの理性があれば（それだけの力はあった）、まっさらな新世代を生み出し、あらゆる害毒を閉め出し、あらゆる危険を乗り切ることができただろう。もしホモ・サピエンスにその気さえあれば（それだけの理性と力はあった）、陶酔の宗教と、それに調和する文化を築き上げ、やがてそれがまっさらな新世代を生み出したことだろう。

ホモ・サピエンスは、自分たちは苦しみを終わらせてくれる原理を求めているのだと主張していた。ここにその原理がある——陶酔の宗教と、それに調和する文化。イエスの使徒たちはそれを知っていた。彼ら以前にはギリシャ人たち、その前にはミノア人たちが知っていた。後の世では、カタリ派が知っていた。クエーカー教徒や天使舞踏団はこれを知っていた。そして、東洋やアフリカの方々《ほうぼう》に、繰り返し姿を現していた……だがいずれも、その宗教にじかに接した人々しか動かすことはできなかった。人間は——少なくとも人々に影響力を持つ人間は、陶酔の宗教が、教義という考えと相容れないことを知り、教義を求めたり必要としたりしていないことを知った。だが、教義がなければ——そして長老や解釈者や儀式の主催者がいなければ、人々を動かす人間は力を失ってしまう。つまり、優越性を失うわけだ。陶酔の宗教は、何ひとつ与えてくれない。

いや違う。魂の知識を与えてくれる。そして、永遠の生命も。

父権制社会の人々は、父が支配する文化を創り、父の宗教を持つ。男性の神、権威ある聖典、強力な中央政権、探究や学問に対する不寛容、性への抑圧的な姿勢、強い保守主義（偉大な「父」が築き上げたものを変更したりはしないから）、服装や振舞いにおける両性間の峻別、そして同性愛に対する根深い嫌悪。

母権制社会の人々は、母が支配する文化を持ち、母の宗教を持つ。女性の神、それに傅《かしず》く女性神官、大衆に食物を与え、弱者に手を差し伸べるリベラルな政体、実験的な思考に対する大いなる寛容、性への緩やかな態度、両性間の曖昧な区別、そして近親相姦に対する恐怖。

父権制の文化は、自分の規範を常に他の文化に押しつけようとする。母権制の文化はそうではない。だから、まず父権的な文化がメインストリームとして確立され、母権的な文化はその内部で派生するようになる。後者は時には反逆を成功させたが、多くの場合は根絶やしにされた。両者の違いは進化の段階の違いではない。振り子のように揺れる二つの局面なのだ。

父権制は自らに対して毒を盛る。母権制も、容易に衰亡してしまうわけだから、要するに別種の毒であるにすぎない。稀に母親と父親の両方に影響を受け、それぞれの長所を学ぶ人が現れる。だがたいていは、人々はどちらかのカテゴリーに落ち着いてしまうのだ。両者の間を行くというのは、非常に困難な綱渡りなのだ……。

レダムにとってはそうではない。

芸術やテクノロジーの探究においては、私たちはあらゆる点でリベラルである。逆に、ある種の領域においては断固として保守的だ。すなわち、手仕事や大地を耕す技を誰ひとり失うべきではない、という確信を持っている。私たちは、子どもたちを父親のイメージか母親のイメージに従わせるのではなく、両親を模倣させる。私たちの神は「子ども」だ。私たちは、自分たち自身以外の過去の世界の産物をすべて手放して暮らしている。もちろん、過去の世界に沢山の美しいものがあることは承知の上だ。それらを失うことは、過去から自分たちを隔離し、健全さを維持するための代価であり、死せる過去の及ぼす影響から身を守るために築いた防壁なのだ。これが、私たちにとって唯一のタブーであり、規制である——そして、私たちを生み出した人々が私たちに課した唯一の要求なのだ。

ホモ・サピエンス同様、私たちも地球に生まれ、地球に属する種族だ。私たちは、半ば獣、半ば野蛮人の種から生まれた。ホモ・サピエンスが私たちを誕生させたのだ。ホモ・サピエンスが神の名を知らないのと同様に、私たちも、自らを生み出す源となった人々の名前を知らされていない。だが、人間と同様、さまざまな推測を許すだけの証拠はたくさん揃っている。私たちの生みの親となった人間は、私たちのために巣を築き、巣立ちできるようになるまで面倒を見てくれた。しかし自分たちの正体を知らせようとはしなかった。なぜなら、多くの人間と異なって、彼らは分限を弁えており、自ら信仰の対象となることを望まなかったからだ。そして彼らを除いて——彼らと母親たちを除いて、私たちのことは誰も知らなかった。私たちがここにいることも、地球上に現れた新しい存在であることも。彼らは私たちのことを他の人類には明かさなかった。なぜなら、私たちは異なるものだから。そして、群れをつくって巣穴に暮らす生き物の例に漏れず、ホモ・サピエンスは、心の奥底では、異なるものはそれだけで脅威であり、ゆえに絶滅させるべきだと信じているからだ。特に相手が、重要な点で彼らに似ていればなおさらだ（ゴリラがいかに恐がられ、ヒヒがどれだけ軽蔑されていることか）。そして、相手が何らかの点で自分たちより優れ、自分たちが持つ以上の技術や発明を持ち（ソ連がスプートニクを打ち上げた時のアメリカの反応を憶えているかい、チャーリー？）、そのくせ断固とした確信を持って、自分たちが恣意的に設けた規範から外れるセックスを行なっているとなれば、これはもう最悪だ。なぜならセックスは、怒りから嫉妬まで、あらゆる非合理的な感情を呼び起こす引き金なのだから。食人種の社会では人肉を食べない者が不道徳なのだ。

スイッチがカチッと鳴り、気づくとチャーリーはフィロスを見上げていた。フィロスの目には、悪戯《いたずら》っぽい微笑みが浮かんでいた。

チャーリーは、驚きのあまり英語で口走った。「なんてことだ！」

☆

「今夜はボウリングに行かないのかい、ハニー？」

「行かないわ、ハニー。ティリーの所に行って、約束を取り消したの。彼女はほっとしていたし、私もほっとした」

「おや、お嬢さんがた、喧嘩でもしたのかい？」

「まさか！　全然そうじゃないの。ただ、そうね……ティリーは最近ちょっと気が立っていて。自分でもそれに気づいているし、私がそれに気づいているということも知っている。ボウリングに行くのをすっぱり諦めるほうが、私に当たったりするよりましだって思っていて、行ったら必ずそうなるって分かっているから、行くのを止したってわけ」

「どうやら前立腺の病気がぶり返したみたいだね」

「ハーブ、品のないこと言わないで。だいたい、ティリーには前立腺なんか縁がないじゃない」

「じゃなくてさ、彼女がスミティの前立腺とも縁がなくなってるってこと。それが問題なんだよ」

「ああ、それはそうかも。でもハーブ、あなたってほんとにゴシップ好きよね」

「セックスというのは……ズボンのようなものだ」

「え？……そうか、あなたまた哲学的な気分なのね。いいわ――考えていることを打ち明けてごらんなさい」

「別に哲学的ってわけじゃない。どちらかというと、寓話を作るような、ええと何て言うんだっけ？」

「寓意的《ファビュラス》？」

「それじゃぼくは素晴らしい《ファビュラス》わけだ。セックスはズボンみたいなものだ。いいかい？　ぼくはこの家から、ベゴニア通りを抜けて大通りへ歩いていく。それから二ブロック歩いて、煙草を買って、戻ってくる。多くの人とすれ違うだろう。だがきっと、誰もぼくを気にしない」

「あら、みんながあなたに注目するわよ。とっても素敵なハンサムのあなたに……」

「はいはい、分かった分かった。誰も本当には注意を払わない。君がついてきて、ぼくとすれ違った人たちに、ぼくを見たかどうか訊いてみるといい。見たと答える人もいるだろうが、大部分は『知らない』と答えるはずだ。で、ぼくを見たと言う人たちに、ぼくがどんなズボンを穿いていたかを訊ねてみる。答えはきっと千差万別だよ。チノパンだとかダンガリーだとか、黒い絹のストライプが入ったタキシードのズボンだとかギャバジンだとか」

「セックスと関係ないじゃない」

「まあまあ。さて次に、ぼくが家を出てドラッグストアに行くとしよう。ただし今回は、どんなズボンも穿いていない」

「どんなズボンも？」

「そうそう。さて、誰か気がつくかな？」

「あなた、きっと大通りまでたどり着けないわよ。試そうなんて思わないでね、特にパーマーさん家の横を通ろうとか」

「つまり、誰もが気がつく――そのとおり！　セックスもズボンとまったく同じだ。もし、ある人が充分してさえいれば、それがどんな種類だろうとたいした問題じゃない。よほど変わったものじゃなければね。その人は自分の仕事にとりかかり、そのことを考えもしないし、他の人に迷惑をかけることもない。だが、もし彼が全然（そう、全然）していないなら、ここからあそこに行くまでのあいだ、それだけが彼の考える全て（全てだぜ！）になる。そればかりか、彼は周囲の誰もに迷惑をかけることになる。ティリーだ」

「あら、ティリーはそんなことを迷惑に思ったりしないわ」

「そうじゃなくてさ。つまり、今のティリーがその男と同じ状態だってこと。それが彼女を煩わせ、彼女が神経質になってるせいで君はボウリングに行けない」

「そうね、セックスがズボンみたいなものだって喩えは上手い、あなたの言うとおりだと思う。でも、そのことを触れ回ったりしないでね。あなたが『ティリーはズボンを穿いていない』って言ってるってことになっちゃうから」ジャネットはかん高い笑い声を上げた。「傑作だわ。どんな古いズボンでも、ってところが」

「そのズボンが、問題を覆い隠してくれる限りは、ね。何でもいいのさ、古いもの、新しいもの、借りたもの、青いもの」

「あなたってば、もう。とにかく、実際にやってみようなんて思わないでね」

★

ホールの外でミールウィスに出くわした。「進捗状況はどうですか、チャーリー・ジョンズ」

「結論が出たよ」チャーリーは熱のこもった口調で言った。「君たちレダム人は、長い歴史を持つこの惑星に現れた中で、もっとも驚嘆すべき存在だと思う。ぼくたち人類が雲散霧消してしまったちょうどその時に、君たちのような変異体が出現したという事実は、人に神の存在を信じさせるのに充分だ」

「では、あなたは私たちに賛成してくれるのですね?」

「いちどレダムの考え方に馴染んでしまえば、そう、賛成するほかない。それにしても、君たちの何人かが、人類の前に現れてくれなかったのは残念だ。つまり、教えを説いたり、そういうことをしてくれなかったのはね。心からそう思う」

ミールウィスとフィロスは視線を交わした。チャーリーにはそのまなざしの意味が分からなかった。「いや」とフィロスは言った。「いや、まだだ」

「では、もう少しかかるのか?」

「私たちは世界の果てに行こうと思っている」フィロスは言った。「チャーリーと私だけで」

「何のために？」ミールウィスは訊ねた。

フィロスは微笑んだ。その瞳に暗い光が一瞬きらめいた。「戻ってくるまでにはしばらくかかる」

それに対し、ミールウィスは微笑みを返し、頷いた。「あなたが私たちのことを評価してくれて嬉しい、チャーリー・ジョンズ」彼は言った。「あなたが、ずっと変わらずそう思ってくれるように願っている」

「他にまだ何かあるのか？」チャーリーは言った。彼とフィロスは、回廊を引き返していった。二人は垂直な空間を降りて、中央広場にたどり着いた。チャーリーは重ねて訊ねた。「それに、さっきの会話は一体何だったんだ？」

「まだあなたの知らないことがある」後ろで遊んでいる一人の子どもに手を振りながら、フィロスは言った。

「世界の果てで、何か見せてくれるのか？」

「私がミールウィスに言ったのは」とフィロスは答えた。チャーリーの質問に答える気がないのは明らかだった。「残りの事実を話したあと、長い道のりを歩いて帰ってくるようにすれば、その間にあなたも落ち着いてそれを受け入れるようになるだろう、ということです」

「そんなに受け入れがたいことなのかい？」とチャーリーは笑った。

フィロスは笑わなかった。「受け入れがたいことです」

それでチャーリーの笑いも消えた。彼らは医療施設《メディカル・ワン》を出、広い野原を抜けて、チャーリーがまだ足を踏み入れたことのない方角へ歩いていった。

「暗闇が恋しくなってきたな」しばらくしてチャーリーは言った。彼は銀色の空を見上げていた。「それに、星とか……。天文学はどうなったんだ、フィロス？　それに地球物理学だとか。オリーブの果樹園や農地の向こうに拡がる世界を相手にする学問があるだろう」

「セレブロスタイルのファイルの中にたくさん記録されていますよ。急に必要になる時のためにね」フィロスは答えた。「その時が来るまでは、ファイルの中で眠っています」

「何を待っているんだ？」

「生きうる世界を」

「そうなるには、どれくらいの時間がかかる？」

フィロスは肩をすくめた。「誰にも分かりません。シースは、百年かそこらに一度人工衛星を打ち上げて、チェックすべきだと考えているようです」

「百年に一度？　フィロス、君たちはいったい、どれくらいの間このシェルターの中に閉じ込められている気なんだ」

「必要なだけ長く。いいですかチャーリー、人類は何千年もの間、ひたすら外部に目を向けて過ごしてきました。白色矮星の組成についての資料のほうが、足下の地球の構造についての資料よりもはるかに多いくらいです。これは典型的な例です。だから私たちは、しばらくの間、外側ではなく内部に集中することでバランスを取る必要があります。あなたたちの作家の一人――ワイリーだったと思いますが――の言うとおり、私たちは客体を調べるのを止め、主体を知る必要があるのです」

「で、その間ずっとここで足踏みしているわけか！」チャーリーは叫んだ。そして、遠くで一人のレダム人が、辛抱強く鍬で除草しているのを指さした。「君たちは何をしようというんだ——一万年も停滞し続けるつもりなのか？」

「種の歴史から見ればね」フィロスは淡々と言った。「一万年が何だというのです？」

二人はしばらくの間黙り込んで、波打つ土地を歩いていった。沈黙を破ったのは、短くぎこちないチャーリーの笑い声だった。「どうもそういう大きなことを考えるのに慣れていないから……だいたい、ぼくはまだ、レダム人がどんなふうに誕生したのかを漠然としか知らないんだ」

「分かっています」フィロスは考え考え言った。「そうですね、レダム人の最初の二人が誕生したとき、大変に先見の明がある人々の間で誓約が交わされたのです。セレブロスタイルの中で述べたように、彼らは自分たちの正体を、私たちに教えないことを重視しました。さらに、彼らは他の人類よりも何十倍も注意深かった。ホモ・サピエンスは、自分たちが取って代わられるという考え方を好まないでしょう。違いますか？」

「残念ながらそのとおりだ」

「そう、たとえその新しい種族が、直接の競争相手にならないとしても、ね」フィロスは頷いて先を続けた。「続けましょう。私たちは、自分たちを作った人々について直接の知識は持っていません。ですが、さまざまな領域において、彼らが適切この上ないアドバイスを残してくれたことは明らかです。例えば、彼らは最初のセレブロスタイルと、Aフィールドの基本原理の大部分を開発しました。後者については、私たちが自力で最初のフィールドを作るまで、実現はしていなかったと思いますが。私たちに対する仕事――というより、私たちのための仕事を、彼らが死ぬまで続けたのか、それともある時点まで仕上げたところで私たちをここに封じ込めて人類の世界に戻っていったのか、それは分かりません。ただひとつはっきりしているのは、若いレダム人たちの小さなコロニーが、大きな山の洞窟の中に作られたと言うことです。洞窟は、そこからしか行けない谷に通じていました。Aフィールドが開発され、シェルターで覆われるまでは、レダム人はその谷間に足を踏み入れませんでした」

「それじゃあ、ここの空気は放射能に汚染されていないのか！」

「ええ、そうです」

「それにレダム人は、しばらくの間はホモ・サピエンスと共存していた！」

「そのとおり。レダム人が発見されるとしたら、空からしかあり得ませんでした。もちろん、Aフィールドが開発された後は、それも問題ではなくなりましたが」

「空中からはどんなふうに見えるんだい？」

「聞いた話では」とフィロスは言った。「山が続いているように見えるんだとか」

「フィロス、君たちレダム人はみんなとてもよく似ているよね。君たちは――みんな血縁関係にあるのか？」

「そうとも言えるし、そうでないとも言えます。私の理解するところでは、最初に二人のレダム人がいましたが、彼らの間には血縁関係はありませんでした。それ以降の私たちはみな、彼らから生まれてきたのです」

チャーリーは少し考えて、頭に浮かんだ疑問をぶつけるのをやめることにした。代わりに、こう訊ねた。「レダム人は、ここを離れることはできるのか?」

「誰も離れたいとは思わないでしょうね」

「でも――可能なのか?」

「ええ、そう思いますよ」フィロスは言った。声色に、わずかながら苛立ちが感じられた。チャーリーは、レダム人はドームの外に出ないように条件付けか何かされているのだろうかと訝った。ありうることだ。「レダム人がここに住むようになって、どれくらい経つんだ?」

「そのうち教えます」とフィロスは言った。「ですが、今はまだ」

少し面食らってチャーリーは口を閉ざし、しばらくの間歩くことに専念した。ややあって彼は訊ねた。「他に同じようなレダム人の集落はあるのか?」

「ありません」フィロスはだんだん口数が少なくなってきたようだった。

「で、このドームの外には、レダム人は一人もいない?」

「いない、と私たちは考えています」

「考えているだけ? 確かじゃないわけか?」フィロスが答えないので、チャーリーは単刀直入に訊ねた。「ホモ・サピエンスは、本当に絶滅したのか?」

「逃れられない運命でした」とフィロスは答えた。チャーリーはそれで引き下がるしかなかった。

彼らは谷の縁にたどり着き、山腹をよじ登っていた。道は険しかったが、フィロスはどんどん先に進みたがっているように見えた。何かに急かされているようだった。チャーリーは、フィロスが遠くに霞んで見える施設《ワンズ》を振り返りながら、周囲の岩を調べているのに気がついた。

「何か探しているのか？」

「座る場所をね」フィロスは言った。彼らは巨大な丸石の間を抜けて、固い岩盤と岩屑からなる急斜面に来た。フィロスは再び施設《ワンズ》のほうを眺めた。ここからはさすがにもう見えなかった。それから、奇妙に固い声音で言った。「座って」

チャーリーは平らな石を見つけて腰を下ろした。彼は、フィロスが数分前から何か重大で予期せぬものを心の中に秘めているのに気づいていた。

「ここで私は……私のパートナーを……私のフローレを失いました」フィロスは言った。

彼がすでに知っているということは内密に、というネイシヴとの約束を思い出し、チャーリーは同情の表情を浮かべて（それは難しくなかった）、口をつぐんでいた。

「もうずっと昔のことだ」フィロスは言った。「私は与えられた歴史の勉強を始めたばかりだった。もし私たちレダム人のうちの一人が、歴史にどっぷり浸かったらどうなるのかを見極めるためだ。それが、一部の人々の恐れたように、有害なことなのかどうかをね。〝一部の人々〟というのは、洞窟の中に作られた最初のコロニーで、私たちと共に働いていた人間たちのことです。彼らは、私たちがホモ・サピエンスとの繋がりの一切を絶たねばならないと固く信じていた。ホモ・サピエンスは、地球《ボール》をうまく扱い損ねたようだ、だからホモ・サピエンスの例に、たとえ無意識にもせよ倣うことは避けなければならない、と。その結果私たちは、人類の芸術や文学、その他評価すべき業績の多くを捨てなければなりませんでした。その一方、彼らは人類の純粋科学まで取り上げるつもりはなかった——さっき、あなたも天文学のことを言っていましたね——それから、未完成のデータのうちのいくつかも残しておくべきだと考えた。避けるべき過ちを知っておくのは、時に有益です。面倒を起こさずにすむというだけではありません。教訓という側面もある——もっとも忌むべき過ちでさえ、何かの役には立つ、という。そこで……『まず、犬に毒味をさせてみよう』というわけです」フィロスはそこで苦い笑みを浮かべた。

「レダム人とホモ・サピエンスについて、あなたと同じように私も勉強しました——私のほうがはるかに詳細にわたるものでしたが。フローレと結婚してまだ間がなかったのに、私は多くの時間を一人で過ごさなければならなかった。だから、フローレと一緒にのんびり長い散歩に出かけて、いろいろ語り合いながら二人きりで過ごしたい、そう思いました。私たちは二人とも妊娠していた……私たちはここに座って、それから……それから……」フィロスはごくりと唾を呑んで、続けた。

「地面が裂けました。そうとしか言いようがない。フローレはまっさかさまに……落ちていった。

私は後を追って……」

「気の毒に」無意味だとは分かっていたが、チャーリーはそう言った。

「四日後、人々が私を掘り起こした。フローレは見つからなかった。私は赤ん坊たちを失った。私にとって、最初で最後の子どもたちを」

「でも君はまたいつか……」

フィロスはチャーリーの励ましの言葉をさえぎった。「でも私はもう決して……」ちょっと冗談めかしてそう言ってから、再び真剣な調子に戻って、続けた。「私はあなたのことが好きです、チャーリー・ジョンズ。そしてあなたを信頼している。どうして私が結婚できないのか、これからその理由を教えたいと思います。ただ、決して他言しないと約束してほしい」

「約束するとも！」

フィロスは真面目な顔で、長い間チャーリーの顔を見つめていた。それから両手を触れあわせた。鏡状のフィールドがぱっと姿を現した。フィロスはフィールドを作動させたまま、指輪を地面に置き、一メートルほど下がって、一つの平たい石の端をぐいと引っ張った。それは傾いて、薄暗い穴が、いや洞窟の入り口が現れた。枠もなければ染みの一つもないAフィールドの鏡は、巨大な岩を映し出していた。万が一誰かが施設《ワンズ》の方から近づいてきても背後の穴を隠してくれる、完璧なカムフラージュになっていた。フィロスは穴の中に入り、チャーリーを手招きして、姿を消した。

チャーリーは弾かれたようにその後を追った。

★

このリビングに三十人は窮屈すぎる。だが、親しみのあるくつろいだ雰囲気だったから、人々は脚を伸ばして床に座るのも気にならない。牧師は善良な男だ。彼は善良な男《グッド・マン》だ、とハーブは思う。この言葉のどんな意味にもぴったりあてはまる。このビル・フレスター師が陸軍づきの牧師だった時には、教会関係者も将校も下士官も、口を揃えて彼をそう呼んだことだろう。フレスターは澄んだ瞳ときれいな歯並び、鉄灰色の髪はクルーカットにし、若々しく血色のよい顔をしている。服は地味だったが辛気くさくはなく、細いタイと細い下襟は、牧師自身の言葉と同様に自己主張している。牧師はまず、説教の前置きに使われるような命題から話し始めた。普通の説教とは違い、聖書からの引用句ではない。マディソン通りでもどこでも聞くことができそうな、ごくありきたりのフレーズだった。「いつでも道はあるのです、もしあなたがそれについて考えさえすれば」近所から集まってきた人々は、うっとりと聞き惚れる。ジャネットは彼の歯を見つめている。ティリー・スミスは彼の幅広の肩と、鉄灰色のクルーカットを見つめている。コーヒーテーブルの端で丸まっているスミティは、前屈みになって、人差し指と親指で下唇を引っ張っている。おかげで下の歯茎が根元まで丸見えだ。これは彼が、「この男のいうことは当たってる」と思っている何よりの証拠なのだ。

「さて、私たちのユダヤ人の友人たちは」室内に賞讃が拡がる中、牧師は話を続ける。「モクセイ通りに、小さな可愛らしい寺院を建設しました。そして、この地区の向かい側には、私たちのカトリックの同胞たちが、素敵な小さいレンガの教会を建てました。さて、私は少しばかり資料を読み、大いに足を使って調べ、このあたり十五キロ四方に、二十二の異なるプロテスタント教会があることを知りました。この住宅地の人々だけで、十八の異なる教会に通っています。そして、この部屋に集まっている皆さんは、少なくともそのうちの十五の代表なのです。さて、今この地区に、十五の、あるいは二十の、あるいは二十二の異なるプロテスタント教会を建てようと言う方はいらっしゃらないでしょう。さて、学者たちは、散らばった小さい店をどうすべきかを知っています。食品雑貨販売業の人々もそう。つまり、中央に集中させるのです。

私たちは、まさに彼らの範に倣うべきではないでしょうか。教会も他の事業同様、効率や製品のアピールや経費の高騰に目を配らなければいけません。新しい状況下においては、ビジネスをするのにも新しい方法を見つけるのです。車に乗ったまま利用できる銀行、新聞の日曜版で喧伝されているテレビショッピング。私たちは皆プロテスタントであり、私たちは皆、すぐ近所の教会に通いたいと思っている。私たちの目指す集中化をはばんでいる唯一のものは、教義の違いです。多くの人々が、自分たちの教義を非常に真面目に考えています。そして、率直に言ってしまえば、そのせいでこれまで多くの争いがありました。

教会の統一という理想のために、多くのことがなされてきました。あなたは一歩譲り私も一歩譲る、さあそれで一緒にやっていこう、と。ですが多くの人々は、自分たちが一緒にやっていくために何かを失ってきたと考えています。そのため人々の中には、妥協なんてしようものなら誰もが損をすると考える向きもあります。ですが今ここで私たちが求めているのは、そういうことではありません。

あえて申しますが、完全に誤解なさっている方々がいらっしゃるのではないかと思います。誰も何も失わず、誰もが何かを手に入れる。そんなふうにして一緒にやっていく方法があるはずです。いつでも必ず道はあるのです、もしあなたがそれについて考えさえすれば。

さて、私が考えているのは——これを私は自分の手柄として誇るつもりはありません、なぜならあなた方の誰であれ、私のようにこの問題に関われば、同じ答えに到達するだろうからです——私の考えは、全ての異なる教会からトップレベルの人を集める、ということです。それをマネージャーと呼んでもいいし、エグゼクティヴと呼んでもいいでしょう。私たち全員のための小さな教会で、このアイデアを試してみませんか。つまり、どのブランドをストックしておくかで争うのではなく、棚に全てのブランドを並べてしまうのです。それもあちこちから最上のクオリティを持ったものを集めて。あなたが訪れることになるのは、いわば神のスーパーマーケット。欲しいものがあるなら、そこはあなたのための場所です。ショッピングカートを押していき、必要なものを棚から取り出せばいい。

さて、分かりやすくするために例を挙げてみましょう。奥様方のうちのどなたかが、生涯デルモンテの製品に貞節を誓っていらっしゃるとします。それはそれで構いません。男の子を雇って全商品のラベルを剝がしに行かせるつもりもない。あなたがデルモンテを使うのを止めさせるつもりもないし、女友達にデルモンテの素晴らしさを吹聴するのを止めさせようとも思いません。私が望むのはただ、あなたがそれを使い、満足してくれることだけです。そして、あなたと店の間に、あるいはあなたと別のブランドを求めるお客との間には争いは起こらないのです。なぜなら、別のブランドも同じ店の同じような棚に、素晴らしい照明の下、素敵にディスプレイされているのですから。

もし私たちがこの提案を、方々からやってくる経営陣、あるいは配給業者と言ってもいいですが、彼らに示したとしましょう。お得意客の取り合いをすることなしに売り上げを伸ばすというこの考えに、彼らが難色を示すとは思いません。店舗経営者の場合と同様、彼らもパッケージングや店頭でのマーチャンダイジングに力を入れることになるでしょう。ここでは、経営陣は、新しい形での〝礼拝《サービス》〟に努めることになるわけです。

誰でも、本当に欲しいものを我慢している必要はない――これがアメリカ人の生き方です。あなたが子どもを洗礼の時水に浸けたいのなら、洗礼盤でもプールでも充分に大きいのをご用意しましょう。もし祭壇にキャンドルを飾りたいのなら、日曜日は長いんです、キャンドルありの礼拝もキャンドルなしの礼拝もやってしまいましょう。燭台は伸縮自在タイプにすることもできます。絵や装飾ですか？　差し込み式にしたり蝶番つきにしたりしましょう。そうすれば、取り替えたり、するりと滑らせて視界から隠したり、その他全てあなたのお望みのまま。

これ以上くどくど説明するのはやめましょう。これはあなたがたの教会です。私たちは、あなたがたの希望に沿ったものをご用意いたします。みなさんが神を愛するやり方には、違いよりも、多くの類似点があります。アメリカのシステムの主流に則って、私たちの教会の礼拝《サービス》を、最良の形のセルフサービスにする時が来たのです。遅すぎるくらいです。もちろん、巨大な駐車場と、お子さんたちを遊ばせておくのにふさわしい公園がついているのは、言うまでもありません」

拍手喝采が湧き起こる。

★

フィロスが肩で押すと、平たい石の扉が跳ね上がり、洞窟の入り口が閉じた。一瞬、完全な暗闇が訪れた。何かを引っ掻くような音がしたかと思うと、フィロスが冷たい光を放つ物質の塊を掘り出した。彼はそれを岩の割れ目にはめ込んだ。「レダムについて、あなたが学んでおかなければならない重要なことがもう一つある。それも、あまり美しくないやり方で学ばないとならない」フィロスは言った。「そのために、これ以上の方法はなかったでしょう。もっともミールウィスは、これがどんなにいい方法か知らないんですが。さ、これを着て」どこかの隠し穴から、フィロスはマントを取り出してチャーリーに渡した。網目の密なクモの巣といえば、その素材の特徴を的確に描写したことになるだろうか。フィロス自身も同じ服を取り出して、襞の中に身体をくるんだ。チャーリーは、黙ってそれに従った。その間もフィロスは、ほとんど怒っているような激しい口調で、語り続けた。「フローレが落ち、私が飛び込み、それからフローレが——片足とあばら骨を四本折っていたのに——私を掘り起こしてくれた後、気づくとここにいました。地質学者が『チムニー』と呼ぶ、縦に入った裂け目です。今みたいにきれいに片づいてはいませんでした。トンネルを掘って脱出するなんて、試みるだけ無駄でした。だから、私たちは中に進んでいきました」

フィロスはチャーリーを押しのけて隅まで行き、屈み込むようにすると黒い影の中に消えた。チャーリーは後に続いた。その暗がりは、トンネルの入り口の穴だったのだ。闇の中で、フィロスはチャーリーの手を摑んだ。チャーリーはマントの裾を踏んで躓き、毒づいた。「この服、暑すぎないかい？」

「着たままで」フィロスは素っ気なく命令した。彼は、はっきりと目的がある足取りで、チャーリーをほとんど引きずらんばかりにして前へ進んでいった。チャーリーは、横歩きになったり小走りになったりしながら、必死でついていった。その間ずっと、フィロスは簡潔に、鋭く、せわしない口調で喋り続けていた。話しながら、自分の言葉に心をさいなまれている様子だった。「私たちは最初、このすぐ裏手の、行き止まりになっている洞窟にいました。フローレはどうにかして灯りを作り出していた。私は、自分の身体が裏返るように感じた。その時、赤ん坊を失ったんです。私の産むはずだった二人をね。それに三時間ほどかかった。その間ずっと光が照らし続けていました。残念なことに……。頭に気をつけて、ここは天井が低い……赤ん坊は六ヶ月半だった。健康そうな、均整の取れた子どもでした。」

「あなたと同じ種類の人の姿をしていた」長く、不自然な沈黙の後、闇の中からフィロスの声がした。「ホモ・サピエンスの子どもだったんです」

「何だって？」

フィロスが暗闇の中で足を止めた。再び引っ掻くような音。崩れそうな荒石の山の中から、フィロスはここでも光る物質の塊を取り出して、据え付けた。彼らが今いるのは、なめらかな壁を持つ洞窟だった。以前は火山のマグマの中の気泡だったに違いない。「このすぐ下でした」フィロスはくいっと顎で示した。「フローレは、死んだ赤ん坊を私から隠そうとした。私は……人が何か隠し事をしようとすると、動転してしまうのです。

私たちは少しだけ探索してみました。この丘全体が、こうしたチムニーによって、蜂の巣状になっていた。もっとも、今は違いますが。戻るための道も見つけました。事故のあった場所から三十メートルほど離れた地点に通じていた。だが、私たちは、先まで行ける道も見つけました――丘全体を貫いて、私たちの〝空〟の彼方へと突き抜ける道を。

　私は傷つき、悲嘆に暮れ、怒りを抑えきれませんでした。フローレもそうでした。そのせいでしょう、普通なら思いつかないようなことを考えついたんです。フローレは、脚と肋骨に痛みがありましたが、危険な状態ではなかった。幸い、私たちレダム人は痛みにはどうにか対処できる。けれども、私のほうは内臓が傷ついていたから、ちゃんとした治療が必要だった。だから私たちは決めました。私は戻らなければならない、そしてフローレは……しばらくの間姿を消すべきだ、と」

「どうして？」

「知る必要があったんです。私は二人の赤ん坊を流産した。そのどちらもホモ・サピエンスだった。私だけがそうなのか？　そう、それを確かめる方法はありました。そしてもし、恐れているとおりの事実が判明したら、フローレと二人で、レダムから離れたいと思いました。少なくとも、このことをじっくり考えられるくらい遠くに……。

　そこで私は戻り、フローレは留まることにしました。治療を受けたら、できるだけ早く戻ってくるつもりでした。そこで……私は別のチムニーをよじ登って、もう一度落石事故を起こしたのです。捜索隊は私を見つけてくれました。彼らは当然、私の証言したとおりの場所を掘り返しました。当然、フローレは見つからない。だが、私たちは二度目の落石事故でやりすぎてしまった。また怪我をしてしまったのです……当初計画していたよりも長い、はるかに長い時間がかかって、やっと歩けるようになりました。私は急いでここに戻ってきました。ありがたいことに、私がどんなやり方で嘆き悲しもうと、人々は黙認してくれました。私は急ぎました。間に合うようにと、一縷の望みをつないで。だが間に合わなかった。フローレは、一人きりで二人の赤ん坊を産み、そのうち一人は死んでいた。

彼らもまた、ホモ・サピエンスでした」

「そんな！」

「そう、ホモ・サピエンスだったんです。それで、私たちは確信するようになりました。どういうわけか、レダム人として生まれるためには、医療施設《メディカル・ワン》の中で生を享けなければならないらしい。そんな突然変異なんて聞いたことありますか？」

「いや」

「突然変異など存在しないんですよ、チャーリー。ミールウィスがあなたに知ってもらいたいと望んだのは、そのことでした。そして、私があなたに知ってもらいたかったのは――フローレがここでまだ生きており、私のホモ・サピエンスの子どもも生きているということです」

チャーリー・ジョンズにとって、一度に理解するには、あまりに――あまりにも大きすぎる事実だった。彼は少しずつ飲み込んでいくことにした。

「ミールウィスは、君たちに何が起こったか知らないんだね？」

「ええ」

「君の……フローレが、生きてここにいるというのか？」（だが、ネイシヴは落石は何年も前のことだと言っていた！）「どれくらい経つんだ、フィロス？」

「もう何年も。スーティン――子どもの名です――、彼はほとんどあなたと同じくらい大きくなっています」

「でも……どうして？　どうしてなんだ？　他のすべての人たちから自分たちを切り離すなんて……」

「チャーリー、動けるようになるとすぐ、私はレダムについて、自分に調べられる限りのことを調べ始めたんです――それまでは疑問を抱きもしなかった事柄を。レダム人は、率直で誠実な種族だ。あなたもそれはご存じでしょう。ですが、彼らも人である以上、プライバシーを必要としています。おそらくはそのためでしょう、レダム人は質問されたことには答えますが、必ずしも自分からは打ち明けないのです。医療施設《メディカル・ワン》と科学施設《サイエンス・ワン》には、いくつもの秘密があります。といっても、あなたたち人類のいう、〝機密扱い〟とか〝制限つき〟とか〝トップシークレット〟のようなナンセンスとは違う。そうではなく、改めて訊いてみようなんて普通なら思わないような多くの事柄があるのです。月に一度の検診の時に、全身麻酔にかけられるのはなぜなのか、それを一生涯受け続けながら、質問しようなんて誰も思いません。親の目に触れるようになるまで、赤ん坊が一月《ひとつき》もの間〝保温器〟に入れられたままなのはなぜなのか、誰ひとり疑問を抱きませんでした。タイムトラベルの実験にいたっては、そもそも思いつきもしない！　だから、私がコントロール・ナチュラルの存在を知ったのも――実際に見たことはないのですが――ほとんど偶然のことでした。スーティンが生まれていなければ、私は彼の存在を暗示するわずかなヒントに気づかなかったことでしょう」

「何だ、そのコントロール・ナチュラルっていうのは？」

「医療施設《メディカル・ワン》に隠されている子ども——精神を眠らされたままのホモ・サピエンスです。ミールウィスたちにとっては、自分たちの研究を検証するための道具なのです。そう、三人の死んだ子どもとスーティンだけが、レダムで生まれたホモ・サピエンスではなかった。この比較対照用自然児《コントロール・ナチュラル》の存在を知ったとき、フローレと私は、スーティンはどこかに隠しておかなければならないと決断しました。そのことは当然、フローレもそこに留まることを意味していました。生まれた時、スーティンはおかしな外見の、ちっぽけな犬の仔みたいでした……こんなことを言ってすみません、チャーリー、でも私たちにとって、彼の外見はおかしなものだったんです。ですが、私たちは彼を愛しました。降りかかった全ての災難のせいで、彼は私たちにとっていっそう大切な存在になったのです。ミールウィスには、スーティンを決して捕まえられないでしょう」

「でも……これからどうなるんだ？　君は何をしようというんだ？」

「それはあなた次第です、チャーリー」

「ぼく次第？」

「チャーリー、彼のことを一緒に連れて帰ってくれませんか？」

ぼんやりとした銀色の光ごしに、チャーリー・ジョンズは、マントにくるまった相手の姿を、表情豊かで繊細そうなその顔を見つめた。そして、こんなにも愛し合っている二人が、苦しみと、慈愛の心について考えた。チャーリーは、フィロスたちの不屈の精神と、多くの時間を遠く離れて暮らすという痛切な孤独について、それが全て彼らの子どもに対する愛ゆえだということについて考えた。それから、その子のことに思いを巡らせた。この辺境では隠者のように暮らし、モグラのように埋もれている。レダムでは、フリークか実験動物になってしまう。もしチャーリーの時代に連れて行けば——どうなる？　言葉も習慣も知らないのだ……ミールウィスに何かをされるよりも、なお悪い事態に陥りかねない。

　チャーリーは首を横に振ろうとした。だが、できなかった。フィロスの顔に浮かんでいる、胸をかきむしられるような不安と期待の表情を見てしまったから。それにしたって——シースは許してくれないだろう。きっとミールウィスだってそうだ。（だが、思い出せ……思い出せるか？　タイムマシンの動かし方なら知っているじゃないか？　覚えているか？）

「フィロス……誰にも見つからないように科学施設《サイエンス・ワン》の中まで行けるか？」

「必要ならば」

「必要なんだ。ぼくは彼を連れて行く」

　その時フィロスが口にした言葉は、何も特別なものではなかった。だがそれを言ったフィロスの口調は、チャーリー・ジョンズのこれまでの人生でもっとも素晴らしい報酬の一つになった。暗い瞳を輝かせて、フィロスはただ、こう囁いたのだ。「フローレとスーティンに知らせに行きましょう」

　フィロスは分厚いマントで身体をくるんだ。チャーリーにも同じようにしっかりとマントを着せてから、両手を重ねて離れた壁の上に置いた。彼の指が沈み、隠された梃子を摑むと、外側にぐいと引いた。すべすべした岩の一部、人の背の高さくらいの部分が回転して、二人のいる空間の中にせり出してきた。岩の内部は空洞だった。上から見れば、楔形をしたパイの一切れのような形をしていただろう。三角形の部屋の中から、凍てつくような一陣の空気が流れ出てきた。「一種のエアロックです」とフィロスは言った。「レダムの〝空〟はこの部屋の手前までで終わっています。つまり、私たちは今、ドームの外にいるのです。開いたままの通路を作ることはできません。空気がレダムの外に流れ出ると、気圧調節センターの誰かの注意を引いてしまうかも知れませんから」レダムの温かく新鮮な空気は、温度や湿度だけでなく気圧も調節されていたのだと、チャーリーはここで初めて知った。

「外は冬なのか？」

「いいえ。ただ、非常に高い所なんですよ。……私が先に行って案内します」フィロスは楔形の部屋に足を踏み入れ、内壁を押した。その部屋は回転し、フィロスの姿も見えなくなった。やがて、部屋はまたこちらに、空《から》になって戻ってきた。チャーリーもその中に入り、壁を押した。目の前で、扉の縁《へり》が固い岩に接して動いていった。そのまま押していくと、すぐ後ろで、扉の縁がカチッと閉まった。次の瞬間、チャーリーは山腹に、星空の下に立っていた。あまりに冷たい空気に息を呑んだ。だがおそらく、彼を本当に驚かせたのは、星空だった。

眩い星の光に照らされて、二人は斜面を駆け下りた。そして、息を切らせながら、岩の深い割れ目に降りていった。奥に扉があった。フィロスがその扉を押した。暖かい風が吹きつけてきた。中へ入っていくと、暖風が扉をバタンと閉めた。二人は更に奥へと進んでいった。二番目の扉の向こうには、天井の低い細長い部屋が伸びていた。そこでは、本物の石の暖炉に本物の薪がぱちぱち音を立てながら火を燃やしていた。二人に向かって、フローレが嬉しそうに駆け寄ってきた――片足を引きずりながら、それでも駆けてきた。つづいて伸びやかに、やはり嬉しそうに、スーティンも駆け寄ってくる。

チャーリー・ジョンズは、たったひとこと呟くと、意識が遠のき、倒れこんでしまった。彼が口にした言葉は、「ローラ」だった。

☆

「自分の周囲を見回したおかげで、怖い思いをすることがある」とハーブは言う。

ジャネットは卵用の絵の具をマフィンの焼型に満たして、ポップコーンを染めているところ。デイヴィがインディアンのネックレスを作る材料にするのだ（染色したポップコーンは子どもの遊び道具にもなる）。デイヴィはまだ五歳だが、針と糸を使うのがとても上手である。「じゃあ見回さないことね。何を見てたの？」

「ラジオ。これを聴いてみろよ」流れる声は泣き叫ぶように何か歌っている。いい耳の持ち主がこれを無理矢理聴かされたら（強制されなければ、いい耳の持ち主は聴こうとはしないだろう）、テーマはレオンカヴァッロの「衣装をつけろ《ヴェスティ・ラ・ジュッバ》」だと気づくだろう。一方、歌詞は〝高校のダンスパーティで失意のどん底〟とか何とか。そして、歌詞もテーマもピアノによって邪魔されている。クリンクリンクリンクリンクリンクリンクリンと、一小節に四分音符が六回、高音部でオクターブが連打される。「誰が歌っていると思う？」

「知らないわよ」ジャネットは不快感もあらわに言う。「こういう〝何とかブラザーズ〟とか〝ミルタウン・トリオ〟とかいうのには興味がないの。みんな同じに聞こえるんだもん」

「そうだね、それでも訊きたいんだけど、誰だと思う？」

彼女は、ポップコーンを持った手を紫色の上で止め、耳を傾ける。「おとといの夜、テレビに出てた、三白眼で乱杭歯の人？」

「残念でした！」ハーブは勝ち誇ったように言う。「それは、デブジーっていう下町の小公子《フォントルロイ》だよ！ 少年タイプ。今歌っているのは、女性、つまり少女タイプ」

「まさか」彼女は耳を澄ませる。その声はグリッサンドのように、四つの全音と一つの半音だけしかない音域を端から端まで駆け上がり、タイヤチェーンもどきの音で鳴らされるピアノにかき消されていく。「ほんとだ、あなたの言うとおり」

「そう言っただろ？ そしてほら、君は怖い思いをしたはずだ」彼は読んでいた雑誌を膝の上でパン！ と鳴らす。「ちょうど今、アル・キャップ（アメリカの漫画家・エッセイスト。一九〇九―七九）のエッセイを読んでたところなんだ。彼は、雑誌のイラストレーションについてこう言っている。長い混乱が続いたが、今またようやく、描かれているのが男か女かの見分けが付くようになった。一番愛くるしいのが男だ、と。で、ちょうどぼくがこれを読んでいる時、ラジオから女の子の歌手の歌が聞こえてきた。彼女は、少女みたいな少年の歌手みたいに聞こえるような吠え声で歌っている」

「で、あなたはそれを怖がったわけ？」

「そう、物事は簡単に混乱する」と彼はおどけた口調で言う。「こんなことが続いたら、突然変異が生まれるだろうよ。男の子か女の子か分からないような連中が、男の子か女の子か分からないような子どもを作って繁殖していくんだ」

「何言ってるの。そんなおかしな突然変異なんてないわよ」

「知ってるさ。ぼくが言いたかったのは、世の中がこんなだと、両性具有の突然変異が現れても、誰も気づかないだろうってこと」

「考え過ぎよ、ハーブ」

「そうかもね。だけど真面目な話、何か大きな力が、女性を男性に、男性を女性に変えようとしているって気がすることはないかい？　この歌手だけじゃない。ソ連を見てごらん。あれだけ多くの女性を炭鉱労働者に変えてしまうような社会実験は、これまで地球上に存在しなかった。共産中国もそうだ。娼窟での奴隷状態から解放された中国娘たちが、今度はオーバーオールを着て、男性の同胞と一緒に、一日十四時間石炭を掘っている。これが、今ぼくたちが聴いたレコードの裏にあるものなんだ」

ジャネットはポップコーンを紫色に浸してから、余分な絵の具を落とした。「あら、違うわよ」と彼女は言った。「裏は『スターダスト』だわ」

★

「あなたは『ローラ』と言って、それから――」

気がつくと、チャーリーは梁に支えられた天井を見上げていた。「すまない」彼は弱々しく言った。「多分、長いこと眠らずにいたせいだ。すまなかった」

「ローラというのは何ですか？」

チャーリーはフィロスの手を借りてベッドから起きあがり、質問の主を見た。茶色の髪とグレーの瞳を持つレダム人だった。彫りの深い顔立ち、きっちりと引き結ばれた美しい唇。だがその唇は、いつでも笑みを浮かべることができた。「ローラというのは、ぼくが愛していた人だ」チャーリーは、レダム人ならそうするであろうように、ごく簡潔に言った。「あなたはフローレですね」それから改めてもう一人のほうを見た。

その人物は、恥じらいながらも、岩天井を支える柱の後ろに隠れたりせず、その横に立っていた。レダムの流儀どおり、チャーリーが着ているのと同じ生物静力学的な素材で作られた襟の高いマントは、胸の上できっちりと身を包んでいたが、下に行くにしたがって拡がり、下半身はスポーランのような絹を除いて剝き出しになっていた。その顔は……素敵だった。ボーイッシュでもなければ美しすぎもしない。もちろんローラではなかった。ただ、彼女はローラに似た髪の色をしていた。

彼女。

「スーティンです」フィロスは言った。

「き、君はずっと〝彼〟って呼んでたじゃないか」チャーリーは馬鹿みたいに叫んだ。

「スーティンのことを？　もちろんですよ。他に呼びようがありますか？」

そしてやっと、チャーリーにも分かった。もちろんだ——他に呼びようがあるはずがない！　フィロスは自分の物語をレダム語で話していた。その中では、ずっとレダムの人称代名詞を使っていた。男性を指すのでも、女性を指すのでもなく、非人称の「それ」とも違う人称代名詞を。それを勝手に「彼」だと解釈していたのは、チャーリーのほうだった。

チャーリーは娘に告げた。「あなたはローラに似た髪をしている」

彼女はおずおずと言った。「あなたが来てくれて嬉しい」

彼らはチャーリーを眠らせてはくれなかった。できなかったのだ。何しろ時間がなかった。かわりに彼の疲れをとり、食事を与えてくれた。フィロスとフローレは家を見て回った。家は、半分ほど地中に隠れ、残りは高い岩卓《メサ》の縁の上にあった。翼を持たない者には近づくことができないようになっていた。背後には森林地帯と草原が広がっている。彼らの話では、そこでスーティンは弓矢を使って鹿を狩ったそうだ。家を見て回りながら、フィロスとフローレは人目も憚らずに涙を流していた。二人ともこの家に二度と戻れないと覚悟しているのだ。自分がスーティンを連れて行ってしまった後、彼らはどうなるのだろうと、そのとき初めてチャーリーは思った。彼らの行為は、反逆に当たるのか？　反逆罪はどのように罰せられるのか？　訊ねることはできなかった。レダム語には、「罰」の概念を表す言葉は存在しない。

四人は家を出た。丘を登り、エアロックに入った。洞窟の中で、光るブロックを埋めた。トンネルを抜けてチムニーの上まで行き、もう一つの光るブロックを埋めた。マントを脱ぎ、それを隠した。そして、緑の大地へ、レダムの鋼色の空の下へ、足を踏み入れた。彼らはゆっくりと施設《ワンズ》の方に歩いていった。恋人同士のように二人ずつ組になって。フィロスとフローレは実際に恋人同士だったし、チャーリーもスーティンと並んで歩かなければならなかった。彼女が怯えていたからだ。

医療施設《メディカル・ワン》の近くで、フローレは少し後ろに下がり、スーティンやチャーリーと並んだ。フィロスは一人で先頭に立った。フローレのことを憶えている者がいても、彼が一人で歩いているかぎり気づかれないだろう。だがもし、いつも一人ぼっちのフィロスが、誰かを恋人のように連れ歩いている姿を見られたら……。

そして道中ずっと、スーティンの肩を抱き、忠告や励まし、時にははっきりとした命令の言葉を囁きかけながら、チャーリーの頭の中ではさまざまな考えが渦を巻き、燃えさかっていた。

「悲鳴を上げないで」地下通路に近づくと、チャーリーはスーティンにおごそかに言い渡した。この装置を初めて体験する相手に、こう言ってみたくてうずうずしていたのだ。暗い入り口に足を踏み入れる時、チャーリーは振り返って彼女を両腕できつく抱きしめ、その顔を自分の肩の窪みに押しつけた。スーティンは雌獅子のようにしなやかな身体をしていたが、落下する時になると、恐怖のあまりがちがちになっていた。悲鳴を上げる？　とんでもない——彼女は息をすることもできなかった！

地下通路の中では、彼女は黙ってチャーリーにしがみついてきた。目と唇を固く閉じ、力強くしなやかな指で、痣ができるくらいきつく彼に抱きついてきた。だが、反対側に抜けて、見えないエレベーターが彼女を素早く上方に運んでいくと、彼にとっては胃の中が全部ひっくり返るくらいだったこの運動を初体験して、彼女は——なんと笑い出したのだ！

……そしてチャーリーは、彼女がここにいるのを喜んだ。彼女がいてくれるおかげで、彼は次第に、さまざまなことを考えないようになっていった。

——互いに愛し合うことだとか

——子宮を植え付けられた男と交尾する子宮を植え付けられた男とか

——崇拝される、わけ知り顔の子どもたちだとか

——磨かれた木材に添えられたグロシッドとネイシヴの手だとか

——赤ん坊の身体に、人工の、そして非人間的な新しい器官を縫いつけるナイフと針だとか

——そして、聖的なもの《ディアティ》と性的な《ダーティ》ジョークとの距離、あるいは両者の混在だとか。

彼らは建物の傾いた側面を昇っていった。チャーリーはスーティンの激しい笑い声を自分の肩で塞いだ。それから、明るく、静まり返ったシースの研究室へと足を踏み入れる。シースはいないだろう、とチャーリーは励ますように自分に言い聞かせた。

けれどもシースはいた。部屋の端にある何かの装置のあたりからこちらに振り向くと、にこりともせず、大股で近づいてきた。

チャーリーはスーティンを引き寄せて横に動き、シースがフィロスと話すためには、自分の横を

通らなくてはならないようにした。

　シースは言った。「フィロス、君がここにいるべき時間じゃないぞ」

　フィロスがこわばった顔で口をひらきかけたその時、フローレが鋭い声で「シース！」と叫んだ。シースはそれまでフローレに気づいていなかった。というより、長いあいだ「死んだ」ことになっていたこのレダム人に目を向けていなかった。自分を呼ぶ声に振り向いたシースの視線は、フローレの整った顔立ちの上で、貼りついたように動けなくなった。フローレが微笑んで両手を合わせると、鏡状のフィールドがぱっと現れた。魔法のように見事なタイミングだった。生きてここにいるはずのない、だが見間違えようのないフローレの顔を目にした瞬間、シースは鏡の中の自分の姿を見せつけられた。我が目を疑った途端に、シースの視覚はさえぎられてしまったのだ。

「その鏡を止めろ」シースは嗄《しゃが》れ声で言った。「フローレ、フローレなのか？」シースは息を弾ませながら、触れることのできない鏡の表面に近寄った。フィロスがフローレの横にすっと立ち、フローレの指輪を受け取った。フローレは横に動いた。フィロスは、催眠状態の鳥のようになったシースを部屋じゅう引っぱり回し、それから鏡の像をぱちんと消して、笑いながら姿を現わした。

「シース！」とフローレが、今度は後ろから呼びかける……。

　その隙に、チャーリー・ジョンズは、タイムマシンのコントロール盤の操作をしていた。文字盤を順にセットしていく。一つ、二つ、三つ、四つ。親指でスイッチを動かし、それからスーティンのほうに向き直って、彼女をマシンの入り口に放り込んだ。続いて自分も飛び込む。ドアが閉まる瞬間、最後に見えたのは、シースがついにチャーリーたちに気が付き、フローレを乱暴に押しやってコントロール盤のところに飛んでいく姿だった。

チャーリーとスーティンはもつれあいながら転がり込んだ。二人はしばらくそのままの姿勢でいたが、まずチャーリーが起きあがり、震える娘の側にひざまずくと、両腕で彼女を抱きしめた。

「二人にさよならを言いたかった」彼女は小声で言った。

「きっと大丈夫だよ」チャーリーはは慰めて、彼女の髪を撫でた。突然——おそらく今までの反動で——彼は笑い出した。

「ぼくたちの格好を見てみろよ！」

彼女は言われたとおりにした。チャーリーを、つづいて自分自身を見て、怯えた用心深い目を彼に向けた。彼は言った。「考えてみたんだ、ぼくたちが、あの階段の上に到着した時には、どんなふうに見えるだろうってね。ぼくはスーパーマンみたいなりをしているし、君は……」

スーティンは、高い襟がついて、背中には羽根の生えた自分の服を引っ張った。「私、きっとどうしたらいいか分からないわ。だって私……」彼女は、〝スポーラン〟の絹を動かした。「これ」彼女の声は、勇気を出して告白しようとする必死の努力で、かすれていた。「これ、本物じゃないの。私、ちゃんと成長できなかったから……あの、これから私たちが行くところで、他の人たちにこのことがばれると思います？」

その瞬間、チャーリーは笑うのを止めた。「絶対ばれない」と真顔で請け合った。

「怖い」スーティンは言った。

「もう二度と怖がる必要なんてないよ」とチャーリーは答え、ぼくももう怖がる必要はないんだ、と思った。フィロスが自分の娘を、人類が導火線に火をつけた時代に送り返すはずはないのだから。それとも……あえてそうすることがあるだろうか？　フィロスは、娘が同じホモ・サピエンスに囲まれて、一年でも、一ヶ月でも暮らすことに価値があると考えたのだろうか？　たとえ彼女が、人類と共に死ぬ運命になったとしても？

フィロスに訊ねることができればいいのに、と彼は思った。

彼女は訊ねた。「どれくらいかかるのかしら？」

彼は扉のありかを示す髪の毛ほどの線を眺めた。「分からない。シースは、一瞬だって言っていた……レダムの側から見て、だけど。でも、きっと」と彼は言った。「扉が開かないいんじゃないかな、マシンが……」移動しているあいだは、と言おうとし、次に「旅行しているあいだ」、そして「作動しているあいだ」と言おうとしたが、どれも的はずれのような気がした。「きっと、扉を開けることができたら、到着したってことなんだ」

「試してみる？」

「いいとも」と彼は言った。だが、扉に近づきもせず、目を向けもしない。

「怖がらないで」と彼女が言った。

チャーリー・ジョンズは振り向いて、扉を開けた。

☆

「かみさま、ママとパパとサルおばあちゃんとフィーリクスおばあちゃんに、それからついでにデイヴィにも、どうかおめぐみを」と、カレンはでたらめな節をつけて歌う。「それから……」

「それから？　他にも誰かいるの？」

「うーん。それからかみさま、どうかかみさまにもおめぐみを。あーめん」

「それはいいわね。でも、どうして？」

半ば眠りの世界に足を踏み入れながら、カレンは答える。「だって、わたしのことを好きでいてくれるひとみんなに、かみさまのおめぐみをあげたいんだもん。だからだよ」

★

チャーリー・ジョンズは扉を開いた。外は光に満ちていた——銀色の光が。空を覆う銀色の光、逆立ちし、今にも倒れそうな姿で視界を覆っている医療施設《メディカル・ワン》の建物まで一点の曇りもなく拡がる銀色の空。

「大事なことを忘れていますよ」という声がした。ミールウィスだった。

チャーリーの後ろで、恐怖にみちた叫び声がした。振り返らないまま「そこにいるんだ！」とチャーリーは怒鳴った。だがスーティンは彼を押しのけてマシンを飛び出し、コントロール盤やミールウィスやグロシッドやネイシヴやシースの横を走り抜け、全員が見つめる中、飛びつくようにしてフィロスとフローレのかたわらにしゃがみ込んだ。二人は並んで床に横たわっていた。彼らの両手はきちんと重ねて腹の上に載せられ、足は力なく伸びていた。しばらくの間、息つく間もなく激しくしゃくり上げるスーティンの声しか聞こえなかった。

「おまえたちが二人を殺したんなら」チャーリーは遂に口を開いた。声には嫌悪感がありありと表れていた。「おまえたちは、彼らの子どもも殺したことになる」

返事はなかった。ネイシヴが目を伏せたのだけが唯一の反応だった。ミールウィスは穏やかに促した。「さあ、どうです？」チャーリーには、ミールウィスが先ほどの科白のことを言っているのだと分かった。

「忘れちゃいないさ。あんたに報告してくれるようフィロスに頼んである。もし俺が何か約束したんだとしても、それで約束は果たしたよ」

「フィロスは報告できる状態ではない」

「それはおまえたちが勝手にやったことだ。で、そっちの約束はどうなんだ？」

「もちろん守ります」

「じゃあとっとと帰してくれ」

「まず、レダムに対するあなたの意見を聞かせてほしい」

今さら何か失うものがあるだろうか？　絶望しながら考えてみたが、チャーリーの気持ちを和らげてくれるようなものは何ひとつなかった。チャーリーは目を細め、言葉を選んでこう言った。

「おまえたちは腐りきった変態の集まりだ。昔は、穴の中に隠れてるくらいの分別はあったみたいだがな」

レダム人たちの間にざわめきが走った——音ではなく、動きのざわめきが。つづいて「何があなたを変えたのですか、チャーリー・ジョンズ？　ほんの数時間前には、私たちを高く評価してくれていたではないですか。何があなたを変えたのです？」

「ただ真実を知っただけだ」

「どんな真実を？」

「ここには突然変異なんてないってことを」

「自分たちの手で変異を作り出すのが、そんなに大きな違いになるんですか？　なぜ、私たちのやっていることのほうが遺伝による偶然の変異よりも悪いと思うんです？」

「おまえたちがやっているからだよ」チャーリーは深く息を吸い込み、そして、ほとんど吐き捨てるように言った。「フィロスはおまえたちがどれだけ古い民族なのかを語ってくれた。なぜ悪いかって？　男が男と結婚している。近親相姦、倒錯行為。おまえたちが手をつけていない悪事なんて何一つないじゃないか」

「あなたの考えでは」とミールウィスは慇懃に訊ねた。「あなたの態度は特殊なものでしょうか、それとも、あなたの伝える情報を多くの人間が知ったら、やはり同じような態度をとるでしょうか？」

「誰もが、二百パーセント俺と同じ態度をとるね」チャーリーは吠えた。

「でも、突然変異だったら、私たちには罪がなかったわけでしょう？」

「突然変異なら自然だからな。おまえたちのやっていることは自然だとでも言うのか？」

「もちろん！　違うんですか？　ホモ・サピエンスはそうじゃないんですか？　〝自然〟に程度の差なんてあるんですか？　遺伝子を変えるランダムな宇宙の分子の一粒が、人間精神の力に比べて、どれほど自然だというのです？」

「宇宙線は自然の法則に従っている。おまえたちはそれを踏みにじっているんだ」

「自然の、最適者生存の法則を踏みにじったのは人間でしょう」ミールウィスは真顔で言った。

「教えて下さい、チャーリー・ジョンズ。私たちが地球上で共存していたら、私たちの秘密を知った時、ホモ・サピエンスはどうすると思います？」

「おまえたちを絶滅させるだろうさ。おかまのガキを一人だけ残してな」チャーリーは冷たく言いはなった。「そして、生き残ったそいつをサーカスの余興の見世物にするだろうよ。言いたいことは全部言った。ここから帰してくれ」

ミールウィスは溜息をついた。突然、ネイシヴが口を挟んだ。「分かったよ、ミールウィス。君が正しかった」

「ネイシヴは、私たちは人類の前に姿を現し、Ａフィールドやセレブロスタイルを人類にも使わせるべきだとずっと主張していたんです。思うに、もしそうなったら、あなたがたは、今あなたが言ったとおりのことをするんでしょうね。そしてフィールドを武器に変え、セレブロスタイルを、精神を奴隷状態にするための道具に変えることでしょう」

「ああ、そうするだろうよ。おまえたちを地球上から抹殺するためにな。さあ、とっととタイムマシンを動かしてくれ」

「タイムマシンなんてものはありませんよ」

途端に力が抜けて、チャーリーはがくりと膝をついた。彼は身体をねじって、大きな銀色の球体を見つめた。

「それをタイムマシンだと言ったのはあなたです。私たちではありません。あなたはフィロスにそう言った――フィロスはあなたの言うことを信じた」

「シースは……」

「シースはいくつか小道具を用意しました。逆向きに数字のついた時計。紙マッチ。ですが、結局はあなたなんですよ――あなたが、自分が信じたいと思うことを信じたのです。あなたたちホモ・サピエンスはいつもそうだ。自分が信じたいと思うことを信じさせてくれる相手だったら、どんな相手の言うことだって聞く」

「あんた、俺のことを送り返してくれるって言ったじゃないか！」

「私が言ったのは、あなたを以前の状態に返す、ということです。私たちは間違いなくそうするつもりだ」

「俺を……利用したな！」

ほとんど上機嫌と言ってもいい様子で、ミールウィスは頷いた。

「この世界から出してくれ」チャーリーは吠えた。「あんたが何を言っているのか知らないが」彼は嘆き悲しんでいる娘を指さした。「スーティンも連れて行く。おまえたちは、スーティンなんかいなくても、これまでずっとうまくやってきたんじゃないか」

「それは彼の言うとおりだと思う」グロシッドは言った。

「で、いつ戻りたいのです？」

「すぐだ！　今すぐ！　たった今！」

「よろしい」ミールウィスは片手を挙げた。どうしたわけか、その動作に誰もが息を呑んだ。ミールウィスは短い一語を口にした――「クエスブ」

チャーリー・ジョンズの頭から足まで、震えが走った。そして、ゆっくりと両手を持ち上げて、顔を覆った。

ややあって、ミールウィスは静かに訊ねた。「おまえは誰だ？」

チャーリーは手を下ろした。「クエスブです」

「怯えなくていい、クエスブ。おまえは再びおまえ自身に戻ったのだ。もう怖がらなくていい」

グロシッドは、畏怖の念に打たれて吐息を漏らした。「こんなことができるなんて思いもしなかった」

シースは早口で囁いた。「彼自身の名前――それが催眠を解くキーワードだったんだ。彼は本当に――いや、ミールウィスが説明してくれる」

ミールウィスが口をひらいた。「クエスブ。まだチャーリー・ジョンズの思考を憶えているかね？」

それまでチャーリー・ジョンズだった男は、ぼんやりとした口調で答えた。「ええ……夢のように……あるいは、誰かが話してくれた物語のように……」

「こっちへ来なさい、クエスブ」

子どものように信じ切って、クエスブは近寄ってきた。ミールウィスは若者の手を取った。そしてその上腕に白い球体を押し当てると、その球体はつぶれた。音も立てず、クエスブもがくりと崩れた。ミールウィスは巧みに彼を抱え上げると、フィロスとフローレが横たわっているところまで運んでいった。そしてクエスブを彼らの隣に並べると、怯えて呆然としているスーティンのほうを見た。

「心配ないよ、娘さん」ミールウィスは囁いた。「彼らは休んでいるだけだ。まもなく、君たちはまた一緒になれる」彼女が怖がらないよう、ミールウィスはゆっくり行動した。しかし動作には自信が満ちていた。彼はスーティンに、小さな球体のひとつを押しつけた。

ジャネットは夫にカレンのことを話した。あの子、神様が神様にお恵みを下さるようにって言ったのよ。自分のことを愛してくれる人みんなに、神様の恵みを与えたいからって。

「じゃあ、神様は愛してくれるわけだ」ハーブは軽口を叩く。だが、いったん口にされたその言葉は、もう軽薄なものには聞こえない。

「私はあなたを愛してるわ」ジャネットは言う。

☆

★

……そして最後に、レダムのヘッドたちが集まり、静かに話し合ったことにしよう。

「でも、チャーリー・ジョンズというのは本当にいたのかい？」ネイシヴは訊ねた。

「ああ、もちろん実際にいたとも」

「あまり……愉快なことじゃなかったね」ネイシヴは言った。「私は、自分たちの技術をホモ・サピエンスとも共有すべきだという立場を取ったけれど、あれはあくまで非現実的な想定だった。机上の空論だ。ただ言ってみただけ、思いつきだけだったたんだけど」そして溜息をついた。「私は彼が好きだった。彼は——いろいろなことを理解してくれているように思えた。私たちの造った『作り手《ザ・メイカー》』の像だとか、それに祭りだとか……」

「よく理解していたとも」シースが、ちょっとからかうような調子で言った。「私たちに関する真実を告げる前ではなく、告げた後で像や祭りを見せていたら、果たしてどれくらい理解してくれたことやら」

「で、結局彼は誰だったんです、ミールウィス？」

ミールウィスはシースと視線を交わし、ちょっと肩をすくめると、口をひらいた。「私が話そう。彼はホモ・サピエンスの飛行機械に乗っていた。その飛行機械がこの近くの山系で大破した。空中で分解したんだ。大部分は燃えつき、遠くの山の向こう側に落ちていったが、一部がちょうど私たちの〝空〟の上に落ちて、引っかかった。チャーリー・ジョンズはその中にいた。かなりの重傷だった。もう一人のホモ・サピエンスもいたが、そちらはすでに死んでいた。知ってのとおり、〝空〟は上からは山のように見える。だがそうは言っても、捜索隊がこの周囲の山をうろつき回るのはいい考えだとは思えなかった。

シースは、監視装置のモニターで、空の上に残骸があるのを見た。ただちにAフィールドで運搬装置を作り、それをレダム内部に取り込んだ。私は彼の命を救おうと最大限の努力をしたが、傷は深かった。結局意識も回復しないままだった。だが私は、彼の精神の完全な記録をセレブロスタイルで残すことに、どうにか成功した」

シースが付け加えた。「一つの精神の記録として、私たちが今までに手に入れたもっとも完璧なものだ」

「さて私たちは、シースと私は、思いついたんだ――この記録は、ホモ・サピエンスが私たちのことを知った時、どのように反応するかを調べるのに使える、と。誰かのイド―― 〝自我〟の部分を深い催眠によって抑圧し、それをセレブロスタイルでチャーリー・ジョンズの記録と置き換えるだけでいい。クエスブがいたから、それは簡単なことだった」

グロシッドは呆れたように頭を振った。「クエスブのことだって、私たちは知らなかった」

「比較対照用自然児《コントロール・ナチュラル》。そう、君たちは知ることはなかったろう。医療施設《メディカル・ワン》で、研究用に育成していたものだからね。今まではクエスブについて打ち明ける必要はなかった。彼はちゃんとした世話を受けていた――幸福だったと言ってもいいと思う。もっとも、医療施設《メディカル・ワン》内部の、自分に割り当てられた区域以外のことは何も知らなかったわけだが」

「今は知っているわけだ」と、ネイシヴは言った。

グロシッドは訊ねた。「で、どうするんだ、彼らを――クエスブともう一人を?」

ミールウィスは微笑んだ。「もし、驚くべきフィロスと、彼が長い間隠していたフローレとあの子どもがいなかったらその質問に答えるのは難しかったろう。だが、フィロスは彼らを隠していた。そんなことがあるなんて、私は少しも感づいていなかったが。クエスブを再び閉じこめるのは無理だろう。たとえ彼は夢だと思っているにせよ、チャーリー・ジョンズとして自由に行動した後なのだから。それに、彼の経験の大部分は夢ではない。現実に全ての施設《ワンズ》を訪れたのだからね。だからと言って、今さらレダム人に変えるには、彼は成長しすぎている。部分的になら可能だが、私は彼に手術をする気はない。

けれども、あの子、スーティンが私たちに新しいチャンスを与えてくれた。それが何だか分かるかね？」

グロシッドとネイシヴは視線を交わした。「私たちで、二人のための家を建てようか？」

ミールウィスはかぶりを振った。「児童施設《チルドレンズ・ワン》の中は無理だ」彼ははっきりと言った。「彼らはあまりに……違いすぎる。どれだけ多くの配慮と、どれだけ多くの愛があっても、その違いを埋めることはできない。一緒に暮らすのは、彼らに対して過大な要求を課すことになる。そしておそらく、私たちに対しても。グロシッド、私たちが何者なのかを忘れてはいけない——私たちが何であり、何のために存在しているのかを。今日に至るまで、人類は理性の能力の最高の可能性を、最大限の客観性を獲得してこなかった。なぜなら人類はいつも、二項対立によって自らを害してきたからだ。私たちの間には、個人と個人の相違以外、差異という考えは存在しない。だがクエスブとスーティンの場合は、単に個人のレベルで違っているわけではない。彼らは種が違うのだ。確かに私たちレダム人は、あの二人よりも上手くこの事態に対処できるだろう。しかし、それでも私たちはまだ新しく、幼く、経験が少ない。私たちはまだ、レダムの第四世代なのだ……」

「そうなのか？」とネイシヴ。「私はてっきり……いや違うな、私は考えたこともなかった。知らなかった」

「知っている者はほとんどいない。気にする者もまずいないだろう。関係ないことだからな。私たちは、過去ではなく、未来を見るように条件付けられている。そうは言っても、これはクエスブとスーティンをどうするのかという問題に関わってくるから、ごく手短にレダムの由来を話そう。

というより、手短にしか話せないのだ。私たちはごく僅かしか知らないのだから……。

一人のホモ・サピエンスがいた。偉大な人物だった。人類の間でも同様の評価を受けていたのかどうかは分からない。そうだった可能性は充分ある。生理学者か外科医だったのではないかと私は考えている。その両者を兼ね備え、それ以上の存在だったはずだ。彼は人類に嫌気がさしていた。人類の行った悪ゆえのみならず、その善い部分にもまた、破壊的な要素が含まれていたためだ。彼は考えた。人類は、何千年にもわたって自らを奴隷の状態に置いた挙げ句、自滅の淵に立っている。人類を分断している党派性よりも上位に、一つの社会が確立されなければ、そして同時にその社会が人間性だけに忠誠を尽くすようにならなければ、破滅は避けがたい、と。

おそらく長いこと、彼は一人で仕事を続けたのだろう。だが最終的にはそれなりの数の賛同者の協力を得たことが分かっている。彼の名前も協力者の名前も伝わっていない。人類にとって模倣されることは名誉なことだ。だが彼は、私たちが、人類の性質のうち、真似せずにすむところは真似しないようにと心を砕いていた。

彼と協力者たちが私たちを作り出し、私たちの生活様式を定めた。宗教とセレブロスタイルとAフィールドの基本原理を与え、最初の一世代が成長するまで助けてくれた」

ネイシヴが不意に言った。「じゃあ、私たちのうちの何人かは、彼らを直接知っていたんだね！」

ミールウィスは肩をすくめた。「そうだろうな。だが、気がつくことはなかったろう。彼らはレダム人のように服を着、振る舞い、喋った。ひとり、またひとりと、彼らは死ぬか立ち去るかした。子どものころは、自分の回りにあるものを素直に受け入れるものだ。私たち四人は教師だ——そうだね？　彼らもそうだった。

彼らが私たちに求めたことはただ一つ、私たちが人間性を生きながらえさせることだ。人類の芸術や音楽や文学や建築ではなく、人類そのものを、広い意味での人類の本質を、生きながらえさせることだった。

私たちは本当の意味での種ではない。構築された生命体だ。残酷な言い方をするなら、私たちはある役割を担う機械の一種に過ぎないのかもしれない。その役割というのは、人類が息絶えようとしている時に人間性《ヒューマニティ》を生き延びさせることだ。そしてそれが完全に滅んでしまった後に……それを回復すること。

これこそ、決してチャーリー・ジョンズには伝えなかったレダムの一面だ。彼は決して信じようとしないだろうからな。ホモ・サピエンスは誰一人、信じもしないし、信じることもできないだろう。権力の座にある人々がその地位を明け渡すという賢明な振る舞いをしたことは、圧力をかけられた場合を除いて、人類の歴史上絶えてなかったのだから。

私たちは、今の状態のままで留まり続けることになっている。大地の技術を保ち、心の中に到る二つの大きな道——信仰と愛——を開いたままにしておき、人類《ヒューマニティ》がかつて一度も気にしなかった人間性《ヒューマニティ》を、その外側から研究していく。私たちはときおり、ホモ・サピエンスと会う必要がある。そして彼らが、改造による両性具有の助けを借りなくとも、生き、愛し、信仰することができるようになったかどうか、確認しなければならない。それが達成されれば――たとえ一万年、あるいは五万年かかろうとも、いつかはそうなるはずだ――私たちレダム人は、役目を終える。レダムはユートピアではない。ユートピアは完結し、完成した存在だ。それに対して、私たちは過渡的な存在だ。遺産管理人なのだ。なんなら〝橋〟と言ってもいい。

まったくの偶然からチャーリー・ジョンズがここに現れたおかげで、レダム人の思想にホモ・サピエンスがどういう反応を示すかを調べる機会が得られた。実験の結果がどうなったかは、君たちも見たとおり。だが、今はスーティンという別の要因が加わった。これは新しいチャンスだ。ホモ・サピエンスに、充分な成熟を遂げる用意があるかどうかを見極めるために、私たちに与えられた初めてのチャンスだ」

「ミールウィス、つまり君は、彼らに始めさせるつもりなのか。新しい――」

「新しいホモ・サピエンスを、ではない。古いホモ・サピエンス、ただし憎しみを持たずに生きていく機会を与えられたホモ・サピエンスだ。あらゆる幼きもの同様、彼らを導く手のもとで生きていく機会を」

グロシッドとネイシヴは微笑みを交わした。「私たちの出番だね」

ミールウィスは笑顔を返したが、首を振った。「いや、それはフィロスとフローレの仕事になるだろう。四人を一緒に暮らさせてやろう。彼らはその権利を自らの手でかちとったのだ。レダムの外れで暮らしてもらおう。彼らは慣れているはずだ。そして、あの若い人間たちには、フィロスとフローレだけと付き合ってもらおう。私たちのことは、記憶の中にだけ留めておいてくれればいい。

そして、彼らの子どもやその子どもの子どもたちの代には、フィロスとフローレは記憶の中だけの存在に、私たちは神話のような存在になるようにしよう……。

そして、いつも彼らを観察していよう。おそらく偶然やちょっとした幸運を装って、助けてやることもあるだろう。もし彼らがうまくやれなければ、失敗するということ。失敗すれば、即ち彼らは滅びることになる。その頃にはすでに滅びているはずの、外の世界の人類と同じように……。

そしていつか、私たちは別のやり方で、人類を再び始めることだろう。あるいは、人類と再び出会うかも知れない……いずれにせよ、何らかのやり方で、いつの日か（私たちが自分たちのことを充分に知った時）、確信を持てるだろう。そのときレダムは使命を終え、人類がようやく始まるだろう」


星のきれいなある夜、フィロスとフローレは外に出て、ちょっとの間冷たい空気の中に座っていた。クエスブとスーティンは一時間ほど前、四人での夕食を済ませたあと、森のある岩卓《メサ》の上の、木と土で作った小きれいな家に戻っていた。

「フローレ……」

「何だい？」

「あの子たちなんだけど……」

「分かってる」とフローレ。「はっきり何が、とは言えないけど……何かまずいことがあったみたいだね」

「そんなにたいしたことじゃないとは思うけど……たぶん、妊娠とか」

「たぶん、ね……」

星が銀色に輝いている暗闇の彼方から声がした。「フィロス……?」

「クエスブ! どうしてここに……何か忘れものかい?」

暗がりの中から、クエスブがとぼとぼと姿を現した。彼はうなだれていた。「困っているんだ……ねえ、フィロス?」

「何だい。私はここにいるよ」

「フィロス、スーは……彼女は不幸せみたいなんだ」

「何がいけないんだね?」

「ぼくは……」クエスブは不意に頭を上げた。その顔の微かな赤らみの中に、星が宿っていた——涙だった。「スーは本当に素敵だ。なのに……ぼくはずっと、ローラとかいう誰かのことを愛している。どうしても止められないんだ!」クエスブは泣き出した。

フィロスは彼の肩を抱いて、笑った。だがそれは、思いやりに満ちた、愛撫のような優しい笑いだった。「ああ、それはおまえのローラじゃない、チャーリーのだよ!」彼は呟くように言った。

「チャーリーはもう死んだんだ、クエス」

フローレも口を挟んだ。「愛したことは憶えておくといい、クエスブ。でも、フィロスの言うとおり——ローラは忘れるんだ」

クエスブは言った。「でも、彼は彼女のことをあんなに愛していた……」

「フローレの言うとおりだ」フィロスは言った。「彼は彼女を愛していた。その愛を使うんだ。その愛はチャーリーよりも大きい——愛はまだ生きているから。それを受け取って、スーに捧げなさい」

突然、空が鋭く光った。フィロスは一瞬、クエスブの顔の輝きだと思ったが、それは空だった。星がかき消された。フローレが何か叫んだ。見慣れた岩卓《メサ》の光景が、レダムの銀色の空に覆われて見慣れないものになった。

「ああ、とうとう来たのか。ついに来てしまったか」フィロスは言った。とても悲しい気持ちになった。「シースがこのシールドを解除できるのは、いつになることか……クエス、スーティンの所に戻るんだ、急いで！　彼女に、大丈夫だと伝えてやれ。銀色の空が私たちを守ってくれる」

クエスブは、すばやく駆けだした。その背中に向かってフローレが呼びかける。「スーティンに愛してるって言うんだよ！」

クエスブは走りながら振り返り、手を振った——まるでチャーリー・ジョンズのように。そして、森の中に去っていった。

フローレは溜息をつき、少しだけ笑った。

フィロスは言った。「クエスには言わないでおこうと思っていることがあるんだ……あの愛は台無しにしてしまうには美しすぎる……可哀想なチャーリー。彼のローラは、別の誰かと結婚してしまったんだ」

「え、そうだったの？」

「そうなんだよ……君も知っているように、セレブロスタイルの記録はどの時点でも中断することが可能だ。シースとミールウィスは、チャーリーの記録を、彼がローラへの愛に満ちていた時点で切った。当然の判断だ。そのほうがレダムのことをもっとよく理解してくれるだろうからね。だが本当は、チャーリーの記憶はもう少し先まで続いていたんだ」

「じゃあ、チャーリーが飛行機に乗っていたのは、つらい現実から逃れたくて……」

「残念ながらそうじゃない。彼は単に彼女に飽きてしまったんだ。そのせいで彼女は別の人と結婚することになった。でも、これをクエスに教えるつもりはないよ」

「そうだよ、頼むから黙っていてくれ」とフローレ。

「愛することに関しては……アマチュアだからな」フィロスは小さく笑った。「実のところ、チャーリーが飛行機に乗っていたのは、ここからそう遠くない海岸に行くためだった。その年、そこで大きな地震があってね。チャーリーはブルドーザーの操縦者だったから……あっ」彼は上空を見上げて叫んだ。

　空がきらめき始め、光が飛び散った。

「きれいだね！」フローレが言った。

「放射性降下物だ」フィロスは言った。「またやらかしている。愚かな連中だ」

　彼らは待ち始めた。

あとがき

それにしても、ホモ・サピエンスというのはおかしな連中だ。たった今、私はある統計に目を通していた。それによれば、合衆国市民を対象にしたアンケートで、あらゆる人間が平等だと思うかという問いに対して、六十一パーセントの人がイエスと答えている。こんどは同じ人々を対象に、黒人は白人と平等だと思うかと質問したところ、イエスと答えたのはたったの四パーセントだった。舌の根も乾かぬうちに、しかもギアを変える音ひとつ立てないで！　別の例を挙げてみよう。かつて私は、妻に対して不実をはたらく男を主人公に真に迫った短篇を書いた。だが、誰も私を非難したりはしなかった。それから今度は、夫に対して不実をはたらく女性を描いた物語を書いた。やはり、誰一人私の妻に非難を浴びせたりはしなかった。しかし！　同性愛者に共感するような作品を発表した途端、我が家の郵便受けは、悪臭に浸された葉書や、紫のインクと緑の大文字で書かれた手紙で溢れかえった。優秀なフィロスが本書の中で述べているとおり、セックスに関しては誰も客観的になれないのだ。ことにそれが、ある種の規範から外れている場合には。そこで読者諸氏に、

てはいない。次のように断っておく。自分のトラブルを人に押しつけないように。私は絹のスポーランを着用し

『ヴィーナス・プラスX』において私が目指したのは、(a)上品な本を書く、(b)セックスについての本を書く、ということだった。そうした試みでは、宗教の問題に足を踏み入れないわけにはいかない。同様に、読者のうちの何人かの足を踏みつけてしまうことも避けがたい。結果としてその読者を傷つけてしまったとしたら、苦痛に関しては申し訳なく思う。だが、私自身の足はしっかり権利章典の二つの項目を踏みしめている。もし読者が私を批判するような本を持っているなら、私はそれを注意深く読むことを約束する。そして、その本を燃やさないことも。

最後に、机の回りにとり散らかった書物を整頓するのを手伝っていただきたい。重い本が何冊も含まれているからというのもあるけれど、もうひとつ『ヴィーナス・プラスX』の材料の一部(ほとんど)がどこから引っ張り出されたのかを知るのに興味を覚える読者もいるのではないだろうか。言うまでもないことだが、私はここに挙げた本の内容をそっくりそのまま自分の作品に移し替えたと主張するつもりはない。だがいずれの書物も刺激的なものであり、私も読者を刺激して楽しみたいと思うので、書名を挙げさせていただく。もちろん、受け入れてもらえるならば、感謝の念を著者たちに対して捧げるためでもあることは言うまでもない。

『聖書——オックスフォード・コンコーダンス』。『人間の身体とその働き』エルバート・トーケイ博士著(NAL)。『移行期の人々』四部作、W・H・ホワイト・ジュニア著、『フォーチュン』誌、

一九五三年。『宗教的経験の諸相』ウィリアム・ジェイムズ著、モダン・ライブラリー（ランダムハウス）。『カニンガムの解剖学実践マニュアル』、オックスフォード医学出版、一九三七年。『文化の型』ルース・ベネディクト著、メンター、一九五三年。『消失』（特に第十三章、二六二頁）、フィリップ・ワイリー著、ポケット・ブック版、一九五八年。『精神分析と宗教』エリッヒ・フロム著、イエール大学出版局、一九五〇年。マーガレット・ミードによる、近年のさまざまな雑誌論文。『歴史の中のセックス』G・ラトレイ・テイラー著、バランタイン、一九六〇年。そして、『衣服は近代のものか？』バーナード・ルドフスキー著、テオボールド、一九四七年。（とりわけ最後の二冊は驚嘆すべき書物だ。情報に満ち、思索を刺激してくれる点で、これ以上の本はそうは見つかるまい。）レダム人の名前の大半はジョン・R・ピアス（J・J・カップリング）のエッセイ「芸術のための科学」（『アスタウンディング・サイエンス・フィクション』一九五〇年十一月号）の、蓋然性の表と乱数表を使って作られた〝単語〟のリストから採られた。「レダム（Ledom）」は、私の愛用している煙草缶のスペルを逆に綴ったものだ。最後に、本書中の架空の商品名や広告スローガンの著作権は、作者に帰することを断っておく。

ニューヨーク　一九六〇年六月

訳者あとがき

短篇の名手として知られるシオドア・スタージョン（一九一八―八五）。彼が残した長篇ＳＦは、ノベライズや代作などを除くと十指に満たない。『ヴィーナス・プラスＸ』*Venus Plus X*（一九六〇）はその数少ない長篇の一つである。意外なことに、邦訳されるのは今回の「未来の文学」シリーズが初めてとなる。他のスタージョンの作品に較べて「難解」というわけではない。また、同じくジェンダーＳＦとして挙げられることの多いアーシュラ・Ｋ＝グインの『闇の左手』（一九六九）が版を重ねていることを考えても「ジェンダー／ユートピアＳＦ」という触れ込みが敷居を高くしたとも思えない。要するにタイミングを逸して〝後回し〟になっていただけなのだろう。結果として、日本でもスタージョンの再評価が進むこの時期に訳されることになったのは、かえって幸運だったかもしれない。炸裂する奇想、巧妙なプロット、癖のある文体、そしてその果てに現れる、意外なほどイノセントな愛の讃歌――『ヴィーナス・プラスＸ』には、スタージョンならではの魅力が溢れている。存分に楽しんでいただきたい。

この小説にはまた、ミステリばりの意外な展開も用意されている。なるべく遠回しに書くつもりだが、以下、内容に触れざるをえないので、本篇を未読の方はご注意を。

あらすじを簡単に振り返っておこう。

繭のような小部屋の中で、男が目覚めるところから物語は始まる。彼は自分が何者なのか、必死に思い出そうとする。チャーリー・ジョンズ、というのが自分の名前だ。昨日は仕事帰りに、恋人のローラのもとを訪れ、初めて愛を交わした。その後自宅に戻り、集合住宅の階段を上ったところで記憶が途切れている。服は昨日のまま。いったい自分はどこにいるのか？ 過去の断片的な記憶と摑みどころのない現在の描写が入りまじるこの冒頭の部分は鮮烈で、スタージョンの文章の魅力が凝縮されている。

さてどうにかして扉を開いたチャーリーの前に姿を現したのは、奇天烈な服を着た、男とも女ともつかぬ、人間に似た生物。彼（彼女？）の導きで、チャーリーは新しい世界に足を踏み入れる。そこは不思議な空間だった。常に銀色の空に覆われたどこか人工的な風景の中、謎のテクノロジーで人々が空中を歩き、およそあり得ないような逆三角形の高層ビルが建っている。とある装置のおかげで、レダムというこの世界の言葉を理解できるようになったチャーリーは、ここが未来の地球であると知らされる。どうしたわけかタイムマシンに乗せられたようだ、とSF好きのチャーリーはとっさに推理する。そして、レダム人たちの言動から、どうやら人類がとうの昔に（そうはっきりと言明されてはいないものの）核戦争によって滅んだらしい、とも。レダム人たちがチャーリーを連れてきたのは、「外部」の目を欲したからだという。人間の目を通して、自分たちの文明を評価して欲しいというのだ。それが済めばチャーリーを元の世界に戻してやる、と。否も応もなくチャーリーはその役目を引き受ける。フィロスというちょっと変わったレダム人が案内役として付けられる。

チャーリーはまず医療施設《メディカル・ワン》で、ヘッドであるミールウィスに、生物学的観点からのレダム人の説明を受ける。雌雄同体、あるいは両性具有。それがレダム人の「性」の正体だった。ミールウィスは多くの実例を示して、人類においても生物学的には男女の性差はごく僅かなもので、共通点の方が遥かに多いと説く。続いてチャーリーが案内されるのは科学施設《サイエンス・ワン》。そこではレダム世界を構成する不思議なテクノロジーについて解説される。

だが、こうした最先端の設備は些細なことだとフィロスは言う。三番目に案内された児童施設《チルドレンズ・ワン》こそが、レダムの中心だというのだ。なだらかな丘陵地帯に点在する、手作りの家々。子どもたちはそこで、さまざまな手仕事を学び、大地を耕すことを学んでいる。こうした素朴な生活がレダムの根底にあるのだと知って、チャーリーは心を動かされる。

最後にフィロスによって、文化的な観点から性差の恣意性を説く講義がなされる。両性具有に対する偏見はいつしか消え、チャーリーはレダムの文明に好意を寄せるようになっていた。だが、レダムにはもうひとつの大きな秘密があった。フィロスがチャーリーにそれを告げた時、事態は大きく動き出す。

――以上が『ヴィーナス・プラスX』の要となる、いかにも〝SFらしい〟物語である。ただし、本書はユニークな構成を取っていて、この物語と交互に、一九五〇年代アメリカの平凡な家庭生活の情景を描いた章が挿入されている。

そちらの主人公は広告業界に勤めるハーブ・レイルとその妻ジャネット。五歳のデイヴィッドと三歳のカレンという二人の子どもがいる。隣人のスミス夫妻とは、仕事上の付き合いもあって微妙な友人関係だ。物語と呼べるほどの物語もなく、軽妙な会話を中心に、中産家庭の日常が綴られる。夫婦の間で、あるいは隣人との会話で、繰り返し話題にのぼるのが男女の性差の問題。折しも女性の社会進出が話題になる時代のこと、男性らしさと女性らしさの境界が、アメリカ社会のいろいろな局面で揺らいでいることをうかがわせるエピソードが並ぶ。

チャーリーが生まれ育った時代のアメリカの社会と文化がいかに性（差）に取り憑かれたものであったかを、ハーブ・レイルのパートは具体的に示している。だが、それだけではない。むしろ、比喩やイメージのレベルで二つのパートが巧みに交差しているところが面白い。時にはSFパートのシリアスな物語の展開が、日常パートによって茶化されているようにすら感じられる。先輩作家フィリップ・ワイリーの、やはりジェンダーSFの先駆『消失』（*Disappearance*, 1951）〔未訳〕への言及が双方でなされているのも、その一例といえるだろう。

気を惹くタイトル〝ヴィーナス・プラスX〟の意味は、一〇九頁でチャーリーが明かしてくれる。固有名詞についてもひとこと。スタージョンが「あとがき」で述べているように、レダム人の名前は、ほぼ全てがJ・J・カップリング（ジョン・R・ピアス）のエッセイ——というよりその元になった、クロード・シャノンがランダムに作成した「英語もどき文」の中から拾われている。肝腎のレダム（Ledom）については、スタージョンは韜晦しているけれど、転倒／倒錯した「モデル（model）」だと考えて間違いあるまい。

さて、『ヴィーナス・プラスX』という小説、どのように読めばいいのだろう。スタージョンの傑作としてストレートに楽しめるのはもちろんだが、もう少し広い文脈に置き直して、いくつかの読解の可能性を示してみたい。

まずは作家の個人史との関連。スタージョンの生涯は『不思議のひと触れ』（河出書房新社）の解説で大森望氏が詳細に記しておられるので割愛するが、高校を中退し、ブルドーザーの運転手から、皿に卵の黄身を塗りたくる仕事（！）までしていたというチャーリー・ジョンズ、広告会社でキャッチコピーに頭を捻るハーブ・レイル、二人の主人公のそれぞれに、スタージョンの経歴の断片を読みとることは容易だ(人によっては、チャーリーが女性遍歴を告白するくだりに、野次馬的な興味をそそられるかもしれない)。けれども、ひょっとするとそれ以上に重要なのが、冒頭でチャーリー・ジョンズが、記憶を頼りに自分のアイデンティティを確立しようと苦闘するくだりだ。彼がまず思い出すのは、自分の名前。しかし「名前が人間の全てではない」。結末を知ってから読み返すと、この一節に込められた作者の〝企み〟が明らかになるが、同時にスタージョン自身の来歴も連想せずにはいられない。シオドア・スタージョン、生まれた時の名前は、エドワード・ハミルトン・ウォルドー。母親の再婚に伴って、十歳の時にファースト・ネームまで変えられた。新しい名前シオドア(Theodore)は、皮肉にも「神の贈り物(gift of God)」という意味。名前を奪われ、新たに与えられる『ヴィーナス・プラスX』の主人公の運命は、そのまま作者のものでもあるわけだ。

けれども、『ヴィーナス・プラスX』の背景は、単にスタージョンひとりの資質に還元できるわけではない。この小説が書かれ、出版された一九六〇年という時代もまた、作中のそこかしこに痕跡を残している。

例えば核戦争への恐怖。チャーリーははっきり名指していないが(常に「それ」「その時」などといった曖昧な言い方がされる)、彼の頭の中には常に核による人類滅亡の光景がある。米ソの全面核戦争による人類滅亡というシナリオは、この時代を特徴づける固定観念のひとつだ。『ヴィーナス・プラスX』の直前に、ネヴィル・シュート『渚にて』(一九五七、映画は一九五九)、ウォルター・M・ミラー・ジュニア『黙示録三一七四年』(一九五九)と、核戦争による世界の破滅を扱った古典的なSFが立て続けに出ている。一九六二年のキューバ危機があおり立てた恐怖は、SFの描いたそれを後追いしていたようなものだ。核戦争の恐怖をパロディ化してみせたキューブリック監督の『博士の異常な愛情』（一九六四）の一種異様な面白さは、こうした時代背景抜きには考えがたい。

本書の中心的な主題、ジェンダー概念の問い直しも同じだ。後に全米女性機構（NOW）を創立するベティ・フリーダンが『女らしさの神話』（一九六三、邦題『新しい女性の創造』）を執筆していたのが、五〇年代末から六〇年代初頭にかけて。中産階級の主婦が抱く空虚な感覚を剔抉したフリーダンの著書は、ウーマン・リブのきっかけのひとつとなった。本書の中でも、ジャネットが物思いに耽る一節などは、フリーダンの指摘する感覚を描いて出色だ。それに限らず、ハーブのパートでは穏やかな家庭生活の中に潜むささやかな危機が巧みに描き出されている。同時代のアップダイクの短篇によく似た感触があると思うのだが、どうだろう。

そもそもスタージョンは性の問題を積極的に取り上げたSF作家のひとりである。中でも「たとえ世界を失っても」（一九五三、『20世紀SF2』河出文庫所収）は、同性愛を共感を持って扱ったSFの嚆矢と言われている（「あとがき」でスタージョンが述べているのはこの作品だろう）。ゲイ作家のサミュエル・R・ディレイニーに「スタージョンのテーマは愛だ」（『短篇全集2』序文）と断言させた一因は、おそらく同作と、この『ヴィーナス・プラスX』にある。これらの作品の結末で見られるような屈折した、しかし「美しい」という他ない愛の描写は、まさにスタージョンの独擅場だ。

編集を担当された樽本氏からは、「両性具有のエロス」「核への恐怖」などの本書のヴィジョンは、手塚治虫の世界を連想させる、という指摘も頂いた。

これら時代の刻印の中で、もっとも興味深いのは、本書が「文化」の問題を扱っている点だ。ヒントはスタージョン自身の「あとがき」にある。『ヴィーナス・プラスX』執筆にあたって参考にした書目の中に、ルース・ベネディクトの『文化の型』と、マーガレット・ミードの論文が挙げられているのだ。この二人の名前は、本篇中にも意味ありげに登場する。

ベネディクト(一八八七―一九四八)もミード(一九〇一―七八)も、アメリカ人類学の創始者フランツ・ボアズ(一八五八―一九四二)の薫陶を受けた文化人類学者だ。ボアズは、西洋の視点から他地域の文化を「劣ったもの」と見なす従来の視点を否定し、それぞれの文化は独自の価値と必然性を持つとする、「文化相対主義」の提唱者。ベネディクトとミードは師の文化相対主義を受け継ぎ、そこから「文化とパーソナリティ」と呼ばれる学派を作り出した。文化はそれを築いた人々のパーソナリティが投影され、逆にひとたび築かれた文化は個人のパーソナリティに影響する、というのが基本的な考え方だ。例えばベネディクトの有名な『菊と刀』(一九四六)は、「恥の文化」という型が日本人のどのような性格から生まれ、どのように日本人の性格を規定しているかを説いたものである。

スタージョンも『ヴィーナス・プラスX』のあちこちで似たような考え方を示している。レダムの言葉を学んだ時には、チャーリーは「こうした意味の体系が、どのような文化体系から生み出されたものかはわからない」と考える(ここには、やはりボアズの弟子だった、エドワード・サピアに通じる言語観も見られる)。そしてフィロスは「建築物は、それを作った文化の精神のあり方を反映しているものです」と言う。これらは紛れもなく、ベネディクトやミードと共有されている発想だろう。

本書で描かれるジェンダー・ユートピアも、こうした文化人類学の発想を前提にした方が分かりやすいはずだ。ことにマーガレット・ミードは、自ら調査した南太平洋の実例を引きながら、西洋(特にアメリカ)における伝統的な男女の役割分担に疑問を投げかけてみせた(『男性と女性』)。ミードとベネディクトが、同性愛的な友情で結ばれていたことも指摘しておくべきだろうか（そのあたりはヒラリー・ラプスリー『マーガレット・ミードとルース・ベネディクト』明石書店、に詳しい）。性的規範を揺さぶる装置として、「異文化」は有効だったわけだ。異文化を提示することによって、自文化を相対化すること。こうした文化人類学の特性が、二十世紀の前半には多くの芸術家を惹きつけ、ピカソからシュルレアリスムにまで大きな影響を及ぼしたことは、ジェイムズ・クリフォードの名著『文化の窮状』（人文書院）が述べているとおり。となれば文化人類学が、「異文化との接触」を主題とするSFともすこぶる相性がいいことも分かるだろう。

実際、一九六〇年代に書かれたもう一つのジェンダー／ユートピアSFの傑作、冒頭で挙げたル＝グインの『闇の左手』にも、文化人類学と切っても切れない縁がある。ル＝グインの父アルフレッド・クローバー（一八七六―一九六〇）もまた、ボアズ門下を代表する文化人類学者だった。『文化の型』ならぬ『文化の性質』という著書もある。ベネディクトやミードとは一線を画していたとはいえ、クローバーもボアズの文化相対主義を展開させた一人だ。父の蔵書を読んで育ったル＝グインの思考実験には、文化人類学の成果が巧みに織り込まれている。もう一人、少女時代に探検家の父に連れられてアフリカで過ごした経験を持つ「ジャングルの国のアリス」ことジェイムズ・ティプトリー・ジュニアと併せ、アメリカSFのある部分は、確実に〝人類学の娘たち〟によって担われていると言っていい。

スタージョンに話を戻そう。『ヴィーナス・プラスX』では、単に異なる文化の可能性を提示するだけには終わらない。チャーリーという「西洋・白人・男性」の観察者の視点を通してレダムの文化を描きつつ、最後にはチャーリーの偏見をあぶり出してみせている。その手際は見事の一言に尽きる。語り手の視点と距離を置く手法は、短篇「英雄コステロ氏」（一九五三）でも鮮やかに用いられていた。

『ヴィーナス・プラスX』にはユートピア（ディストピア）文学という側面もある。トマス・モアの『ユートピア』からオーウェル『一九八四年』まで、架空の社会を描いた作品は、スタティックな性格が災いしてか、たいていの場合、思想史的な興味を除くと再読に耐えない。『ヴィーナス・プラスX』が数少ない例外の一つたりえているとすれば、異文化とダイナミックに絡み合うことによって、観察者自身が変容していくさまを描き出しているからだ。同時に、主人公に感情移入して読み進んでいく読者に対しても、ある種の感覚の変容を迫ることになる。その意味でもこの小説は、優れた人類学誌を彷彿とさせる。

『ヴィーナス・プラスX』の「あとがき」には、他にもウィリアム・ジェイムズ、エリッヒ・フロム、バーナード・ルドフスキーなどの著書が挙げられている。文学、宗教学、心理学、文化人類学といった人文系の学問が、創造的な才能と出会い、「異なる知」を開く鍵となりえた幸福な時代があったことを、本書は教えてくれる。

翻訳の底本にはピラミッド・ブックス版（一九六〇）を使用した。翻訳にあたって、訳者の細かい質問に答えてくださった方々に感謝します。大久保彩子は、多忙にもかかわらず、訳文全てを入念にチェックしてくれた。どうもありがとう。

二〇〇五年三月

大久保　譲

著者　シオドア・スタージョン　Theodore Sturgeon
1918年アメリカ・ニューヨーク生まれ。船員養成学校に入学後、3年間の船員生活を経て、39年に短篇“Ether Breather”でデビュー（「アスタウンディング」誌掲載）。以後、スタージョン的としか言いようがない独特の魅力を湛えた作品を次々と発表。その一方でホテル経営、ブルドーザー運転手、広告会社、エージェント業などさまざまな職につく。48年、第1短篇集“Without Sorcery”を刊行。52年、長篇『人間以上』（ハヤカワ文庫SF）で国際幻想文学賞を受賞。53年、代表作である傑作短篇集『一角獣・多角獣』を刊行。他の短篇集に『海を失った男』（若島正編・晶文社）、『不思議のひと触れ』『輝く断片』（大森望編・河出書房新社／以上全て日本オリジナル短篇集）、『時間のかかる彫刻』（東京創元社）、長篇に『夢みる宝石』『きみの血を』（以上早川書房）などがある。70年に短篇「時間のかかる彫刻」でヒューゴー賞・ネビュラ賞を受賞。85年に死去。世界幻想文学大賞・生涯功労賞が贈られた。94年からは短篇全集（全10巻）が刊行されはじめ、再評価が進んでいる。

訳者　大久保　譲（おおくぼ　ゆずる）
1969年生まれ。東京大学教養学部卒。現在埼玉大学教養学部助教授。著書に『知の教科書　批評理論』（共著、講談社）、訳書にデイヴィッド・マドセン『グノーシスの薔薇』（角川書店）など。

未来の文学
FUTURE/LITERATURE

ヴィーナス・プラスX

2005年4月25日初版第1刷発行

著者　シオドア・スタージョン
訳者　大久保　譲
発行者　佐藤今朝夫
発行所　株式会社国書刊行会
〒174-0056　東京都板橋区志村1-13-15
電話 03-5970-7421　ファックス 03-5970-7427
http://www.kokusho.co.jp
印刷所　明和印刷株式会社
製本所　株式会社石毛製本所

ISBN 4-336-04568-2
落丁・乱丁本はお取り替えします。